苦労性の自称「美オーク」は勇者に乱される

登場人物紹介
Characters
ハル
人間だった前世の記憶を持っているオーク。人としての常識があるため苦労している。
カイル
魔王を倒した圧倒的な強さを誇る勇者。圧倒的な変態でもある。

Kurou shou no
jishou "Ai Oak" ha yusha ni midasareru

ミランダ

ハルが住む国の女王。
かつてカイルと共に魔王を倒した女傑。

バドルス

ミランダの側近兼護衛。
魔王討伐隊ではカイルとミランダの調整役をしていた。

アサラギ

国営軍の中将かつ第一部隊隊長。
カイルとミランダの訓練兵時代の先輩でもある。

ルディアス

ミランダの弟。
美しい容姿をしていて、ミランダと違いひ弱い。

リリア

ミランダとルディアスの妹。
可愛らしい幼女で、姉と兄が大好き。

目次

苦労性の自称「美オーク」は勇者に乱される

第一章　オーク、勇者に出会う

1、美オーク爆誕　さっそくキラキラ勇者現る

目が覚めたら薄暗くて、あーまだ寝られるなぁと思ったけど、なんか寝付けなかった。目が慣れて、天井が岩だと気付く。

洞窟だ。

生まれたトコらしくて「ばぶー」状態。三日くらいして歩けるようになると自分がオークに転生したことを悟る。

同時に――

「よっしゃぁぁぁ！　公式で女のコとエッチしまくれるやつ‼　エロエロざんまーい‼」

そう薔薇色《ばらいろ》の人生リスタートを確信した。

季節が一巡りしたからおそらく一年経ったと思う。

テレビで見たサバイバル術やら転生モノの漫画で得た知識で生きながらえた。その経緯は世の中に腐るほど存在するからがっつり割愛《かつあい》。

てか、オークだから体がめちゃくちゃ丈夫だ。おかげで難なく生き延びられた。

体はすっかり成熟した気がする。さすがオーク。

そしてこの一年で気が付く。

「だめだ、強姦とか無理」

残念なことに、前世だかなんだかの倫理観がしっかり残ってた。

強姦とか犯罪行為、無理。

エルフやら女剣士やら聖女やら、いそうなのにぃぃ！　めっちゃ楽しみにして、それだけを生きる糧《かて》にこんなオーク姿で頑張ってきたのに！

俺、まっとうな常識人だったんだよ。

人間の女のコは相手してくれないだろうなー。

オークの女のコにはモテそうな顔はしてるけど、オークの女のコかー。

……いや、オークってメスがいないから人間の女性を襲って孕《はら》ませるんじゃなかったっけ？

あー詰んだ。

いやでも、俺、オークにしてはイケてる顔していると思うんだよ。

腹も出ていないし。

いい感じのマッチョ。肌は緑色だけど、オークにしては薄いほうだ。人間にしては明らかに緑色で、かといってオークにしては色白の肌。

色白のオークってなんだよ。

どっちつかずの中途半端な肌の色にもさすがに慣れた。

シルエットだけならモテる系、と自分を慰《なぐさ》める。

水鏡《みずかがみ》で見た顔は豚よりは人間寄り。

歯はちょっとはみ出ちゃうけど、そこはご愛敬《あいきょう》。

あれだ！　ハリウッド映画の超人集団の仲間。ハラク？　ハリク？　ハロー？　そんな奴いたじゃん。下だけ穿《は》いている半裸のヒーロー。

あれよりは断然イケてる顔をしていると思う。

なもんで、同じ森に生息するファンタジー界においての「豚鼻タイプのモロなオーク」という連中からはハブられた。

『ヴォッグ、ヴィギィィヒッヒ』

『グフブクブホゥ。ヴヲッヒィー』

などと言われる。

訳すと――

「なんだあの顔、ぶっさいくだな」

「色も薄くて気持ちワリィ。弱そー」

って、感じ。

うっせえ、こっちからしたらテメーらのほうが不細工だわ。

孤立したものの、問題はなかった。

ちょっと寂しいけど、森の動物たちと仲良くなったから大丈夫。

めちゃくちゃ時間はかかったが、モフモフ天国よ？　完全に勝ち組じゃん。

そう思って自分を慰《なぐさ》めた。

森で人間が魔物に襲われていたらこっそり助ける。

生きるための狩りなら仕方ないかなと思うけど、殺すことを楽しむ奴は止めていいよなって。

――って嘘です。

無理です。

人間が目の前で殺されるのを見るの無理。強姦されかけているのを出歯亀とか、輪姦に参加とかも無理。

片っ端から助けちゃいました。

なんか一般的なオークより俺は丈夫だし力も強いみたいで、ちょっと怪我してもわりとすぐ治るし。

魔族討伐とか言って意気込んで森に入ってきた人間も死なないようにしました。

かといって、魔物が面白おかしく惨殺されるのも「なんか違うよな」って、人間の邪魔もしました。

食べ物がないから人間を襲うのならばと果物の木をいっぱい植樹して管理しました。

魚も養殖して放流しました。

あー疲れる。スイーツ食いてぇ。

たまに魔族相手に仲裁・交渉もしました。

『ここでたむろってると人間が水場に行けなくて困るんだって。もーっちょっと森の奥にお引っ越ししてくれたら人間も襲ってこないけど、どう？　ちょっと遠くてちょっとキツい崖登った所に平地があって水もあるから、そっち行ってみない？　お兄さんたちならあんな崖チョロいと思うんだよね』

人間がどうして魔族討伐に来るか原因を調査して、新居の提案もしました。

俺、魔族や魔物の言葉も人間の言葉も両方理解できたし話せたもんで。

なんだろうなー。働いてるな。

悲しきかな、日本人。

パリピのヒャッハーな奴だったら酒池肉林《しゅちにくりん》ルートに行けたのかなぁ。

そんな忙しい毎日を送っているうちに、なんか魔王が討伐されたらしい。

俺、はぐれオークだから兵役を免れていたけど、他のオークは従軍させられていた。

遠い存在だった魔王が討伐されたのかー。

今は勇者たちによる残党狩りが行われているようだ。

残党狩り。

ナニその響き、こっわ！

勇者は見てみたいと思っていたのに、こうなると話が違ってくる。

会いたくないなー。絶対嫌だなー。

この森近辺は俺が頑張った甲斐《かい》あってある程度、人間と共存できている。平和っちゃ平和だと思うんだよね。

まぁ人間のほうは共存なんて考えていないだろうけど、魔族討伐の緊急性は低いので勇者とやらが乗り込んでくることはないと思うんだよね。

って。

はい、フラグだったわ。

水辺で洗濯しているところに、きらきらイケメン来たー！

装備も顔もきらきら。スタイルも抜群。

ほえー、こんなきれいな人間、見たことないわ。

俺もなかなかのものだと思っていたのに、こんな美形を見たらスライディング土下座で謝罪会見もんだわ。

オークの中でマシなだけで、人間の感覚に当てはめるとごくごく平凡顔だった。

こちらを見て軽くみはった彼の目は美しいグリーン。

森の緑みたいで金髪に映《は》えてすげぇ、きれい。

驚きでうっすら開いた唇もセクシー。

二十代半ばから後半くらいかな。

うわぁ、絶頂期のイケメンを拝む機会に恵まれちゃったぜ。

そして手には抜き身の大剣。

装飾すげぇ。あんなの初めて見た。芸術品みたいじゃん。間近で見たい。

——って見ている場合じゃなかった。

抜き身！　もう刀身が見えている！

地の利はこちらにあるんだ。道なき森に逃げ込んでしまえば逃げきれる自信があった。

それなのに。

「お前がこの辺りで目撃されているはぐれオークか？」

あー、声も素敵ですね、勇者様。

もう声で分かるもん。巷《ちまた》で噂の勇者様ですよね。

そんな声で、はぐれオーク。

狩られる響きしかないぃぃぃ。

てか、体が動かないぃぃぃ。

え？　勇者様、なんかそういう力あんの？　魔力的な？

きらきら勇者様は俺の前に立つと真っ直ぐに見上げてくる。勇者様の頭一個分俺のほうがデカかった。勝った。

勝手に勝ったと思ったのがまずかったのかな。勇者様は目を細め、口元を歪《ゆが》めた。

「なんて、答えるわけがないよなぁ」

昏《くら》くて陰湿な笑み。

あかーーん！

「自分がはぐれオークです！」

素直に認めた。

あかんって！　あの笑みはヤバいって！

マッドサイエンティスト系の頭ヤバい悪役の最高にヤバい笑い方だって。

怖すぎて語彙力が死んだ。

でもって、なんか驚いているふうの美丈夫《びじょうふ》に思わず尋ねる。

「勇者様じゃないんですか？」

闇騎士とか、頭イっちゃっている系キャラにしか見えん。

え、俺このままネチネチなぶり殺しにされる系？

勇者様、過酷な人生に頭パーンしたの？

「話せるのか……」

唖然《あぜん》とする勇者様に「ハイぃー！」と元気よく返事したいのを、空気を読んで堪《こら》えた。

知能があるものを殺すのを躊躇《ためら》う系だったらいいけど、知能のある魔族が魔王周辺の馬鹿強い連中だけだというパターンもある。

勇者様は「人の顔に近いからか？　色も薄いし……」などとぼそぼそ言っているが……

どっちだ？　どっちに転ぶ？

内心びくびくものだけど、目を逸《そ》らすとだめな気がしてじっとグリーンアイズを見下ろす。

一瞬の隙も見せてなるものか。

しばらくして、男が表情を和らげた。

にぃ、と。

整った顔の悪い笑み。二次元なら女子がウハウハ言うやつだが、目の前でそれをやられると足ガクブルになりそう。

ヤッベェ！

これ以上はだめだとがむしゃらに暴れたのに、首元に手を伸ばされ、首筋をするりと撫《な》でられる。

そこにあるのは動脈で……

緑の肌が総毛立った。

縊《くび》り殺《ころ》されるのかと恐怖で脳が弾けそうになる。

体中の血液が恐怖で沸いた。

恐怖で——

恐怖で……？

「んん？」

なんだろうなー、なんかむずむずする。

ていうかムラムラだな。

イケメンはカチャカチャ音を鳴らしながら装備を外し、シャツを脱いだ。

バッキバキに割れた腹筋もたくましい腕も羨ましいことこの上ない。俺だって筋肉質だけど、俺はモテないマッチョ。勇者はモテるマッチョ。

上半身裸のイケメンマッチョを見れば分かる。やる気満々のやつ。

あー、はいはい、血祭りに上げるつもりね。返り血が飛んでもいいように、って。

俺の目はおそらく無になっているだろう。

男がズボン一丁の軽装なので分かる。

テント張ってますやん。グランピング級の設備ですやん。

俺は完全に死んだ目になった。

殺しで興奮するタイプかー。きっつー。

こいつ仲間が戦死したとか色々あって、頭がイカレちまったんだな、きっと。

次に勇者が手にしたのは大剣、ではなくて、俺の乳首だった。確かに俺、上半身裸なんでモロ出しだけど。

……ホワイ。

「名前は？」

そこは乳首って言うんですよ、勇者様。って言いたいけど違うよな。

そういうことを聞いているんじゃねぇよな。

てかオークに名前ってあるの？　気にしたことなかったわ。

「話す気がないなら――」

「ハルタです！　ハルって呼んでください！　いだぁぁぁ!!」

恐怖のあまりたった今、自分の苗字《みょうじ》を思い出した。

何されるか分からなくて正直に答えたのに、乳首をぎゅうぎゅう潰される。酷《ひど》い。

「なんで話せる?」

「生まれつき?」

自分でもよく分からないので疑問形になった。

女のコと会話できるか発声を確かめたら、声が出たんですよ。

チートなのか言葉も分かるし、話せたんですよ。

「そうか、それは楽しみだな」

って、また暗黒騎士が笑った。

「いい声で啼《な》けよ」

それはそれは嬉しそうにそう言う。

「勇者様のほうが絶対いい声ですよー」って言いたかったけど耐えた。

2、ハジメテのフルコース

体の緊張が緩んで地面に膝から崩れ落ちるなり転がされて、俺はビリビリとズボンを破られた。

それ、憧れていたのにできなかったやつ!

俺がやりたかったのは女のコの服だけど、服もお金かかるし帰りどうすんだよって思うとその気が萎《な》えた。そもそも犯罪行為が無理なタイプだし。

俺が穿《は》いていたのは使い古しのボロだからあっさり破れる。

数少ない服なのに！

「てっめぇ！　服、手に入れるのどれだけ苦労するか！　ざけんな！」

思わず罵《ののし》った。

いやもうホント大変だからさ。

「恐怖の大魔王かお前は!?」みたいな男相手にだろうと食ってかかれるレベルで大変なのよ。動物の皮を腰に巻くのはちょっと見た目に抵抗があってさ。あれ、出してるのと変わらないからね？

「そんなものいくらでも買ってやる」

言いながら唇にむしゃぶりついてくるイケメン。

無意識に歯を食いしばって舌の侵入を防御しようとしたが、相手のほうが一枚上手《うわて》で指を突っ込まれた。

男にキスされたー。

「んんんんんンっ!!」

人生リスタートしてからファーストキスなのに、相手は頭のおかしいイケメンで、しかも超濃厚なディープなやつぅぅ。泣きたい。

地面に押し倒されて覆い被さられる。

相手を引きはがそうと手で突っぱねるが、びくともしない。

俺より細身のクセに！

「んん！　ぅんン！　んーっ！」

噛んでやろうかとも思うんだけど――力加減ができなくて噛み切っちゃうかもと思うと怖くてできないぃ。

口の中に相手の舌が残るのとかマジで無理ぃ。

てか、うまいー。

さすが勇者。やべぇ、気持ちいい。

この体では生まれて初めてだから耐性ないのかも。

「お前も舌を伸ばせ」

妙に穏やかに言われてつい従ってしまう。

イケボ恐るべし。

「んっ、んっ、んぅ」

気が付くと、ディープキスに夢中になっていた。

大きくて筋張ったカッコいい手が俺の股間をまさぐっているのをどう受け止めればいいのか。

オークのデカいちんこをイケメンが扱《しご》いている図。おかしいだろ。

硬くなった剣だこのある手でちんこ扱《しご》かれるのヤバい。たまんない。思えば、この体になってから他人にちんこを触られるのも初めてだ。

乳首まで捏《こ》ねられて、あっさり新たな性感帯に仕上げられた。

童貞の素人《しろうと》に手加減なしの三点攻めと分《ぶ》が悪いとはいえ、快感に弱すぎだろ。完全にチョロインじゃねぇか。

尿道が太いせいか、カウパーがどぷどぷ出てる。

それをローション代わりに、ちんこをぐちゅぐちゅ言わせながら扱《しご》くもんだからたまらない。俺はへこへこ腰を振りながら必死で男の舌を啜《すす》る。

長いシングルライフで熟練のオナニストになったつもりだったけど、やっぱ他人にされるのは全く違う。

「あぁぁ、イく、もうイく」

「ああ、イけ」

また耳元でバリトンボイス攻撃をされて、その刺激でイったのほんとツラい。

体がびっくんびっくんなって思いきりイき、射精が止まらなかった。いつもより長い。

ただでさえオークだから、精液がマジでひくほど出るのに。下手したら五百ミリのペットボトルくらい出ているかも。

前世について名前とか過去とかはほとんど思い出せないのに、ペットボトルなんてそんなどうでもいいようなことばっかり覚えているのはなんなんだろうね。

勇者からの凌辱《りょうじょく》に身も心もぐったりよ。

でも、そこでなんとしてでも逃げるべきだったんだ。

俺の出したものでどろっどろになった勇者の手が、秘穴に伸びる。

咄嗟《とっさ》に身を起こそうとしたが遅かった。身を翻《ひるがえ》そうとしたのも失敗だ。男の長い足が器用に俺の足を拘束し、四つん這いの状態でそれを開く。首の後ろに当てた左手で地に押さえつけられ、尻穴まで撫《な》でられた。

だよなー。俺だけイッて終わりなワケないよなー。

臀部《でんぶ》があったかい〜。気持ちいい〜。

なんかお腹がすっきりしている気がするのに、嫌な予感しかしない。

「あー、絶倫すぎて魔物相手じゃないと満足できない系デスカ、ひぅ！」

なんとか時間を稼ごうと尋ねたが、皺《しわ》を伸ばされ指を少し入れられた。

「俺オークじゃないと勃《た》たねぇの」

「ソウデスカー」

勇者、残念すぎるだろ。

「オーク相手なら無茶しても大丈夫だろ？」

「ハジメテなんで！　優しくお願いします！」

もし体が動いたら土下座していた。まぁ今も似たような体勢だけど。

「感度上げとといたから大丈夫なはず。中もきれいにしといたからな」

何をいけしゃあしゃあとぉぉ！　あのムラムラと即堕《そくお》ちチョロイン展開はそのせいかぁぁ！

どうりで、今も指が何本かずっぽり入っているのに痛みがないはずだよ！

「ふぁ、あぁっ、ま、魔王討伐の後、んァ！　お、お姫様と結婚とか、その、ひぁ、お、お仲間は……」

お前、妻帯者じゃねぇの？　「オークを強姦とかどっちが魔族だよ、魔族も真っ青だよ」的に闇《やみ》堕《お》ちしたかつての仲間を戒《いまし》めに来るチームメイトも期待したんだけど。

「縁談ははじめからオークにしか勃《た》たねぇって言ってるから来ねぇし、仲間はとっくに諦めてる」

……勇者だ。アンタ確かに勇者だよ！

よくそんなヤバい性癖、堂々と自己申告できたな！

そして今は一人、オーク狩り？

なんたる狂戦士。

あー、下半身から聞こえてくるぐちゅぐちゅ音がひでぇ。

指、何本入ってんのコレ。すんげぇ拡げられてるだろ。

「んあぁぁぁぁぁ！」

「ココが好いらしいな」

ハイ、世紀の大発見！　オークにも前立腺が存在することが判明しました！

まぁセックスして射精するんだから当然なのかもしれないけれど、完全に知らなくていい知識。

「あー、これまでの被害者は――」

――どうなったんでしょうか？

だめだ。これ以上、怖くて聞けない。

死ぬの？　俺死ぬの？

終わったら殺されるの？

それともヤリ殺されるの？

まぁもう何回も「だめッ、もう死んじゃうッ」って叫んでいるけどもさ。

「俺が満足したら解放してやるよ。まぁその頃には気絶してるから正確には放置だけど」

ダイジョーブ、ダイジョーブって、こんのクズがぁぁぁぁ！　ガチのヤリ捨てかよ！　最低じゃねぇか！

「んじゃ」

って男がズボンをくつろげはじめる。

あぁ！　俺『童貞非処女』になっちゃうじゃん！　マジでか！　嫌すぎる!!

本当に嫌なんだけど、悲しいかな。両腕は背中で男に片腕一本で拘束され、びくともしない。

俺、怪力のはずなんだけど？　しかも腕太いよ？　それを片手って。

なんか諦めちゃうよね。

勇者ってのはホントなんだなぁ、と現実逃避してみたが……

球状のモノが窄《すぼ》まりに当てられる感覚。

あー来る来る。

まぁなんだ。普段見ている自分のちんこは、体格に合わせて当然大きい。自分の体の中でもちょっと気に入っている自慢のパーツだったりする。そうなると、オーク規格が適用される俺の尻穴だってデカいはず。

対して、人間のちんこなんてオークに比べたら断然小さいだろう。入れられたところで、「へ？入ってる？　マジで？　小指？　ミニウィンナー？」って必死で笑いを堪《こら》えなきゃかな、なんて。

そんなふうに思おうとしていました。

地獄絵図に見られる、罪人がこん棒を口から尻までぶっ刺されるあの図。

あれだった。

完全に拷問。

「うえあぁぁぁぁぁ――っ？」

え、おま、何つっこんだの？　みたいな、そんなサイズ。

いや、「テント・オープン！」のタイミングでチラッとは見ていたのよ。やっぱ気になるじゃん？

なんとも使用感のある猛々《たけだけ》しいお姿でしたわ。ちょっと黒っぽくてグロくて禍々《まがまが》しくて魔物感があって。は？　勇者様、股間に魔物飼ってんのかよ、ウケる、とか笑いに持っていこうとしたのよ。ほんと使い込まれた感があってひいたからさ。

あとは「あーうん、人間にしては立派なんじゃない？　勇者だけあるじゃん、ま、さすがにオークよりは小振りだがな」って上から目線で優越感に浸《ひた》ってみようとしたんだけど……それが見ると入れるとじゃ大違い。

さすが勇者としか言いようがない逸品《いっぴん》でした。

「あぁ！　あ゛ぁ！　あ゛ぁぁ！」

ひとかけらの容赦もなく、はじめからフルスロットルで己の欲求のためだけに繰り返される挿入。

「なぁ！　気持ちいいだろ⁉」

苦しいです。

苦しいけど。

感度を上げるとかいうやつ。あれのせいなのか、もう両腕が自由になっているにもかかわらず、抵抗しようとか逃げようとか思わない。

なんでかなー、思わないんだよ。

あ、俺オークじゃん！　快楽に弱いからじゃね⁉

うわー、終わってるやつやんー。

「ひっ、あぁぁ！」

後背位だったのを上半身を起こすように腕を引かれる。体を起こしたところで、下から抉《えぐ》るように前立腺を突き倒された。

「あー奥スゲ。肉みっちりってカンジ」

「ア、ア、ア、あぁぁ！　ひ、ひぁぁぁ！」

全く意味の分からない実況を聞かされた。その男に転がされ、今度は松葉崩しで奥を攻められる。

「ひぃっ前、だめ！　ちんこ触んなぁぁ！　ひっぱんなぁぁ」

そんなサービスは要らないのに俺のちんこまで扱《しご》かれ、たまにきつく握り込まれる。つかんだまま体を離すもんだから、変な方向に伸びて痛い。

「いいぞ、ナカめっちゃ締まる」

痛いのに汁だくのそこは滑りがよく、男の手に翻弄《ほんろう》される。

「これイヤだぁぁ！　ダメぇ！　ダメぇぇぇ！」

「あぁ、俺もすげぇいい」

あぁ、もうコイツ超楽しそうなんですけど！

絶対笑ってるよコイツ。

「ああッ、ああッ！　もうムリ！　お願い、イって、イってぇぇ」

さっさと終わってヤリ捨ててくれ！

そのまま放置でいいんで！　俺、丈夫なコなんで！

「中に欲しいって？　ハッ！　この淫乱《いんらん》が！」

「イッぃぃぃ――――」

……てないー！

そんなこと、一言も言ってない！

どぶちゅっ、と最奥を殴るように叩かれ、息が止まった。

たぶん白目《しろめ》剥《む》いて涎《よだれ》も垂れているはず。

「ははは」

繰り返し奥をしつこく抉《えぐ》られて意識が戻った。

笑っている。

声を出して笑っている。

こえぇぇ。完全にヤバい奴じゃん。

こんな時、丈夫な体がひどく恨めしい。

一つの遠慮もなくむちゃくちゃをする男の行為にも耐えられてしまう。

こんなんだからこの頭のおかしいクズはオーク専になったんだろうけど。

「なぁ！　気持ちいい？　どう？　気持ちいいか？」

激しく腰を遣いながらバカが聞いてくる。

「きもちいぃ、気持ちよすぎてツラいぃ、もうむり、おねが、たすけてぇ」

素直に答えた俺も相当な馬鹿だ。

「ははは、気持ちいいなぁ。ほら腹、押さえてやるからな。俺のどこまで入ってるか分かるかー？」

外から押さえられたことで陰茎が内壁を擦《こす》り、抉《えぐ》られているのをより鮮明に感じる。延々繰り返される乱暴な抽挿《ちゅうそう》に、感覚なんてもうないと思っていたのに。

「ひっあぁぁぁぁ！」

「あー、すげ、たまんね。めっちゃ痙攣《けいれん》しはじめたな」

こっちはもう何度もイかされている。こんなに水分を飛ばすと脱水症状になるんじゃないかというくらい。

「よーし、もうハルもツラいよな、じゃそろそろイっとくかぁ」

バカの宣言に、この苦行の終わりが見えて思わず期待した。

最後に激しくなるだろうが仕方ない。

覚悟もした。

そして勇者の本気を見た。

それはそれはえぐかった。

「ここだろ、オラッ！　いっぱい突いてやるから、派手にイけよ！」

前立腺集中攻撃。

集中砲火を浴びせるがごとくその一点を攻められる。すでに肥大していたそこは格好の的だった。

「ひ、あああっ、やめ、だめ、そこだべぇぇぇ――――」

どちゅどちゅパンパンされて一瞬で白い霧の視界ゼロ状態に突き落とされ、暴力的なまでの快楽に体と脳が完全に侵食される。

「いいい、あ、きもちい、ん、ゥんッ～～～～――――アアッ」

全身に広がった悦楽が胎《はら》の一点に集まり、限界まで収縮されて弾けるのを感じた。

胎内で俺の内壁がバカのアホみたいにデカい男根を締めつけているのを感じる。

ヤバい、なんでだ。射精しなかったのに、頭がおかしくなるくらいすげぇ気持ちいい。

なんでヤローのちんこを締めつけるのがこんなに気持ちいいんだよ。

全身が跳ねた後、圧死させられるのかと思うほどビクビクと震える体を男に抱きしめられる。内壁で陰茎を扱《しご》くような相手の動きに、朦朧《もうろう》とした頭で「やっとイったか」と安堵《あんど》した。

「よーし、まずは一発」

ふー、と満足げに男が言う。

「俺、回復魔法も使えるから。俺はいいけどハルは回復させてやるからな。まだまだやんぞ。次は結腸いくか」

初めて人間に対して殺意を覚えた。

が、相手は魔族狩りのエキスパートで魔王をも討伐した男。

「ざけんなテメェエ！」

回復させられるや全力で抵抗したのに、軽くいなされた。

「ははは、やっぱ完堕《かんお》ちさせないのがいいよな。歯向かってくるくらいが一番燃えるわ」

殺意がおさまらないが、勇者の目は完全にイっている奴のそれでどんびいた。

二戦目はまごうことなく強姦だった。

一戦目は初めてだからと手加減されていたことを知る。

アレでだ。アレでだぞ。

本当にイカれている。


目が覚めると、勇者のお屋敷だった。

お持ち帰りされた。

オークをお持ち帰り。

あいつは本当に頭がおかしい。

ベッドサイドのガラス窓を突き破って逃走しようとしたのにあっさり捕まる。なんでベッドと窓の間にこんなにスペースがあんだよ。

これだから金持ちの無駄に広い部屋は！　掃除も大変だろうが。ベッドは窓際に置いとけよ。

重量級の俺をいとも簡単にベッドへキャッチアンドリリースしたバカが「オークとベッドでヤるなんて初めてだ」とか子供みたいに喜々として言う。俺はもう一度ガラス窓めがけて突っ込もうとしたが、笑顔で取り押さえられた。

最低最悪なことに、バカは「無理やり」に興奮するタイプだった。

「オークとキスするのもお前が初めてだぞ」

誇らしげかつ偉そうに言っているが、マジか。この世にこんなにときめかない「ハジメテ」があるなんて。

ベッドとキスの「ハジメテ」だぞ？　世の男なら狂喜乱舞もんだろ。テメーのそんな初めてなんかホント要らんわ。クソが。

聞けばコイツ、オーク姦がしたくて勇者になったガチ真性の異常者だった。

極上の見た目と魔王を討つほどに高いポテンシャル、そして突出した異常性癖。神は一体何を考えてコイツにそんなに与え給うたのか。

魔王を倒した英雄が放置され、一人好き勝手しているのを許されるわけだ。

誰もこんなヤバい人間とは関わりたくないだろう。

その後、俺は服を買ってもらってバカの家で飼われながら魔族相手の通訳をやることにした。逃げられなかった。

バカと各地を回って魔族の残党と共存のための協議・交渉を重ねる傍《かたわ》ら「活《い》きがよくてエッチ大好き淫乱《いんらん》オークさん」がいないかなと探しているんだけど、バカの食指は動かない。バカの相手を一人でしないといけないのが本当につらい。

「気が付いた。俺、初恋だ」

バカがもの凄《すご》く感動したようにどうでもいいことを言っていたが無視した。でも、すげぇ安心したわ。初恋は実らないって言うだろ。ざまぁみやがれ。

あー……森が恋しい。

そんな呟《つぶや》きを聞きつけたバカが焼き菓子持参で森に連れていってくれた。「ピクニック？　やっと人の心を取り戻したのか？」と思ったのに、思い出の地で青姦が目的だった。喜んだ俺が馬鹿だった。そして奴には死んでほしい。

おやつで懐柔《かいじゅう》できると思うな。食べるけど。

「あー、何が嫌なのか意思疎通できるのって最高だな。お前と出会えて本当によかった」

俺の口元についた焼き菓子のかけらを摘まんで食べ、穏やかな顔で実に幸せそうに言うが、喜々としてその「嫌なこと」に全振りしてくるじゃねぇか。ホント滅んでほしい。

軽々しく「ひょいぱく」もすんな。正統派イケメンみたいなことしてんじゃねぇよクソ野郎が。

コイツ相手だと口が悪くなって俺まで下品な輩《やから》みたいになるのが不本意だし、不意の「ひょいぱく」にちょっと、ほんのちょっと動揺したじゃねぇか。

あぁぁぁぁ、もうホントあぁぁぁぁぁ。

3、勇者の情夫

勇者が魔王を討伐し、なおかつ魔族や魔物の生き残りとの和平交渉を続けたおかげで世界は平和になった……らしいが、俺はそれどころじゃなかった。

凌辱《りょうじょく》がちな毎日に、どうにかバカの家から逃げたくて仕方ない。「凌辱《りょうじょく》がち」って言葉、おかしいだろ。

お屋敷の人たちはみんなもの凄《すご》く親切でこんなオークな自分にもよくしてくれるけど、自分、山で暮らせるタイプなんで！

そんな中、世界を救った英雄がオークを囲っているのは風聞が悪いと、俺を排除しようとする人間が出始めたらしい。

もの凄《すご》くよく分かる。もはや共感しかない。

魔族へのヒアリングのため、勇者のお屋敷から離れた片田舎に飛び込み営業的に一人で出ていた時のことだ。

「服を着たオーク！　あれだ！　殺せぇぇ！」

「魔族の仕業《しわざ》に見せかけるんだ！」

仕事ついでに人里離れた自然でリフレッシュとばかりに山際を散策しているところを、武装した十人ほどの人間に囲まれた。

ああ……久々にまともでごく正しい常識的なセリフを聞いた気がする。

うん、それが正解。俺にとってはまさしく彼らが勇者だ。

ちなみに俺は、相手が魔族や魔物であれば身の安全が保障されている。

なぜなら、魔族の間で俺は「勇者の情夫」と言われているからだ。どいつもこいつも脳みそ沸いてんのか。

ヒアリングのついでに情報収集したところによると、どうも「勇者の情夫に危害を加えようとした奴が消し炭にされた」、そんな話があるらしい。ミンチにされた説もあった。初耳だったが、あのバカならやりかねん。

マジでかぁ……ごめんな、消し炭さんとミンチさん。心が痛い。

以前、交渉先で知り合ったオーグリスっていうのかな、オーガのお姉さんと仲良くなった時、「え、コレ仕事つながりの出会いってやつ？　ここから発展しちゃう？」とときめいて踏み込もうとして、「服を着てるオークはちょっと……」と言われたことがあるのだ。

少しもやもやしたものの、「まぁ服着てるのはおかしいか。文化とか認識の違いなんだな。服なんて脱げばいいんだろうけど、どうしてもちょっと抵抗あるんだよ。無理して一緒にいても長続きしないもんだろうし、異種ってやっぱ難しいのかな。今回はご縁がなかったのかも」なんて自分を納得させたのに――完全にあのバカのせいじゃねぇか。

魔王を討った勇者の情夫に手を出す魔族なんているはずがないこの状況下で、こんなチャンスはもう二度と来ないだろう。

『うわぁぁぁー！　殺されるー！』

俺はオーク語で絶叫して鬱蒼《うっそう》とした森へ全力疾走した。

一気に山を越えて谷を越え、また山を越えて国境も越え、海があれば海も越えてやろう。

目前に広がる未来は明るく、世界はキラキラと輝いている。

足取り軽く、まずは目前の山に分け入り「よーし、がんがん登るぞぉ！」と思うのと同時に、背後から響く轟音と閃光《せんこう》。

そして人々の悲鳴。

……は？　悲鳴？

山の中腹まで登ったところで側にあった大きな岩の陰に飛び込み、なぜか煙の上がっているその場所をそっと窺《うかが》う。

討伐隊がいたはずのそこは大地ががっつり抉《えぐ》られ、ボロ雑巾《ぞうきん》のように倒れ伏す人間の姿――俺の勇者様が！　救世主がぁぁ！

そしてそこに唯一、泰然《たいぜん》と立つ男。

バカだ。バカがいる。

俺を救いに来てくれた皆さんは、実力桁外れバカによってあっさりと撃退されてしまった。

「アイツは人を傷つけないし童貞だ」

英雄の風格をもって堂々と宣言するバカ。

本気の殺意を抱いたのはこれで二度目だ。

皆さんの意識があるのか怪しいけど、なに人の秘密《プライバシー》を暴露してやがる。

俺を隠すほどでかいこの岩、投げつけてやろうかと思ったが、アイツにしてみれば屁のつっぱりにもならないし、下手したらあいつの足元に倒れる剣士様が潰れてしまうと思い留まる。

そしてバカはこちらに顔を向けると表情を緩め、ふわりと笑った。

眩《まぶ》しそうに、楽しそうに優しい表情でこっちを見ている。何も知らなければ何人《なんびと》も即魅了される性質《たち》の悪いやつ。

ああくそ、こっちの位置がばれている。

「ハル、もう大丈夫だ。帰ってこい。さっさと出てこないと……分かるだろう？」

そう言って、バカは倒れた俺の勇者御一行様のほうへ手のひらを向けた。

おっまえ、何やっとんじゃぁぁぁ！

オーク討伐隊の皆さんの息の根、止めようとしてんじゃねぇよ、この大馬鹿ヤローがぁぁ！

「戻りましたぁ！　お屋敷に帰ります！　帰りますから！」

命だけは助けてください！

マッハで帰り、足に縋《すが》りつく勢いで必死になって皆さんの命乞いしたわ。

人間を人質にするとか、ガチでイカれてんだろ。人類の敵だぞコイツ。

そして唐突に思い出した。

俺、会社帰りにトラックに轢《ひ》かれかけていた小学生の女の子助けようとして代わりになったんだわ、って。

その感慨に浸《ひた》る間もなく鬼畜バカに強《し》いられたのは、汁だくのイキまくり公開セックスだった。


「やめ！　みんな見てる！　ふあッ‼」

「気絶してるって」

「ち、治療！　手当てしない、とあぁぁぁぁんっ」

「大丈夫、大丈夫。ほら足開けって」

ちゅーで舌扱《しご》きながら手でちんこ扱《しご》くのやめえ！

認めたくないし自分の舌を噛み切ってしまいたいとこだけど、コイツとのキスで唾液が甘く感じられるようになったの、もうホント末期だと思う。

「外は嫌だっつってんだろ！」

魔族に見られようもんなら、また噂されて仕事先で言われるだろうが。コイツは全く気にしないから、被害者が俺しかいなくてホントきついんだよ。

膝で股間をぐりぐりと潰され首の後ろを押さえられて、キスから逃げられない。空いたもう一本の手で乳首いじってくるの器用すぎるだろ。

「分かってる、分かってる。いっぱい苛《いじ》めてやるからな」

俺が望んだみたいに言うんじゃねぇ、馬鹿ヤロウ！

誤解されるだろうがぁぁ！

「イヤだぁぁぁ、おうちがイイッ、おうち帰りたイィィ！」

「一発やってから、なッ」

侵入させまいと後孔に力を入れたのに、戦闘直後のせいかいつも以上に猛《たけ》りきった硬い杭を容赦なく捻《ね》じ込《こ》まれた。全身全霊を込めて閉ざしたオークの括約筋を突破するとか、お前のちんこおかしいだろ。

「あ゛ぁぁぁぁ！」

人目があるのもよろしくなかった。バカの興奮レベルがいつにも増して酷《ひど》い。

いや、分かっている。

バカにとっておいしい材料が揃《そろ》いすぎている。

見られるのが嫌で、いつも以上にガチ中のガチで俺が嫌がっているのがいいのだろう。

頼むから。頼むからもう死んでくれよ。

「オラっ！　オラぁ！」

バカのイキった声とともに「どちゅ、どちゅ」って。

輩《やから》かよ、お前一応勇者だったんだろ。最低だ。

「お前を助けに来てやられた連中の中でヤられて、どんな気分だぁ!?」

うわぁ……

そんな設定でイメプレ楽しんでんのかよ。この鬼畜。クソケダモノ。はっちゃけやがって。

「ん、あ、あぉっおぉ」

後ろから突きながら両乳首捏《こ》ね倒《たお》すの、どっちもきゅんきゅんしてヤバいからやめてほしい。

交尾中の雌猫スタイルで犯される中、二メートル先とごく至近距離で倒れている魔術師と目が合った。その目は死んでいた。魔術師は生きているけど、目は完全に死んでいた。

うん、分かる。

その後、対面座位の姿勢でアンアン言わされている時に、バカの向こうに倒れている剣士とも目が合った。愕然《がくぜん》としていた。

うん、分かるよぉ。

だが今だ。

——チャンスだ。このバカを後ろからやれ。

剣士に目と唇で訴えたがフイと目を逸《そ》らされる。

終わった。

このバカは少々怪我をしているくらいがちょうどいいし、「勇者の皮を被った魔族だと思ってつい」とか言えば説得力ありすぎでセーフだろと思うのに。

まぁ人間同士の刃傷沙汰《にんじょうざた》は抵抗あるだろうし、相手は一応勇者だもんな。俺が悪かったよ。無理言ってごめんな。

そしてバカは絶賛フィーバー中だ。

「あ、奥やめ、奥ダメ、挿《い》れないで、いいぃぃぃぃ！」

集中が途切れたのがバレたのはまずかった。シャツをあっさり引き裂かれて乳首に歯を立てられる。

「う、ぁぁうんッ！」

このシャツ絶対高いのに！　金出したのはこのバカだけど！

シャツに気を取られていると、しゃぶる・いじり倒すの乳首攻めをされて乳首でイった。

みんな、見ているのに。せめてちんこでイきたかった。

犯されてピンピンに立っている緑の乳首を他の人間に見られるのはすげぇ恥ずかしい。乳首よりもっとすげぇもんを見せているけど、それとこれとはまた別なんだよ。

「見られるのイヤだってばぁぁアッ！　乳首と一緒、こねん、なぁ、ムリっ、やめっんッぁぁあっ！」

嫌がれば嫌がるほどコイツのちんこがデカくなるの、ホントどうすればいいんだよ。

「大丈夫、大丈夫。そんなに嫌なら終わったらみんな殺すから」

「ばかがぁぁん！　ダメ、だろぉぉがぁぁぁん！　ダメ、ダメ、あ、イヤ、ダメだぁぁッ」

「イヤじゃないだろ、ハル。気持ちいいな。ほら口開けて」

口内まで犯すように舌を突っ込んでくるコイツは「ダイジョウブ」の使い方を間違っている。

「冗談だから。ハルも気持ちいいように動いて」

いやいや、あれ本気だっただろ。殺すってコイツが言った時、みんなビクゥゥ！　ってなっていたし。

てか全員意識あるやつやん、これ。

そう思いながらも、バカの動きに合わせて腰を振っちゃう俺もどうなのよ。

「あー、すげ。いいよ、ハル。俺のを好き好きって、きゅうきゅうナカ締めつけてきてる。ああ、もうそんなに必死にしがみついて。俺も好きだよ」

自分本位な捏造《ねつぞう》がひでぇ。このまま絞め落としたいけど、以前それをやって酷《ひど》い目に遭《あ》ったからそれもできない。

「トロ顔のハル、ドロドロでかわいいなー、もっと奥突いてやるからな」

そんな壊れた目ん玉、殴って眼球破裂させてやる。

でも今はそんな余裕ないから後回しだ。

「み、見ないで、く、ぁぁぁ！　ヤだぁぁぁ！　あ、あぁ！　い、イイぃ、いや、イヤ、ヤ、なの、に、すご、スゴ好《イ》いぁぁぁッ」

俺がむせび泣くように言ったその途端、低く呻《うめ》いたバカが俺の腰をつかむように捕えると、格段にえぐくなった腰遣いで弱い所をぐりぐり攻めてきた。

「ああつよッ！　そんな、はげし、ヤメヤメヤメヤメ、見られてるのにイきたくなっ、やダァァ、恥ず、ぃはぁんっ、はげし、あ、ぃ、イクイクイク、んん～～――！」

こんなことを言ったらバカが喜ぶだけなのは分かっているけど、黙ってて受け入れていると思われるのも癪《しゃく》で訴える。案の定バカはケダモノと化した。

過去最高レベルの武器と化したバカの剛直と激しい突き上げに、あっけなく俺はイった。

くっそ！　認めたくないけど、めちゃくちゃ気持ちよかった。

絶対このバカには言わんがな！

珍しくバカも一緒にイったらしい。普段は俺を何回かイかせてからなのに。

屋外で、しかも観客《ギャラリー》がいるからだな。どちくしょうめ。

ホント帰りたい。いいよもう、逃げたりしないからさ。おとなしくお屋敷に帰るよ。

小休憩なのか動きが緩やかになったが、相変わらず直腸の奥をぐりぐりと捏《こ》ねられる。

くそ、やっぱコイツの全然萎《な》えてねぇ。

腰を上げて逃がれようとするが、気だるいわ、がっちり抱えられているわ、で全く逃げられない。

「ヤダぁ、もぉイヤだぁ、見られるのツラいぃぃ」

俺もう半泣きよ。なのに――

「ハルは煽《あお》り上手だな。そんなにイヤイヤ言ったら俺また盛り上がっちゃうじゃん」

「そ、そんなに、嬉しそうに言うなぁ、くずぅ」

「ああ。大好きだよ、ハル。ハルの好きな奥、突きまくってやるからイきっぱなしになろうな」

「言葉通じないぃぃぃ」

俺、通訳をやっているのに、なんでコイツにだけは通じないんだよぉぉ。

パンパンパンパンパンすげぇ音がして「え、みんなに拍手されてる？」と、俺の豊満な尻たぶにバカの腰が激しく当たる現実から逃避しかけたものの、観客《ギャラリー》に拍手されるのも生き地獄だ。もうこの現実を受け入れざるを得ない。

醜態《しゅうたい》を見られる俺もつらいが、討伐隊の皆さんももう三十分くらいこの凌辱《りょうじょく》ショーに付き合わされている。

嫌だよな、オークが犯されるの見せられるなんて。でも逃げられないんだよな、下手に動くとこのバカになんかされそうで。分かる。こんなイカれた男、本気で怖いと思うよ。

もうこんなの趣味じゃないAVを強制的に見せられるようなもんだろ。

しかも内容がマニアックで見る人を選ぶ、ヤバくてグロい大多数の人にとって地雷の超ハードなやつ。討伐隊の皆さんのトラウマになるんじゃねぇかな。皆さん、血気盛《さか》んな男盛《ざか》りなのに勃起不全とかになったら気の毒すぎるんだが。

俺は丈夫なオークだから地面が痛いとかはあんまりなくて、それをいいことにこの青姦大好きド腐れバカは遠慮なしの好き放題だ。

コイツ絶倫だし、今日はホント絶好調だからまだ終わらないだろうな。

英雄は死んだって報告したらいいと思う。

最近やっと気付いたんだよ。

俺アレだわ、勇者の鞘《さや》ポジションに転生ってやつなんだなって。

第二章　オーク、遠出する

1、絶望から始まる新生活

バカの屋敷は国王から賜《たまわ》っただか、タカっただかの物件だそうだ。二階建ての十室ほどある建物とそれをぐるりと囲う小学校の校庭ほどの庭に納屋。

俺からすれば豪邸だけど、世界を救った英雄の家にしては小さいと思う。

バカの性癖がアレなばっかりにこのクラスの屋敷なんだな。王様に妙齢のお姫様がいる、とか条件によっては国王にも望まれる男だったろうに。世の中うまくいかないもんだ。

俺はその中でバカの隣の部屋をあてがわれている。

庭の納屋で充分なのに、従者とかそういう扱いらしくバカとドア一枚でつながった広めの部屋だ。金持ちの付き人ともなると部屋も広いんだなぁ。でもこれって、二十四時間いつでも呼び出されるやつだ。超ブラックじゃねぇか。

その扉を俺は今、必死で押さえている。

ドアの向こうのバカも渾身《こんしん》の力で押していた。

昨日ヤったじゃねぇか。今日はゆっくり普通に寝かせろよ。

せめて二日に一回にしろ、とヤるのは決定事項のように認識している自分が嫌になる。

「ハル、寝るぞ」

「一人で寝ろよ、もぉぉぉ！」

なんでさも一緒に寝るのが当然みたいに言うんだよ。

寝ろよ勝手によぉ！

叫ぶように言うと突如、向こう側からの圧が消えた。その瞬間、木枠と蝶番《ちょうつがい》がバキリと嫌な悲鳴を上げる。

あっのバカ！

俺は扉ごとバカの部屋に倒れ込み、勝手に押し合いをやめたバカに瞬時に背後を取られた。

「ドアを壊すなんて、ハルはやんちゃだな」

うわー……これアレだぁ。

咄嗟《とっさ》に跳ね起きようとしたけどバカのほうが速く、断然有利な位置にいる。

「そんな悪い子はどうなるか分かってるな？」

ああ、ああ。お仕置きプレイの被害者だろうよ！

最近このバカの悩みは「ハルが求めてくれない」だそうだ。庭木の剪定《せんてい》を手伝っていた時に庭師の若いあんちゃんが教えてくれた。

当たり前だ馬鹿ヤロウ！　こっちは毎回ぼろぼろに貪《むさぼ》り尽《つ》くされているんだぞ。「もっと」とか言うわけないだろうが！　どんな快楽堕《お》ちシュチュだ！　死ぬわ！

そう思ったのに。

「イ、いや、ヤだぁぁぁぁ、もうムリぃぃぃ」

あーまたイヤイヤ言って乙、って思われそう。でも、今日はちょっと違うんだよ。

「カイルぅぅ、もっとぉ、もっと強くぅぅ」

クズが焦《じ》らしプレイを覚えた件。

誰だよ、コイツにいらん知恵をつけた奴。

外れて床に倒れた扉の上で剥《む》かれ仰向《あおむ》けに転がされた後、圧《の》し掛《か》られて延々ちんこと乳首をいじり倒されている。

「今日は挿《い》れないから、出すだけ出して寝ような。ほら気持ちいいだろ？」

恐ろしく顔のいい男が爛々《らんらん》とした目で乳首舐めながら、俺の宝の持ち腐れビッグマグナムをぐちゅぐちゅ扱《しご》く。

すぐにどろどろになる俺の馬鹿ムスコが恨めしい。

バカは身を起こすと、俺の陰茎に集中し、玉まで揉《も》んでくる。

「後ろがヒクヒクしてるぞ。こっちも欲しいのか？　仕方ない奴だな」

いやもうホントおかまいなく。

バカは優しい笑顔で言うけど、こっちは瀕死《ひんし》だよ。

言われた通りヒクヒクしているの、マジで認めたくないのに。

腹に大きな手のひらを当てられると、体温以上の熱を胎《はら》の中に感じる。おいおい挿《い》れる気満々じゃねぇか。分かってたけどな！

ただバカは最近恐ろしいことに「感度を上げる」ってやつを使わなくなった。

だから――

胎《はら》の中のしこりをバカの指で優しく撫《な》でられるのがつらい。

つらくてつらくて。

「カイルぅぅ、指だけじゃ足りないぃぃい、も、挿《い》れてぇぇ」

とか言っちゃうの、絶望しかない。これ、俺が言ってんじゃねぇかって。

「いいのか？　今日は挿《い》れたくないんだろ？」

今日のテーマは『優しいフリして鬼畜攻め』か。

バカは完全に設定に酔ってやがる。めっちゃ楽しそう。きらきら笑顔が胡散臭《うさんくさ》いことこの上ない。

ていうかそんなこと言いながら、もうちんこを入り口でくぽくぽさせてんじゃねぇか。テメェこそギンギンにしといて、何言ってんだか。

ああ、入り口って言っちゃったよ、俺、もう完全に終わってるぅぅう。

押しつけられたタイミングで、こちらも腰を上げるようにしてバカの切っ先にほころんだそこを押しつける。バカが息を呑んでこっちを見て、俺もグリーンアイズを見返した。

驚いてやがる。ざまぁ見ろ。

次の瞬間、バカの口元が嫌な笑みに歪《ゆが》んで衝撃が来た。

「――っ！」

油断していた。まさか一気に奥まで来るとは思わなかった。一気に達し、噴き出た大量の白濁が腹の上に溜まる。

声も出ない俺の頬を撫《な》でたバカが、浅い部分をゆっくりと前後に擦《こす》る。

ゆっくり、ゆっくりと。

ゆるやかに。

……あー。うーあー、あーあー。えーっと、うーんと。

……

……だあぁぁぁぁ！　そうじゃないだろ！　お前の性能はそういうんじゃないだろ！

「んんんぅ、んんっ、んん……」

言葉にするのだけは嫌で、荒い息とともに鼻にかかった甘い音を立ててアピールする自分。それだけでも本当に、本当に嫌なのに。

「んん？　どうした？」

まだバカはイメプレ続行中だった。

労《いたわ》るように軽いキスの雨を降らし優しく気遣っているふうだけど、そうじゃないって分かってるかんな！　単なる焦《じ》らしってバレてるからな！

らちが明かないとばかりに自分で腰を揺らして気持ちのいい所に当てようとしているのに、すっと躱《かわ》すのなんなん！

こっちは腰振って必死なのに！

焦《じ》らされて焦《じ》らされて。なんとか奥に入れようと動いてるのを両腕で肩を抱いて止めるとか、奥に押しつけたまま動かないとか、なんの拷問を始めたんだよ！

　そんなだから！

「もっと奥ぅぅ、奥がいいぃぃ奥来てぇぇぇ」

　半泣きで言っちゃったじゃねぇかぁぁぁ。もういろんな意味で涙目よ。

「……もうひと声」

　もうひと声じゃねぇよ！

　なに値切るみたいなこと、言ってんだよ！

　お前、金持ちだろ、ケチケチすんじゃねぇ！

「やだぁ、これじゃ足りないぃ、奥ごりごりして、イかせて。もっと、もっとほし、カイルのスゴイのでぐちゃぐちゃに突いて種付けしてぇ」

　前世で得たエロ知識が徒《あだ》となる日が来ようとは。

　種付けとか、知らなきゃ言わずに済んだのに。

　異世界のエロ文化に耐性がない「異世界チェリーボーイ」たるバカは、あっさりと煽《あお》られまくったらしい。驚異の膨張率を見せ、その後は本当に救いようがなかった。


　昨夜、壊した扉はドロッドロだったから裏庭に持っていって焼いた。

　最初から最後まで扉の上で致すって何プレイだよ。まぁ扉はだめになったけど片付けはいつもより楽だったし、高そうな絨毯《じゅうたん》は無事だったからよしとしよう。よしとするしかない。

証拠隠滅を終え家に戻ろうとしたところで、建具職人さんが木材を庭に運び入れているのに出くわした。

ドアの枠、完全に外れたもんな。扉じゃなくて枠。あれ、壁も直さないとどうにもならないだろう。

バカが原因とはいえ肩身が狭い。お詫《わ》びの意味も込めて木材の運搬を買って出た。人間だと時間かかるだろうけど俺がやれば格段に早いし。

俺がお詫《わ》びするのも釈然としないが、壊したのは俺だ。

材料を運ぶ間に、壮年の執事バートンさんが建具職人さんの対応をした。

「あ、もう扉つけない方向ですか。枠だけ直す感じで」

ふんふんと中年の職人さんがバートンさんの要望を聞いている。

そうか、扉は俺たちがすぐ壊すからもうつけないことにしたのか。

そうだよな、修理代もったいないもんな。あいつの部屋とツーツーなのは嫌だけど、もう壊さないかと問われれば「はい」とは断言できないし。

「まぁそうですよね、夫婦の間に扉って、考えたら確かに不自然ですもんね」

建具職人さんがカラカラと笑う。

それ、間違ってますよー。

でも金持ちの屋敷に入る機会なんて滅多にないなら、彼が知らないのは当然かもしれない。

あそこ、付き人用の部屋なんだけど。

教えてあげようかとも思ったが、プロの職人さんに恥をかかせちゃ悪いよなと黙っていることにした。

2、バカの企《たくら》みが断たれ、すべてに感謝する日

俺は今、荷馬車に揺られている。

オークが幌《ほろ》付き馬車の荷台に乗せられて運ばれているとドナドナ感が漂《ただよ》うが、俺はめちゃくちゃ楽しいし機嫌がいい。

なんたってお城観光！

バカが国営軍の演習に参加するというので「いいなぁ、見てみたいなぁ」と言ったところ、あっさり了承された。

いや、俺オークなんだけど。無理って言われると思ったから口にしたのに、バカはともかくお屋敷で働く皆さんも慣れちゃったのか、誰も止めなかった。

魔王を倒した勇者の在籍するこの国は案外小さいらしく、幌《ほろ》付き馬車の荷台で寝ているうちに城に着いた。

お貴族様が乗るような立派な馬車は俺には狭い。バカも一緒にこっちの荷馬車に乗りたがったが、国の英雄が荷馬車はないだろうとちゃんとした馬車に乗せたので、道中一人でゆっくり眠れた。

普段は好き放題されてぐったり寝落ちるパターンが多いから凄《すご》く嬉しい。

着いて早々演習場に直行するバカ。

王様に挨拶とかあるのかと思ったのに。その間ちょっとお城の中を見られるかなと実は楽しみにしていたのに、着いた先は広い円形闘技場《コロシアム》みたいな演習場。

だったら俺に新しい礼服なんか作らなくてよかったんじゃね？　そう思うけど、そこはやっぱお城だからちゃんとした格好しないとマズいか。

高い服屋さんが採寸して作ってくれた馬子《まご》にも衣裳。

あ、やっぱ俺イケてるオークじゃん！　って思えるほどの出来よ。オークをそれなりに見せる服を作るとかプロは凄《すご》いわ。

砂埃《すなぼこり》の中、揃《そろ》いの簡易鎧《よろい》をつけた大勢の兵たちが模擬刀でカンカン打ち合っていたが、バカが現れた瞬間、一糸《いっし》乱《みだ》れぬ動きで剣を胸に掲げ敬礼した。

うわぁ、一大スペクタクル。

それをバカの背後から見られるのだから、ホント来てよかった。

「バドルス、頼んだ」

きらきらの剣と脱いだ上着を俺に渡したバカは、傍《そば》にいた渋い執事服の男性に目配せして群衆に向かう。

あー、これだけ見たらゲームのパッケージなのに。イケメンなのに。

正体はアレだもんなぁ。残念極まりない男だ。

「ハル様、どうぞこちらへ」

バドルスさんは五十歳手前くらいのガタイのいいイケオジで、そんな人に穏やかな笑顔とともにエスコートされると、ちょっとドキドキしてしまう。

特注と思われる大きめのがっしりした椅子と少し高めのテーブルには、所狭しとスイーツが並んでいる。

こっちの世界にケーキってあったんだ！　チーズケーキどころかクリーム使ってるのもあるよ⁉　あ、あれってシュークリーム？　え、シュークリームなの？　キミ、シュークリームくんなの？

「のちほど陛下もご挨拶をとおっしゃられていました」

穏やかな表情でお茶を淹《い》れながらのバドルスさんの発言に「は？」となった直後、皆さんのどよめきが聞こえた。俺はついそちらに目を向ける。

「うらぁぁぁぁぁ‼」

気合充分の声とともにバカに切りかかったのは、どうやら上官らしい。他の隊員の皆さんの揃《そろ》いの武具と違って装備がちょっと高そうだ。

渾身《こんしん》の力で振り下ろされただろうそれをバカは軽く受け流して切りかかるが、上官も姿勢を乱すことなくそれに対応した。

映画みてぇ。

しかもあの上官さん、たぶん女性だ。

息をするのも忘れ二人を見つめていると、しばらくガッキンガッキン戦った後、上官のお姉さんが払うように剣を下ろす。それが終わりの合図だったようだ。

「円陣！　かかり稽古！」

お姉さんはよく通る声で指示を出し、簡素な兜《かぶと》を外しながらこちらへ来る。

その背後ではバカが二十人くらいの兵に囲まれ、一対多勢の戦いを強《し》いられていた。

暴れん坊な将軍とか遠くの山の金さんとか、殺さずの剣士の殺陣《たて》シーンみたい。他にもあと二グループぐらいが順番を待っている。

アイツ実は凄《すご》いんだな。普段はただの変態なのに。

常軌を逸《いっ》した動きはひたすらきれいで引き込まれる。本当に癪《しゃく》だけど。

これ、いつまででも見ていられるな。

そう思ったけど、顔を上げるとアイドルが目の前に立っていた。

外した兜《かぶと》を脇に抱え、汗ばんだ白銀の髪をワイルドにかき上げたその顔を俺は知っている。

街のお店にみんなが飾っている絵姿の女の子。

見かけた絵はどれもドレス姿だったが間違いない。

世間で一番人気のアイドル的存在なんだろうと思っていたのに、そうか「美人すぎる自衛隊員」とか「美人すぎる警察官」ってやつだったんだな。

頭ちっさー、髪は絵と違って肩までのおかっぱ頭だけど凄《すご》い似合ってるし、髪きれー。そしてもの凄《すご》い美人。絵はちょっとかわいい感じもあったけど、実物はクールなきれい系。

でもってアイコラぁぁ。

バドルスさんに兜《かぶと》や模擬刀を渡し、脱いだ長袖を腰に巻いてタンクトップみたいな格好になったその首から下がムッキムキ。うちのバカよりも凄《すご》いかも。

冗談で作ったアイコラそのものにしか見えん。どうしてガタイのいい人って脱いで見せたがるんだろ。それでもやっぱり美人。

そんな美人が――

「ハル殿。来てくれてありがとう」

なんてにこーって人好きのする笑顔で嬉しそうに言ってくれる。もうこれ陥落《かんらく》するしかないよね。みんなが絵姿を飾る気持ちが分かる。俺も帰りに買おう。王都だから色々あるはず。もしかしたら軍の購買みたいな所があるかも。

「甘いものが好きだと聞いたがどうかな？」

そう言いながらお姉さんがテーブルに着くと、すぐにバドルスさんが絶妙のタイミングで彼女にお茶を出した。阿吽《あうん》の呼吸というのか、こういうのを俺もできるようにならないといけないのかな。

……バカ相手にかぁ。ヤル気出ねぇなぁ。無理だな。

「ハルといいます。こんなにたくさんありがとうございます」

慌てて立ち上がる。いかん、情報が多すぎて呆けていた。

「ミランダだ。カイルとは魔王討伐隊で一緒だったんだ。一口もらってもいいかな？」

座るよう仕草で促され、座り直す。ミランダさんは俺の前に置かれていたホールケーキへ流れるようにフォークを伸ばすや、それをがっつり削《けず》った。ホールだとぐちゃぐちゃになりそうでどうやって食べたらいいか悩んでいたから、先陣を切ってもらえて非常にありがたい。ピースに切ってくれたらきれいに食べられるけど、オークだから給仕《きゅうじ》さんが困ってそのままホールで置いたのだろう。

きっかけを作ってもらったことですっかり気楽になり、サーブ用の大きいフォークで食べはじめる。ミランダ姉さんが少し目をみはった。

何かまずかっただろうか。

「ああ、すまない。上手にフォークを使うなと思って。本当に人と変わらないんだな」

ひどく申し訳なさそうにしているところを見ると、わざとケーキを崩してくれたのか。オークってブヒブヒ言いながらガツガツぐっちゃぐちゃにして食べそうだもんな。

そう考えるとオークと同じ席に着いてケーキを食べるなんてこの人、凄《すご》い。さすが魔王討伐隊に選抜されるような人は違うな。

「ハル殿のために用意したんだ。好きなだけどうぞ」

えー、こんなに食べられなーい、とか言っちゃうシーンだけど食べられそう。こんなに食べてもいいのかな。

いいよな、普段食べられないもんな。ダイエットは明日からってよく言うしな。

「カイルに後進の育成を頼むんだが、いつも断られてな。今回はハル殿が一緒ならとやっと応じてもらえたんだ。魔王がいなくなれば次は人同士・国同士の争いにもなろう。うちは小さな国だ。カイルがいる間は安泰《あんたい》でもアレがいなくなればあっという間に滅ぼされかねん」

嘆息して紅茶を口にするミランダさんはとても上品だ。

将軍家のご令嬢とかだろうか。

「利用するようで申し訳ないが、また来てもらえると嬉しい」

「とても楽しいです。ご迷惑でなければまたぜひ」

いやもうコレ完全にご褒美イベントだから。

美人とお茶しておいしいケーキも食べられて、国営軍の皆さんの演習を一等席で見られる。俺、自衛隊の演習とかに興味のあるタイプだったのを思い出した。実際に見に行ったことはないと思うけど。

初めて見る真剣な眼差《まなざ》しのグリーンアイズと、人間離れした俊敏かつ優美な動き。ついバカに目をやってそのまま離せなくなる。いかんいかん。せっかくスイーツが並んでいるのに。

「陛下、そろそろ」

そっとミランダさんに身を寄せたバドルスさんが控えめに告げる。

俺は何か音でも鳴りそうなぎこちなさで美人を見た。

「陛下」

「ん？」

呟《つぶや》きに笑顔で応じられる。

「陛下、魔王討伐に行ったんですか。王様自ら？」

呆然と抑揚《よくよう》なく尋ねてしまったが間違えた。違う、違う、そうじゃない。

そこじゃなくて、陛下って。

「民《たみ》を守るのが王族の務めだからな。あの頃は父が王を務めていたし。まぁ私は周りの魔族をまとめて引き受けるくらいの補助しかできなかったんだが」

整えられた眉をすまなそうにひそめているが、まとめて引き受けたんですか。

そしてやっぱり聞き間違いとかじゃなくて王様ご本人であらせられますするか。

「本当にいつでも来てくれ。王族は若い女性が多くてな。今日ほどではないが、いつも何かしら菓子もあるんだ。予め言ってもらえればたくさん用意しておくし」

社交辞令ではなく熱望していただいているのがひしひしと伝わってきてありがたいが、こっちの都合でおいそれと遊びに来られないよなぁ。残念。

つい微妙な表情で愛想笑いを返した気がする。

「と、すまない。余計なことを言ったな。私や他の姫との縁談の話を聞いたのか？　父が昔少し言っただけだから気にしなくていい。アイツもしっかり断っている。それで父もガックリきて退位したくらいだ」

それってあのバカが『自分、オーク専なんで』って言ったやつですよね？

国の英雄にオークにしか勃《た》たないって言われて失意で退位って。陛下はずいぶんと晴れやかに笑っているけど、国の一大事じゃないですか？

なんでいきなりそんな話？　あ、妙齢の女性王族の話が出たからか。もしかして俺がそれでしょんぼりしたとか思われた？

きっつい、ソレきっつい。

「今のアイツはハル殿にしか興味がないからな」

重ねて妙に慈愛に満ちた笑顔でとどめを刺された。

安心させようとしてくれたのだろうけれど。

王様に反論などするものではない。なんとか愛想笑いでやり過ごすのが大人の作法なんだと分かっている。分かっている、けれども——

「いえいえいえいえ、そういうのではないので」

どうしても国王陛下の誤解を受け入れられない俺は、ごくごく控えめに言う。陛下は反論に激怒することもなく、不思議そうに首をかしげた。

「ハル殿はアイツの隣室なんだろう?」

「はい、小間使いの部屋です」

一瞬の間の後、陛下の眉根がすっと寄せられた。

「ハル殿、そこは……屋敷の主《あるじ》の奥方のための部屋だぞ。アイツにそう言われたのか?」

こちらの住宅事情なんてよく知らなかったし、便利な小間使いの部屋だと思っていた俺は絶句した。

え、どうだっけ?

なんの説明もなく「ここがハルの部屋だからな」ってバカに言われただけな気がする。

思考がまとまらない中、陛下が難しい顔で再度口を開く。

「不躾《ぶしつけ》で申し訳ないが、ハル殿はアイツのどこが好きなんだ？　一緒にいて何が楽しい？　教えてくれ」

空気がピンと張り詰める。陛下からのそれは誤魔化《ごまか》しや言い逃れが一切許されない、真実を誠実に答えなければいけないタイプの質問に感じられた。

「顔はいいと思います。あと食事がおいしいです」

一生懸命考えて、出した答えがこれ。

二つで終わった。

何これ、酷《ひど》い。我ながら完全にアホの子じゃね？

しかもご飯のためだけに好き勝手されているみたいじゃん。身売り感がハンパないし、ものすっごく安い気がする。

でもちゃんと調理された人間のご飯って本当に嬉しいもんなんだよ。山だと火を通すくらいしか調理法がないからさ。バカの家ではバカと同じものをバカと同じテーブルに出してくれてすげぇ嬉しかったんだよ。誰かと調理されたご飯をテーブルで食べるって本当に嬉しくて。

って、これ完全にチョロいやつやん！

微妙な空気を感じ、助けを求めてバドルスさんに目をやると、大人の魅力と余裕に満《み》ち溢《あふ》れたイケオジだったはずの男前がそれはそれは難しい顔をしていた。

「ハル殿、自分の年齢は分かるか？　何年生きたかってことなんだが」

陛下に少し慌てたように尋ねられたが、それならすぐ答えられる！

「春が十二回来ました」

即答した。

それを何歳と捉えるのかは知らないが、なんとなく山で木に印を付けて記録していて、お屋敷に来てからも庭の奥の木に転記した。書いておかないと絶対分からなくなるからな。

「相分《あい》かった」

刹那《せつな》、陛下の雰囲気が豹変《ひょうへん》する。分かりやすく言うならオーラが変わった。

声が低くなり、鋭く細められた目には殺気が宿っている。

「半刻調整します。腕一本まででお願いします」

そう言いながらバドルスさんが恭《うやうや》しく両手で陛下に剣を差し出す。

「ああ分かっている。すまんな」

「ご随意に」

短いやり取りを交わし、片手で剣を受け取った陛下は鞘《さや》だけをバドルスさんに返した。

と、いうことは——

「うるぁぁぁぁぁ！」

陛下の巻き舌、再び。

一足飛びでバカの所までって、陛下？　陛下ぁぁ？

「陛下は風の魔法がお得意でして」

絶妙なタイミングでバドルスさんの解説が入る。

「総員退避！」

「防御展開！」

「下がれ！　逃げろ！　巻き込まれるぞ！」

「引け引け引けェエ！」

「死にたくないなら死ぬ気で逃げろっ！」

いち早く気付いた教官だか指揮官だかの兵士の方々が、若者たちに必死で指示を飛ばしている。

蜘蛛《くも》の子を散らすとはこのことか。さっきまで統一された動きだった皆さんが右往左往している。

戦闘訓練が避難訓練になった。いや、阿鼻叫喚《あびきょうかん》のガチ避難だこれ。

なんか既視感があるけどなんだっけ。

……あー、山で暮らしていた頃、うっかり人間の皆さんに会った時の反応だ。

「オークだ！」「オークが出たぞぉ！」ってやつ。

そして今は「陛下だ！」「陛下が来たぞぉ！」って、兵士の皆さんが命の危険を感じる非常事態になっていた。

何が陛下の逆鱗《げきりん》に触れたのかは分かっている。

陛下！　ミランダ陛下ぁぁー！　自分オークなんで！　犬とかと同じで一年で何歳か年取るタイプだと思うんで！　十何歳ってことはないんで！　たぶん二十代後半か、へたすりゃ三十代なんでぇぇ！

もう一度助けを求めてバドルスさんを振り返ると、紳士はそれはきれいな手付きでお茶を淹《い》れておられた。

「紅茶のおかわりはいかがですか？」

先ほどまでと同じ穏やかな微笑で椅子を引かれる。居心地悪くちょこんと座ると、新しいお茶とお菓子が並べられた。どれだけ用意してくれたのだろう。

ゆっくり見てていいやつなんだ、この惨状。

あっちは稲妻みたいなものをお互いに飛ばし合っているけど大丈夫なんだ。さっき腕一本とか言っていたのは大丈夫……なんですよ、ね？

陛下の真剣がバカの模擬刀をぶった切る。

うわー、陛下すげぇ。さすが。カッコいい。

ただ本当に腕が飛びそうな気がしないでもないけど。

「ハル‼」

バカに鋭く呼ばれて顔を向けると目が合った。

手にしていたパイをゆっくりと口に入れて咀嚼《そしゃく》する。その間ずっとバカと目を合わせてやった。

あーこれも美味《うま》いなぁ。

あんな真剣な顔で俺を呼ぶなんて。初めて見た。真剣な顔のイケメン。うんうん、映画に必須なやつ。

はいはい、分かってますよ。剣投げろってことでしょ？

分かってますけどね。

ポケーッとこれ見よがしにスイーツ食ってやったわ。あーうま、メシウマ。スイーツだけど。

周囲の皆さんには「オークだからな、そりゃ食うわな、仕方ないわな」って思ってもらえるはず。

アイツまだ大丈夫なはずだよ。必死さが足りねぇもん。

「……よろしいので？」

そう言ったバドルスさんが、ちらりと俺の横に立てかけられたバカの剣に目をやるが――

「国王陛下に剣を向けるのはさすがに」

反逆罪適用待ったなしじゃね？　俺も共犯で投獄ですよね？

「大丈夫ですよ。あのバカも陛下相手に丸腰はさすがにキツいと思いますので」

上品なバドルスさんの口からも馬鹿って聞こえた気がする。呆けた顔で見上げると、ダンディなおじ様はまた優しく目を細めた。

「私も魔王討伐隊におりましたもので。調整役をしていました」

調整役って何？

「癖の強い人材ばかりだったもので」

バドルスさん、なんにも聞いていないのに、片っ端から疑問に答えてくれるな。心を読まれてい
る？　って気がしてくるほどに。

「……責任取ってくれます？」

すみません、日本人気質丸出しで。問題になった後で責任のなすりつけ合いとか、ホントよくある話なんで。

そっと目礼で返答される。その口元は少しだけ緩んでいた。

あ、はい。言質《げんち》を取ったとみなしますー。

立ち上がってバカの剣を抜き、軽く振って確かめる。

初めて抜いた。思ったよりも軽いと感じるのは俺がオークだからか。

俊敏性を優先して軽量化した剣なのかなー、剣の重みに頼らずに切るのは大変そうだなー、などと思いつつ、槍投げの要領でバカに狙いを定めて投擲《とうてき》する。

バカは陛下が振り下ろす剣を避けると同時に俺の投げた剣を身を翻《ひるがえ》すようにして躱《かわ》しつつ、ちゃんと柄《つか》を握った。

おお、すげぇ。映画ならスローになる見せ場だな。予告に使われまくる画《え》だわ。あー俺、映画好きだったんだろうな。

「今、狙いました？」

「ソンナコトシナイデスヨ」

バドルスさんのごく落ち着いた問いに棒読みで答える。

そこからの二人はもうゲームの世界で。ガッキンガッキン打ち合っているのに、刃こぼれはしないのかなぁ。

「お二人の剣は特別なもので、とても丈夫なんですよ」

バドルスさんの解説のタイミングが本当にプロフェッショナルすぎる。

「死ねぇぇ、この変態がぁぁぁ！」

なんて陛下が吠《ほ》え罵《ののし》っているけど、これもいつものことなんだろうか。

陛下、カッコよすぎる。きれいなお姉さんなのに男前すぎる。シビれる。必ず帰りに絵姿買って帰ろ。

「陛下のお姿の絵が欲しいんですが、街で売っているものでしょうか？」

軍のアイドルだと思っていたけど、国王となると話が違ってくるかもしれない。ライセンスのある専門店じゃないと買えないとか。

買い物に行く前に確認しなくては、と背後に控えてスタイルを崩さないバドルスさんに聞いてみる。

「街の雑貨店などで手に入りますが、宮廷絵師が描いたものを差し上げますよ」

「いえいえ、とりあえず探してみます。ありがとうございます」

宮廷絵師って！　もの凄《すご》く大きい絵の可能性あるよな⁉

求めているのはこう、ブロマイドみたいなやつなので丁重に辞退した。

自分好みの絵を探したいし。これ、もう推し活だな。

「あ、でもオークが街中をウロウロするのはまずいですよね」

そうなると重厚な宮廷絵師の作になるのか……

「先日『服を着たオーク保護法』が施行されましたから大丈夫ですよ」

んん？

「以前あなたに危害を加えようとした連中がいたでしょう。なんてことをしてくれるんだと陛下が激怒されまして。違反者は重罪です」

あー、そうか。

陛下言ってたもんな。この国は今、バカの存在で平穏が保たれているって。

「ハル様が魔族と交渉してくださるおかげで軍の出動件数が大幅に削減されました。当然、負傷者も減っています。治安が格段によくなりましたし、隣国からも感謝の声が届いております。カイル様だけではなく、ハル様もこの国にはなくてはならない存在なのです」

……うっそでー。

さすがにそれは言いすぎでしょう、と素直に受け入れられない。

「陛下のご負担も軽減されました。感謝いたします」

真摯《しんし》な態度で頭を下げられ当惑する。咄嗟《とっさ》に声を上げようとすると、バドルスさんが顔を上げた。

ほほ笑んでから陛下を見やり、懐中時計を確かめる。

そうだった。ご公務の時間が迫っていたんだったよな。

「止めますか?」

尋ねると、バドルスさんは意外そうに片眉を少し上げた。

「できますか?」

「たぶん」

テーブルの上を見渡して右手で小さめのシュークリームを一個摘まみ、左手に鞘《さや》を持って席を立つ。

二人がぶっぱなし続ける謎の光球の流れ弾に当たらないよう気をつけながらバカのもとへ向かった。

うわぁ、二人とも切り傷まみれのボロボロじゃねぇか。陛下なんて肩も腕も剥《む》き出《だ》しだから傷が痛々しい。

「カイル！」

声を掛けると、二人がぴたりと制止した。目を離したら負けと言わんばかりに睨《にら》み合《あ》い、微動だにしない緊迫した空気の中。

「カイル、はい。口開けて。あーん」

対峙するバカの薄く開けられた口に、俺は無理やりシュークリームを突っ込んだ。

「これまた食べたい」

これを覚えろと、まるで犬をしつけている気分だ。

バカは甘いものが得意じゃないらしく、お屋敷では甘さ控えめの焼き菓子が多い。クリーム系も存在したのかと陛下に食べさせていただいて初めて知ったのだ。

「あと、帰りに買ってもらいたいものがあるんだけど」

バカは陛下を鋭く睨《にら》んだまま咀嚼《そしゃく》し呑み込んだ後、俺が差し出した鞘《さや》に剣を納めた。

「ミラ、もう充分だろう。ハル、帰るか」

笑顔キラキラさせんな鬱陶《うっとう》しい。そこに先ほどまでの鋭い目はなく、陛下がそんなバカを嫌そうに見ている。こんなに強力な同士ができて嬉しい。

「ハル、帰るのか？　ここにいてもいいんだぞ？」

陛下に心配そうに言われた。

それはものすっごい魅力的なお誘いだ。魅力しかなかった。それなのに――

「とりあえず、今日は帰ります」

突然だったので咄嗟《とっさ》に答えたのが、これ。

これぞ日本人。意味不明な遠慮をするやつ。

傍《そば》を離れている間に俺に何かあれば、このバカが何をしでかすか、どうなるか分からない。欲求不満で不可解なテロ行為に走ったり、破壊行動に出たりしかねない。そうなると陛下が苦労する。下手したらこの国は戦争に巻き込まれる。原因はバカの性的欲求不満。最悪だ。最悪すぎる。

でもそういうのは後付けの理由だ。考えて、ひねり出した理由。

なんとなく帰ることを選んでしまった。

別に自己犠牲じゃない。

突然言われたからだな、きっと。

「困ったことがあればいつでも言ってくれ。そっちの治安部隊の詰め所から二日おきに安否確認の巡回を送ろう」

「ダイジョウブデス！」

慌てて遠慮した。さすがにそれはガチで申し訳ない。

会話の間、脇でバドルスさんが陛下の傷口に手のひらをかざして治している。そこに痕《あと》が残ることはなく、命拾いしたと安堵《あんど》した。一国のトップに怪我をさせたなど、平民には恐れ多すぎるのよ。

バカは自分で治している。

「そうか……もし何かあったら、どこの町の詰め所でも即時保護するし、自力で行けなくても誰かに伝言なり窓を割るなり何か合図をしてくれればすぐに助けに行くようにする」

陛下が重ねて、さらっと恐ろしいことをぶっこんだ。お気遣いはありがたいがシャレにならない。

「これから買い物か？　ついていきたいが今日は遊びすぎた。ハル、次は一緒に行こうな」

晴れやかに笑う陛下の俺の呼び方は呼び捨てになっていた。完全に小さい子供だと思われている気がする。

バドルスさんが後で「あのガキけっこう姑息ですよ」とかフォローしてくれたらいいんだけど。

「カイル、例の件は保留だ。現状認められない。当面は保護法で充分だろう」

陛下は為政者の風格でそう言う。バカはぐっと眉間に皺《しわ》を寄せたが何も言わなかった。

「カイル様は演習に参加する条件としてハル様との婚姻を認めてほしいと申請していたのです」

そっと教えてくれるバドルスさんの仕事が素晴らしすぎる。

「え、無理」

即時拒否した。

「それがよろしいかと。勇者が情夫を抱えているよりは伴侶としたほうが体面がよかろうと陛下や議会も前向きに検討していたのですが、ご本人《ハルさま》が了承していないのであれば問題です」

陛下もお偉いさん方もそんな馬鹿馬鹿しいにも程がある議題を真剣に協議したのか。こんな意味不明バカに振り回されて貴重な時間を費やすとか気の毒すぎるだろ。

そして人の世界でも俺は情夫扱いされていたのか。ということは、大多数が体の関係があることを知っていることになる。

よくこのバカは堂々と人前に立てるな。メンタルがダイヤモンドすぎるだろ。俺はいたたまれなさにのたうち回りたい気分でいっぱいなのに。

「確かに陛下の婚姻許可があれば、ハル様の身分は確かなものになり、この国で脅《おびや》かされることもなくなります。が、すでに保護法が施行されているので、情夫の呼称にさえ目をつむれば婚姻にこだわる必要もないでしょう。そもそもハル様の働きは上層部にも浸透しておりますし、それもすぐに改められるかと思います」

呼称なんてもうどうでもいいです。陛下、ならびに法案可決を許してくださった皆様、本当にありがとうございます！　このご恩は一生忘れません‼

帰りの荷馬車の中で俺はフンフン言いながら寝っ転がってバカに買わせた陛下の姿絵を見ている。

バドルスさんに専門店を教えてもらい、バカに案内させた。

髪が長かったりドレス姿だったりするものがほとんどだったけど、店の隅に軍服姿の凛々《りり》しい絵姿もいくつか並んでいてその中でも一番陛下らしい、カッコいいのを選んだ。

自分で何かを選ぶって初めてかもしれない。山では選択の余地がなかったし、今は全部、周りがしてくれるから。

バドルスさんは有名人のブロマイドショップ的絵画専門店だけではなく、お菓子屋さんとおもちゃ屋さんもおススメしてくださった。

おもちゃ屋さんはやはり子供扱いされているのかといたたまれないが、せっかくなのでお屋敷で働く人たちのお子さんへの土産を購入する。

どこも突然オークが行ったのに、ごく普通の人間のように対応してくれた。それに後で気付いて陛下やバカの存在の大きさを痛感する。

凝《こ》った額縁の姿絵にうっとりしていると、前方から「えっ、うわっ」って御者のおじさんの慌てた声。それと同時にトンッと何かが板に当たるような音がした。御者の後ろの垂れ幕をばさりと払うようにして現れたのは、案の定バカだ。前を走っていた貴人用の馬車から飛び移ってきたらしい。

感動的な一日だった。バカ以外のすべての人に感謝し、姿絵に浮かれていて完全に失念していたが。

あれだけ暴れ回った後だ、このバカの馬鹿ムスコの状態がよろしくないに違いない。

馬車が山に入ったところでそっと下車からの逃亡《ランナウェイ》を果たすべきだった。「寝てたらうっかり転がり落ちました」って言ったら、御者のおじさんも気に病《や》まないだろう。

バカは俺にはクズだけど屋敷で働く人や町の人には意外とまともで、おじさんを叱責《しっせき》することはしないはず。

このままカーセックス展開なんて、絶対に嫌だ。

圧《の》し掛《か》かられまいと跳ね起き警戒態勢を取るが、バカはばたりとそこに倒れた。

「眠い。こっちのほうが寝られる。もー疲れた。鈍《なま》りまくってる」

ぶつぶつぐだぐだ文句を言っている。眠いなら寝ればいいのに。

魔王を倒した男が陛下相手にここまで疲弊するものなのか、それとも陛下が魔王レベルだったのか。魔王って結局なんなのか。色々と聞きたい気もするがとりあえず……

「なぁ、腕、切り落とされたことあんの？」

「んん？　まあ俺は二回だけだけど」

その言い方は、何回か切断する人もいる感じの言い方だ。

「あーだるい」

「足、乗せるか？」

疲れすぎて逆に眠れないやつなのか、板に薄いマットを敷いただけの寝床で寝づらいのか、バカはうごうごと左右に体を揺すり続けた。

足を高くしたほうが楽かもしれない。

俺はバカの足のほうに移動し、そこに膝を伸ばして座る。バカはちらりとこちらを見上げた後、横になったまま這うように移動し、太ももに頭を乗せてきた。イモムシかよ。

……無理があるぞ。膝枕にするには太すぎるだろ。足を乗せろと言ったのに。

やはり寝心地は最悪だったらしい。眉間に皺《しわ》を寄せてからバカは自分の隣をトントンと叩く。ここ空いてますよってか。

嘆息してバカの左隣に横になると、いつも通り右腕と右足を乗せた。普段からバカは左側を下にして俺を抱き枕にして寝ている。

「陛下も？」

「はじめに俺の腕を撥《は》ねたのはアイツだ。腕が腐る攻撃を受けた時に。そんなに気に入ったのか」

姿絵を憎々しげに見るので、俺の宝物に何かされる前に手でその瞼《まぶた》を下ろす。

「お前もカッコよかったぞ？」

つい疑問形になった。

腕をふっ飛ばされるのって怖すぎだろ。それを二回って。

コイツは今までどうやって生きてきたのか、なぜ勇者に選ばれたのか。

陛下は国民のためだと言ったが、コイツは何を思ってそんなに体を張って戦っていたのか、その経緯も、魔王を討った状況も何も知らない。

聞きたいけど、果たして本人は話したいものなのか。

乗せられた腕と足が重くなってくる。そろそろ眠れるらしい。

知りたいと思うのはストックホルム症候群とは違うよな？

お屋敷に到着してもバカは起きなくて、なんか寝ているというより死んでいるみたいだった。

「あ？　気絶してたのか？」と首をかしげていると、出迎えのバートンさんが驚いた顔をする。

「魔力が切れかかってますね」

「ヤバいんですか？」

「ああ、そんな心配そうな顔されなくても大丈夫ですよ。何日か眠れば起きられますから」

心配そうな顔をした覚えなんてない。俺、オーク顔だから表情が分かりづらいんだよ。バートンさんの見間違いだ。

「ああ、ミランダ様と……」

バカをお姫様抱っこで寝室に運ぶ中、俺の話を聞いたバートンさんは納得したように唸《うな》った。

「実戦でミランダ様は旦那《カイル》様の補助役でしたから。旦那様に負担のないよう補助をしてくださっていたので現役時代はここまで疲労することはなかったでしょうが、ミランダ様がお相手となるとこうなるのも分かります」

バートンさんが寝室のドアを開け、ベッドカバーを整えてくれる。

「え、じゃあ陛下も今頃――」

こんな状態なのかと慌てるが、バートンさんはほほ笑む。

「バドルス様がいらっしゃったでしょう？　バドルス様はミランダ様の補助役ですから、ミランダ様は間違いなく大丈夫ですよ」

そういえば、あの後バカは自分の怪我を自分で治していたが、陛下の傷はバドルスさんが治していた。

まあ王様がぶっ倒れるような事態をバドルスさんはじめ周囲が許すワケないか。

「コイツはもう転がしとくしかない感じですか？」

「そうですね、魔力譲渡ができる人材はここにはいませんから」

うわぁ……。なんかコイツが可哀想になってきた。

分かっている。同情したら負けだ。

3、その頃のミランダ陛下とバドルスさん

カイルやハル様と謁見し公務に戻るため演習場を出たところで、陛下の体から力が抜けた。糸が切れた人形のようにその体がかくんと崩れる。

私はそれを支えて抱き上げた。

「おつかれさまでした」

「まったくだ。久々に疲れたわ」

一気に血の気の引いた顔に、歩く速度を速め目的の部屋に急ぐ。人目がある所では決して弱ったところを見せず根性で乗り切ってしまうのが恐ろしい。

「ハル様には少し遠方の店をいくつかご紹介しました。対応についても依頼済みです」

三店舗にカイルとハル様の来店予定と通常の接客を依頼した。いきなりハル様が来店すると驚くだろうから。

「上出来だ。ハルは王都が初めてだろうからな。少しくらい散策したいだろう」

そう言ってから陛下はふっと鼻で笑う。

「ぶっ倒れたいだろうに、ざまあみろ」

国民には到底見せられない悪人顔だ。いつになく楽しそうで何より。今日は相当なストレス発散になったことだろう。

「保留と聞いた時のアイツの顔を見たか？　反論したかったのだろうがその気力もなかったらしい」

くつくつと喉を鳴らして実に楽しそうだ。訓練時代からの同期だというのに、相変わらずカイルとは相性が悪い。

二人とも背中を預ける程度には互いの実力を認めているし過去に何かあったというわけではないのだが、とかく反りが合わない。魔王討伐という共通の目的がなければ絶対につるまないタイプだ。私は完全に同族嫌悪だと認識している。

先代の国王、つまりミランダ様のお父上は「魔王討伐を果たした勇者と王女」という看板で他国へ力を誇示するため、二人の婚姻を強く望まれた。しかし、当人たちの関係を見れば無謀にも程がある案件だ。下手したら挙式当日までに城が崩れただろう。

それがまさかカイルの特殊性癖に救われようとは。人生、何がどう転ぶか分からない。

「これでハルの希望を無視して帰るようならハルを保護するんだが」

「カイルも真剣に店の位置を聞いていましたから、足を運ぶことと思います」

「だろうな」

陛下は嘆息する。

「次回からはハル様を招待されますか」

「そうだな。そのほうが確実にあの変態も来るだろうしな」

今日の演習場の損傷はすぐに修繕するつもりだが、今後はカイルが来る度に修繕箇所が発生するかもしれない。それなりに修繕費が発生しそうだが、散財に興味のない陛下は日頃実に慎《つつ》ましい生活をしているし、そんな陛下のストレス解消になるのであれば安いものだ。

カイルが執心しているというオークは、一般的に知られるオークに比べて肌の色が妙に薄く、容姿も人間に近かった。姿勢のいいオークなんて初めて見た。

これまで前屈みの猫背・足はがに股のオークしか見たことがないのだが。両足を揃《そろ》えて直立していたぞ。そのせいだろうか、まさかあれほどの知性があろうとは。

人間のルールを理解するどころか、高貴な人間の前での立ち振る舞いに気を配り、空気も読んでいた。頭の回転が速いのだろう、判断も迅速で的確だ。その辺の文官よりもよっぽど優秀ではなかろうか。

「魔族との交渉がはかどるはずだ」

陛下の呟《つぶや》きに完全に同意する。

「よかれと思ったが、野暮だったか？」

「ハル様は隙あらば一矢報《むく》いたいという目をされることが何度かありましたから、野暮ということはないかと」

あの二人はとても相思相愛には見えない。杞憂《きゆう》だと言ったつもりだったが、陛下は眉をひそめた。

「それは……『今が一番楽しい時』ってやつじゃないか？」

「違いますのでご安心ください」

まともな恋愛経験がないためか、陛下は独特の恋愛観をお持ちのようで理解に苦しむことがままある。

首に回された陛下の剥《む》き出《だ》しの腕と、首元にもたれてくる額《ひたい》。肌同士が密着したそこから魔力を譲渡するが、陛下の魔力の枯渇は激しい。カイルも同様だろう。

あれだけ派手に暴れ回った後、魔力譲渡を受けずに王都を散策など考えただけでぞっとする。カイルには取り急ぎ高濃度の回復薬を持たせたが、あれでは気休め程度にしかならない。護衛隊を組織して秘密裏《ひみつり》に同行させている。

不意に陛下の腕に力が入る。

しまったと思った時には遅かった。

腕で首を固められると同時にがっぷり口に吸いつかれ、がっつり魔力を持っていかれる。

直後来るだろう脱力に備え、咄嗟《とっさ》に片膝をつく。落としてもなんら問題ない丈夫な体とはいえ、陛下を落とすのは褒められたことではない。

陛下の足が床に着くなり完全に形勢が逆転した。へたり込む私の胸倉をつかみ股座《またぐら》に陣取った陛下が、圧《の》し掛《か》かってくる。

「陛下、もうっ――」

充分だろうという抗議はまた陛下の舌で遮《さえぎ》られた。

これだけ元気ならばもういいだろう。

実に官能的で濃厚な舌遣いに、勘弁してくれとたくましい両肩を押し返す。こちらは魔力を奪われた状態、そんな抵抗など陛下にとっては赤子を相手にするようなものだ。

「んんん――っ！」

唸《うな》り声《ごえ》で抗議するが急速に力が抜ける。やがて「ぷはっ」とでも言うように陛下が離れた。

「勃《た》ったか？」

「魔力吸われまくってるのに勃《た》つわけないでしょうが」

こっちはぜぇぜぇ肩で息をしないといけない状態なのだ。相変わらず無茶苦茶を言う。

はははと陛下は笑っているが、本当に勘弁してほしい。

「ちゃんと部屋に若いのをご用意してるんですから、そっちから魔力譲渡を受けてくださいと何度言えば」

小言を述べていたのを陛下に横抱きにされ、深いため息しか出ない。

陛下の魔力補給のためにすでに若く魔力の強い隊員を十名ほど揃《そろ》えている。だというのに、「集まってもらったが不要になった」と言う私の立場にもなってほしい。

彼らは皆、「そうだと思ってました。大変ですね」って顔で退室するんだぞ。今日は他の誰かに行かせよう。

「若いのと手をつないでちまちまやってると時間がかかるだろうが。ただでさえ今日はあの変態のせいで時間がおしているのに」

効率を考えれば、それは確かに正論にも聞こえるが。

「いつも言ってるだろう。お前から一気にもらったほうが不純物が混ざらない分、負担が少なくて楽なんだよ。それに」

確かにド正論ではあるのだが。陛下は笑みを深める。

「バド、お前の魔力が一番美味《うま》い」

横抱きの状態で妖艶に見上げてくる。

こちらのほうが頭が高い位置にある。言いようによっては上目遣いなのかもしれないが、陛下のそれはそんなかわいいものではない。

「どうせまた旦那候補を混ぜてたんだろ？　その気にさせるのも相手に悪いじゃないか。いい加減諦めろって」

歩廊に出てがつがつ歩きながら執務室を目指す陛下に、周囲の人間はいつものように目礼した。日々の鍛錬により鍛え上げられた陛下よりなお、私のほうが体格がいい。そんな私が娘ほどの年齢の女性に運ばれているのだが、皆それについて何も触れない。さすがは陛下だと思うしかなかった。

国王たる陛下には当然、世継ぎを望む声がつきまとう。

仕方のないことではあるが、幼少の頃から魔王討伐だけを目指し、討伐の際にはズタボロになって国を救った人間になお要求を重ねるのかと思うと釈然としなかった。

心配せずとも、彼女は思慮深く有能な名君だ。もう好きにさせてやればいいではないかと思ってしまう。

なにより。

「私はお前の子しか孕《はら》む気はないと言っているのに」

この一点張りだ。

毎度「こっちはもう若くないんですよ。勘弁してください」と答えるしかない。

「現役のくせに何を言うか」

何を知っているというのかと言いたい。恥じらいを忘れてお生まれになった高貴な方との会話は疲れる。

「とはいえ、まぁ子供のことは気にするな。気にしすぎてお前が不能になっても困るしな」

本当に疲れる。一応、淑女としての嗜《たしな》みを学ばれているはずなのだし、すべてにおいて優秀な陛下だ。確実に知識としては身に着いているはずなのに。

「次の王なんて優秀な奴が就けばいいんだよ。世の中あれだけ優秀なオークがいるんだ。いくらだっているだろ。私よりマシな奴がいればいつだって譲ってやる。その気になりゃどうとでもなるんだって」

無責任な口ぶりだが、この人ほど民草《たみくさ》を第一に考え、実行に移してきた王はこれまで存在しない。

「心配無用だ」

陛下は断言する。

「私が法だぞ」

唇の片方だけを上げ、堂々と絶対の自信を持って傲慢に言いきるこの王は本当に強く美しい。

そうだ。

誰も陛下には敵わない。

だから私は四十代半ばにして衆人環視の中を姫抱きで運ばれることになるのだし、そんなこの状況を心を無にして耐えるしかないのだった。

4、甘いケーキの間違ったおいしい食べ方

魔力切れとやらを起こして撃沈したバカをベッドに転がし、買い込んだみんなへのお土産を荷馬車に取りに戻った。

俺に付き合って買い物している場合じゃなかったんじゃと思ったが、気付かなかったことにする。うん、知らない知らない、気にしない。

普段、散々な目に遭《あ》わされているんだ。それくらいいいだろう。陛下やバドルスさんも分かっていたはずなのに止めなかったし。

バカはその日、微動だにしなかった。もの凄《すご》く落ち着かなかったけど、それはたぶん俺の中に初めてのお出かけと陛下対バカのアクションショーに対する興奮の熱が残っていたせいだ。

脈が止まっているのに気付いて夜中にバートンさんの部屋に突撃したのも仕方ないだろう。魔力切れを起こすと呼吸も脈拍も通常の三分の一以下になるなんて知らなかったんだから。仮死状態と

いうと怖いから、省エネモードに入っただけだと思うことにする。

こんな時に恨みを持った魔族などが来るとまずいんじゃ……と思ったが。

「国が護衛を付けてくださっていますよ。そもそも魔力切れを起こすような相手なんてミランダ様くらいで、こんなことはまずあり得ないですから」

陛下パネェな。

翌日、裏庭で薪割りをしている最中、違和感を覚えてふと顔を上げる。濃緑の長袖長ズボンに口元まで隠す緑頭巾《みどりずきん》の人が庭木の向こうに立っていた。

忍者かな。周囲の景色にきれいに溶け込んでいるが、こちらをじっと見ているので台なしだ。

軽く歩み寄り、充分距離を取った所で目を合わせたまま小さく会釈《えしゃく》する。

俺、オークだから初対面の人とはちょっと距離を取るようにしているの。怖がらせるだろうし。

「薪割るの、凄《すご》く早いですね」

意外なことに忍者さんから声を掛けられた。

え、嘘。褒められた？　マジで？　凄《すご》く嬉しいんですけど。

大の大人が斧を振りかぶって一個割って、新しい木を立ててまた振りかぶって……ってやるような仕事をオークなもんで座ったまま、卵を割るみたいにパッカンパッカンできるの。強くてイケてる男っぽくて自分でもやっていてめちゃくちゃ気持ちよくて薪割りは好きな仕事の一つだ。

「こちらの冬はやはり寒いですか？」

「ああ、あれは学校や病院なんかに寄贈する分なんです」

忍者さんの視線の先の薪の山を見やってそう答えると、彼は少し目をみはった。忍者さんなのに表情が豊かだ。

薪割りをしていると自分に酔っちゃって、いつまでもやっちゃうんだよ。とても屋敷では消費できないくらいの量になるし、薪の確保ってけっこう大変って聞いて暇な時は延々やっている。日頃バカから強《し》いられるアレやソレやを忘れて無心になれるし。

「あの、すみません。ご迷惑をお掛けして。夜もありがとうございます」

交替で夜通し警護していただいていることに気付いて、お礼を言っておく。申し訳ないことこの上ない。

「私は故郷の村をカイル様に魔族から救っていただいた身ですので当然のことです」

おお、勇者っぽい。あ、俺、魔物じゃん。

「私だけではありません。この国の者は全員、討伐隊の皆様に返しきれない恩があるのです。お気になさらないでください」

忍者さんにそんな丁寧《ていねい》な言葉を使われると、いっそう肩身が狭い。それが顔に出ていたのだろうか、忍者さんは柔らかい表情を浮かべた。目元しか見えないけど。

「実は王都を散策されている時からずっとご同行させていただいておりました。カイル様の表情がずいぶんと豊かになられていて驚きました。いつも何か張り詰めたようなお顔をされていましたから。顔色も以前よりもずっとよくなられて何よりです」

顔色の悪い不愛想な勇者か。勇者っぽさゼロだな。オークに飢えて欲求不満だったのか？　さすがにそれはないと思いたいが、あのバカのことだ、分からんな。

「お伺いしたいのですが。どうしてお子様へのお土産をカイル様からだとおっしゃったのですか？」

……この人、ほんとずっとついてきてたんだなぁ。

確かに、俺は子供たちへのお土産を屋敷の大人たちに渡す際にそう言った。

「お金出したのはバ……彼ですから」

「でもお選びになったのはすべてあなたですよね」

うわぁ、お店の中にも一緒に入ってたのかぁ。忍者さんが何に引っ掛かっているのか分からないけど、国から派遣された人だから疑わしきは確認しないといけないのだろう。正直に話さないと許してくれなそう。

「俺からだと言って子供たちが間違えてよそのオークに近付いたり、魔族が安全だと思ってしまうと危険ですから。オークは危険なものって認識のままでいたほうがいいでしょう？」

よそのオークって。自分で言っててちょっと笑いそうになる。

「……皆さんは内助の功だとおっしゃっていましたが」

な!?　思わず絶句した。

え、なんか聞き間違えたか？

「こちらに配備されているのは選《よ》りすぐりの有能な方々ばかりですから、心配は要りませんよ。ちゃんとお子様にはうまく言ってくださるでしょう」

そして——

「カイル様のお目覚めまで誠心誠意お勤めさせていただきますのでどうぞご安心ください、まるいのけんさい様」

忍者さんはそう言ってまた風景に溶け込むように消えていった。

丸井のけんさい？　県債じゃないよな？

「まるいのけんさい様ってなんですか？」

屋敷に入ったところで見掛けたバートンさんに忘れないうちに質問する。俺がこういうことを尋ねるとバートンさんやお屋敷の人はみんな丁寧《ていねい》に教えてくれるの、ホントありがたい。

言葉は分かっても固有名詞やことわざみたいなものは全く分からなくて、こういう時は妙に「やっぱ自分は異世界っ子なんだな」と思う。

「それは『マルイ王の王妃』のことですね。大昔、国が傾いた時に王を立て、知恵で助けた王妃の話です。良妻賢母《りょうさいけんぼ》のように使われることもあります」

あ、賢妻ってことね。

……忍者ぁー！　どんな思考回路しとんじゃい！

その後、どんなに捜してももう忍者さんには会えなかった。

いや、でも俺が捜しているの見てるでしょ。出てきてくれてもいいんじゃね？

堂々と警護したらいいじゃん！　と思ったけど、そうするとバカが弱っているのがバレバレだからだめなんだろうな。

三日目の朝、ミランダ陛下から大量のスイーツが届いた。魔力で冷やせるんだって。魔法って素晴らしい。

ケーキ！　クリーム！

バートンさんに聞いたところによると、どうもバカのお屋敷周辺にはこのテのスイーツがないらしい。やっぱ王都は違う。

バカの寝室のテーブルにケーキをセッティングしてくれたバートンさんに「魔力が戻って顔色もよくなったからもうすぐ目が覚めるでしょう」と言われる。俺、別に聞いてないけど。

カットされたケーキをフォークで口に運ぶが、一人で食べてもどうも味気ない。従業員さん用のテーブルでみんなと一緒に食べればよかった。そうしよう。

ケーキの皿を持って立ち上がり、一応バカの様子を確認してから出ようとベッドを窺《うかが》う。バカの瞼《まぶた》はうっすらと開いていた。

「二日以上寝てたぞ。大丈夫か？」

手にしていたケーキをサイドチェストに載せ、ゆっくりと身を起こすバカを手伝った後、水差しの水をグラスに注いで渡してやる。

「これから厨房に行くけど何か欲しいものあるか？」

少しぼんやりしているバカに確認すると、空になったグラスが戻された。同時に胸ぐらをつかまれ唇を奪われる。

オークのでかくて色の悪い舌をちゅーちゅー吸うのって気持ち悪いよな。こいつよくやるよな、気持ちワルと思った次の瞬間、かくんと膝が折れた。

……え？　体が重い……？

「あ、悪い」

ベッドでかろうじて上半身を支える俺に、なんら悪びれない調子でバカが言う。

「欲しいものないかって言うからつい」

何か照れたように言いながら、バカは俺の巨体をベッドに引きずり上げて仰向《あおむ》けに転がした。

弱々しく押し返すしか抵抗できない俺の舌をもう一度舐め回し、吸う。

「ん、んんっ！」

抗議するが、力が入らなくなった腕がぱたんとシーツに落ちる。

「一番手っ取り早い魔力譲渡だ」

「嘘つけ。バートンさんがここには魔力譲渡できる人はいないって言ってたぞ」

俺、オークだけど魔力ないし！

あーもー、声も張れねぇ。なんかもうヘロヘロ。

「魔力譲渡は譲渡する側が手順を踏むからな。この辺にはできる人間がいないんだ。でもこの方法なら譲渡する側が方法を知らなくても魔力の受け渡しができる。ハルも実感はないだろうけど、オークだから魔力は持ってる。まさかオークの体内の魔力を吸うなんて誰も考えないからそう言っただけだろう」

ひどく納得した。オークとちゅーして魔力をゲットする頭のおかしい奴なんてコイツくらいのもんだろう。もう納得しかない。しかもこっちが譲渡する気なんてなかったから強奪だ。

「……甘い」

自分の口元を舐めてなんでか嬉しそうに妖艶さを滲《にじ》ませたバカが笑う。

まぁ俺、ケーキ食べたとこだったし。

顔だけはいいのになぁ。残念がすぎるだろう。陛下も言っていた。『誰があんな変態と結婚するか。自分で王位につけてラッキー』ってなるわな。その後で『そのせいでハルが……』って俺が犠牲になることで国の安寧《あんねい》が保たれる案件に顔色を暗くされていたけど、それは陛下のせいじゃない。ホント気にしないでほしい。深刻になられるとこっちがつらくなる。

バカがチラリとサイドチェストの上のケーキを見て眉をひそめる。

「今朝届いたんだ。陛下から」

甘いもの嫌いなのか？　と思った直後、俺のシャツを左右にバリーッて。また破るぅぅ。

そして人差し指でクリームをすくうバカ。嫌な予感しかしない。

それを乳首にトッピング。ハイ来た。なんでそんな知識があるんだよ。

国王陛下ですぞ。陛下に賜《たまわ》ったんですぞ。なんてことしてくれんの。

こっちが動けないからって好き勝手しやがって。

イケメンが緑色の肌を必死でじゅるじゅる言わせる姿はシュールすぎる。バカがクリームを塗った左乳首を舐めしゃぶりながら、空いている右乳首を指でとんとんとんとんしつこく叩く。

まどろっこしいとか思わない。思わないったら思わない。まどろっこしいが焦《じ》れったいって意味とか俺は知らない。

バカが合間に小さく笑った。その顔は嬉しそうで世のお嬢さんがみんな、キュン死しそうなやつだ。

「いつもよりずっと甘い。母乳みたいだな」

――スンってなった。

キモ。きっも！

これ、無視して「バートンさん、起きましたよー」って素で部屋を出たらいいんじゃないか。そしたらこのバカも少しは冷静になって恥ずかしがるんじゃないか。

そんな凄《すご》い妙案を思いついたんだけど悲しいかな俺、動けねぇんだよ。

「ずっとここにいてくれたんだな」

いや、そんなことはない。それはテメェの勘違いだから嬉しそうにすんじゃねぇよ。

丸二日以上意識がないとか怖すぎてちょくちょく様子を見に来ていたけど、けっこう外もウロウロしていたぞ。薪割りとか。

「時々一瞬、意識が戻るんだ。その度にハルが近くにいたのを感じた」

まぁ夜はベッドの隣の床で寝てたからな。それじゃね？　寝てる間に息止まるんじゃないかって思って、さすがに人としてほっとけなかったからな。

「待たせたな。いっぱい気持ちよくしてやるからな」

待ってない。全然これっぽっちも待ってない。

反論するより先に口を塞《ふさ》がれた。

「――んあああああああああああっ」

数日ぶりに剛直を捻《ね》じ込《こ》まれると同時に射精した。

「ハルはこれが好きなんだよな、どう？　おいし？」

バカが完全に中年エロオヤジにレベルアップしやがった。きれいな顔をしているのに残念すぎる。

丸二日以上寝ていた奴がなんでこんなに元気なんだよ。

またクリームを乳首に塗られ、今度はぬるぬると捏《こ》ねられる。ぬるぬるがヤバい。いつもと違う感覚に腰が揺れる。

「食べ物でッ、遊ぶ、なぁ、あと、でぶん殴るぅぅ」

クリームって貴重なんだぞコラァ！　この辺りの子は食べられないんだぞ！

「やめ、後ろからそんなパンパンしながら乳首いじんなぁぁ」

うつ伏せにひっくり返され、腰だけを抱えるように上げられる。両腕が体側にくったりと投げ出され悲惨すぎる様《さま》を晒《さら》している自覚がある。これ、漫画だと最終的にアヘ顔になるやつじゃん。嫌すぎる。

「ひぁ、ひぁ、んぁぁぁあ゛ぁっ」

「ハルはいくら抱いても締まりがよくて最高だな」

そりゃ毎回お前が回復魔法を使うからだろ。じゃなかったら、こんなに容赦なくガンガン突かれるんだ、とっくにガバガバだろうよ。

「カイル、もぅむり、もうダメもうダメ、だめだめぇ死ぬっ死ぬぅっ」

バカの激しい突き上げに体が前方へ押されるのを、両腕を後ろから引っ張られて食い止められた。このケダモノめ。

「ほら、ここ好きだろ、ハル。ここもっと苛《いじ》めてやるからな」

「ひぁっ、はげひ、またイく、んあ、はぁぁん、まらイくぅぅ、あひ、ひあぁぁん」

執拗《しつよう》に前立腺をいじられてイかされた直後、今度は殴るように奥に叩き込まれ後ろだけで連続でイかされる。足に極限まで力が入り爪先《つまさき》も限界まで丸まっていた。つりそう。

「あぁぁ！　もぅイッたぁぁっ、イッてる、イッれりゅっればぁぁ」

「ああ！　イってる間も突きまくってやるよっ」

「だめだめだめやめぇぇ゙もう出ない、もう出ないのに、イクの、とまんない、もうイかせん、なぁ゙ぁぁ」

肉壺と化したそこがバカを締めつけているのにどすどすと無理やり奥を攻められ、揺さぶられて暴力的な快楽に晒《さら》される。

「ああ、ハルのイキ穴すごい。ナカがきゅうきゅう締まってる」

脳が痺《しび》れるような感覚。それが直後、全身に走った。

こうなるともうだめだ。抗えない。どろどろの深みに堕《お》ちていくのを感じる。気持ちいいとしか感じられず、さらなる快感を貪欲《どんよく》に求めてしまう。

バカが身を起こし、ずるりと剛直が出ていく。その感覚に必死で首を横に振った。

「いやっ、抜くのまだっ、もっとがいい、もっとして」

子供のような駄々が口をついて出る。バカは笑って俺の体をまたひっくり返す。

「かっわいいなぁ。ほら、このほうが顔が見えるだろ。ドロドロのイき顔見せろ」

「そこ浅いぃぃ、もっと奥、奥までハメてぇぇ」

入り口付近で大きな亀頭だけを出し入れして遊ぶバカを詰《なじ》る。

「この欲しがりめ」

言いながら舌を絡められた。また太く硬いモノが奥に戻ってくるのが嬉しくて、入りやすいよう腰をくいくい動かして受け入れた。これこれ、これなんだよ。

「カイル、もっと奥ぐちゃぐちゃ、もっとぐちゃぐちゃがいぃぃ、ぐちゃぐちゃに突いてぇ」

「あーくっそ！　ハルかわいい、大好きだハルっ、結婚しよっ」

相変わらず腰遣いがエグい。絶好調だ。

ああ、コイツ完全に体調戻ったんだな。よかったよかった。ってそんなまともじゃない感想を抱いたのは、身も世もないくらい頭がおかしくなりそうな快楽に襲われていたせいだろう。今の俺はまともじゃないから仕方ない。

きもちいい、きもちいい、脳みそとけそう。もっと奥来て、奥突いて。

なけなしの力を込めてつながれた手を握ると、握り返された。

「あ、ひあ、気持ちいい、そこイィ、好き、そこ好き、きもちいっ、もっと、もっとぉぉ、じゅぼじゅぼしてぇぇ」

奥への強い刺激が欲しくて泣きそうだ。

「ああ、俺も好きだっ」

違う、そうじゃなくて、と思ったが。

バカの動きが激しくなるとともに、俺の内側に蓄積された快感が限界に達する。全身が痙攣《けいれん》しはじめた。

「んアア！　もうイク、もうイク、げんかいっ、すご、すごいのクル、あークルクルクル、カイルっカイルっ」

「ああ、一緒にイくぞ、ほらここ締めてっイケっ、ぉらイケ！」

だめ押しとばかりにバカが最奥を打つ。

「いあぁぁぁ――ッ！」

俺はまた一段と激しく絶頂し、バカも俺の奥壁でハデに果てやがった。


……俺もケーキもぐっちゃぐちゃにされた。

ケーキが、俺のケーキが！

まさかクリームプレイを考案するとは想定外だ。クリーム系が浸透していないこの世界ではあり得ないプレイのはずなのに、さすがは超ド級の変態。恐ろしい。

幸いバカの凶行は一度で終わる。さすがに病み上《や》《あ》がりだからか。

魔力を強奪された上、好き勝手された俺は一日寝込み、その間に陛下への礼状の文章を考えた。

体を起こせるようになってはじめに、バカの頭をしばく。

「二度と食べ物で遊ぶんじゃねぇ」

「悪かった。食べ物では二度としない。ハルが一緒に帰ってくれて嬉しくてつい調子に乗った」

そんなに嬉しそうに若い娘さんが見たらバタバタ倒れるような顔でほほ笑むな、鬱陶《うっとう》しい。てめぇはいつも調子づいてんだろうが。

妙に嬉しそうなバカはほっといて、俺はすぐに礼状の作成に取り掛かった。お中元とかお歳暮をもらったらなるべく早く礼状を出すのが正式なマナーだったはず。

言葉は不自由なく分かるし、バカや屋敷の人たちに教えてもらって文章も読めるようになった。バカに届く多くの書状を仕分ける手伝いもできるようになってある程度は手紙の様式も分かるが、字はまだ汚い。

というか、きれいに書けるようになる気がしない。オークの大きな手と筆記具のサイズが合っていないせいもあるのかもしれないけど俺、もともと字が汚いタイプだと思う。

『陛下にはますますご健勝のこととお慶び申し上げます。

この度は過分なるお心遣いをいただき誠にありがとうございました。家の者でおいしくいただきました。

お忙しい中、気にかけていただき恐縮に存じます。

日々ご多忙を極められているかと思いますが、どうぞご自愛ください。』

ふと『家の者においしくいただかれました』というフレーズが浮かんで高そうなペンを折るところだった。危なかった。

頑張って書いてみたものの、国王への書状だ。どう考えてもこのまま出すのはまずいだろう。失礼があってはいけないからとバートンさんに確認をお願いする。そして、返却されたのが、これ。

『ケーキとってもおいしかったです。

ありがとうございました。

またあそびにいきたいです。ハル』

あらおかわいらしい、って俺の全力の礼状どこ行った。幼稚園児のお手紙じゃねぇか。

「いやいやいや」

さすがにこれは違うって分かるぞ。バートンさんに恨みがましい目を向ける。

「これくらいがちょうどいいんですよ」

けれど、にっこりと笑うバートンさんの書いた文章で清書させられた。

字が汚いのはどうしようもなくて、とにかく丁寧《ていねい》に書こうと奮闘しているところにドアがノックされ、国営軍の軍服姿のお兄さんたちが五人入ってくる。

「私共はこれで失礼いたします」

「ご苦労様でした」

集団を代表してバートンさんに挨拶をしたのは、裏庭でお話しさせてもらったあの忍者さんだった。そりゃ忍者服で帰還とかその辺りをウロウロしたりとかはしないわな。

俺もお礼をと立ち上がってバートンさんの隣に並んだが……忍者さんの目がガラス玉のようだ。何も映していない。

この前話した時は意外と表情豊かだったのに、今は「自分、忍者なんで」みたいな顔。ああ、普段はこういう感じなんだな、あれが特別だったんだな、と思ったのだが、ふと気付く。

この目。

こういう目に見覚えがある。

あれだ、「好みじゃないAVを強制的に視聴させられる刑」に遭《あ》ったオーク討伐隊の皆さんの目。あれと同じ目だよ。

え、まさか。

お話した忍者さんの目をじーっと見つめると、耐えかねたのか彼はつらそうに眉をひそめた後、ふいと目を逸《そ》らした。はい確定。

そうだよ、寝室の周りも警護で固められていたはず。

そりゃ昨日の聞かれてたわなぁ！　下手したら、ばっちり見られてましたよねぇ！

本当なら皆さんプロフェッショナルだろうから「え？　なんのことですか？　何も知りませんけど」って顔ができるのだろうけど、今回の警備対象は恩人で憧れで尊敬しているだろう英雄。そんな人物がオークに盛《さか》ってガンガンやっていたら、表情が死滅するのも当然だ。

いたたまれなさと申し訳なさで小さく「なんかすみません」と言うと、もっと小さな声で「こちらこそ申し訳ありません。お疲れ様でした」とつらそうに労《ねぎら》われた。

忍者さんはやっぱりいい人だったけど、いい人すぎていらん一言までつけちゃってる。いや俺が先にいらんことを言ったのが悪い。

仏顔で応じたつもりだけど、心で泣いた。

後日、わりとすぐに陛下から『お手紙ありがとう。また祭りの前にお祭りのお菓子を届けるので楽しみにしていてください』というお返事をいただいてしまったので、そういうことかと理解した。バドルスさんにあざといって思われていたらどうしよう。あざといオークって嫌すぎる。

陛下の字は読みやすくてきれいで、便箋《びんせん》も凄《すご》く凝《こ》っていた。こころなしかいい匂いがする気さえしてくる。

本当なら何回も見返してくふふ笑うとこだし、陛下直筆のお手紙なんて家宝にしてもいいくらいのはずなのに。

その中に非常によろしくない一文が存在した。

『護衛につけた者が、ハルがしっかり看病していたと教えてくれました』

報告義務があったか。そりゃあるよな。

忍者さん、どこまで報告したんだろう。

俺が保護されたり、陛下がブチ切れで剣を片手に乗り込んできたりしないところをみると、文字通り『看病していた』ってことになっているんだろうけど。忍者さん、バカに傾倒していたし阿《おも》ねっちゃったのかな。

……だめだ。これを見る度に、気遣い上手の忍者さんに痴態を晒《さら》し憧れをトラウマに変えただろう罪を思い出す。

俺は涙を呑んで推しの直筆グッズたるその手紙を自室の引き出し奥深くに封印した。

5、見た目はスパダリ、中身は鬼畜、もとはといえば犯罪者

「ハル」

バカがなにやら甘く呼んでいるが、その行為は全然甘くなかった。

「ここ好き？」

指を何本も突っ込んで前立腺のしこりをぬるぬると撫《な》でる。

「ンあぁっ！　そこ、そこ、よわっ」

「ん、好きなトコ言って」

お前、知ってるだろうが！　俺よりよっぽど俺の体に詳しいだろうが！

「奥、おくぅ、そこ、そこ好き、そこ気持ちいぃぃ」

「素直に言えるようになったたな。ハルの好きなコレで奥までいっぱいにして、奥もブチ抜いてヒンヒン啼《な》かせてやるからな。嬉しいなぁ？」

結局コイツの過去とかまだ聞けていないけど、最近はどうでもよくなっている。

どんなに凄《すご》いバカの英雄譚を聞いていても現状がコレだぞ？　知っても「ほーん、ソウデスカー、ス

ゴイデスネー」ってなるだけで、聞くだけ無駄な気がするんだよ。

「ハル、体起こせるか」

四つん這いの後背位の姿勢から上半身を起こして膝立ちにされ、後ろからバカが突き上げる。丸い先端で前立腺のしこりを強く擦り、そのまま腹側の内壁をなぞるように上って一気に結腸の口まで犯された。しつこい前戯でもうとっくにへろへろのため前に崩れそうになるが、がっしりと腰の骨を持たれ突き上げから逃げられない。

「あぉ！　あぅ！　あ゛ぅ！　うあっ！」

ぐちゅぐちゅという淫水音《いんすいおん》とともに突き上げが続く中、思わず腹に手を当てると内側でごりごり動くバカの感触が手のひらに伝わった。

俺、オークなんですけど。腹筋も人間以上にあるのに感触が伝わるってどんなちんこだよ、恐ろしい。

嵌《は》め込《こ》むように奥を捏《こ》ねられる強烈な刺激に、自分の内側が歓迎するようにバカを締めつけている自覚がある。

あーもーあーもー。なんでこんなにすげぇアレなんだろう。

ハッ、ハッとまるで犬のように短く荒い息を吐きながらそれに合わせて腰を振るのをやめられない。

バカが身を引き、挿入が浅くなる。

「あっ」

って何、残念そうな声を出してんだよ、俺。

背後でバカが小さく笑う気配に苛立《いらだ》つ。なんでそんな嬉しそうに優しく笑うんだ、腹立つな。肉厚な緑の背中に吸いついてから、バカは体勢を変えた。痕《あと》つけんなって言ってるのに。


嫌がるからバカが喜ぶのであって萎《な》えさせればいいんじゃねぇかと、魔族相手にヒアリングしている際中にふと気付いた。

お屋敷の庭で作業しながら世間話を装《よそお》い庭師のあんちゃんと「萎《な》えるシチュ」について話す。結果、まず第一位マグロ。どうもこれは世界共通らしい。当然マグロなんて魚はこの世界にはいないんだけど。

あー……寿司食いてぇって、いかんいかん。

そうだ、マグロ。何をやっても反応がイマイチなやつ。これだわ。これで行こう。

「それ好きそれ好き、気持ちいぃいぃい！　なかトントンして、えぐられるのすごい、もっとぐちゃぐちゃに突いてぇぇ」

無理だった。マグロになろうとしたけど、残念ながら瞬殺だった。

考えりゃ分かることだ。俺、快楽に激弱なオークだもん。

次に試したのが「痛い」発言。痛覚的なところの「痛い」で、文字通り痛みを訴えるやつ。

挿入後にこれを言われるとつらい。「ごめんな」ってなる。申し訳なくてなんかもう続行するのもキツい、無理。ムスコも反省したみたいに入ったところでシュン……ってなる。なんとか最後までできてもそれはもうビミョーな感じで――って、俺、前世で女性経験あるってことじゃね？　ありがてぇ。心のよりどころができた。ちょっとだけ強く生きていける気がする。

「カイル、なんか今日痛い、ちょいつらい」

言ってみた。

思えばバカは嫌がられるのをよしとするだけで、意外なことに痛いことはしてこない。

変な体位とかで関節が痛い時はあるけど、そもそも俺はどこもかしこも、それこそ内側まで頑丈で、痛みを感じにくいんだった。

だから挿入だけで「痛い」と言っても信憑性《しんぴょうせい》に欠けるかなーと思ったんだけども。

「そうか、じゃあ少しこのまま……」

そう言って馴染《なじ》むのを待つタイプだった。「じゃあ今日はもうやめとこうか」にはならなかった。

この「見た目はスパダリ、中身は鬼畜」野郎が。

しかしまぁ俺も男だ。分からないでもない。

挿《い》れちまってからじゃ遅いよな。言うタイミング完全に間違えた。

そして粘ること数分。

……萎《な》えろよ。

なに中でビックンビックンさせてんだよ。ポリネシアンセックスが失敗するのは、挿入後三十分動いちゃだめってルールで男が途中で萎《な》えるからだろ？　全く動いていないのに元気を維持どころか、微妙に大きくなっているのが意味分かんねーんだけど。

そういやコイツもともとは強姦魔だった。萎《な》えるわけなかった。

どんな顔してこんなにしてんのかと、美形が鼻息荒くしてふーふー言ってたらウケると思いながら気になって顔を上げる。目が合って「大丈夫か？」とでも言うように柔らかく表情を緩められた。

我ながらドンびきなんだけど、なんでかちょっと腹がキュンッてバカを締めつける。

頬を撫《な》でられ、鬱陶《うっとう》しいその手を跳ね除けたい。だけどそんなことをすればバカを喜ばせるだけだ。だからやりたいようにやらせる。撫《な》でられて気持ちがいいからじゃない。

「動いてないのにハルの中、ぎゅうぎゅう絡みついてくる。トロトロでこうしてるだけで凄《すご》い気持ちいい」

言いながら抜けないようお互い首を寄せて舌を絡めまくる。乳首をピンピン弾かれて、ギンギンに勃《た》ってひくひく揺れる俺のちんこをそろりと撫《な》でられて。

その度にバカの硬いモノを締めつけ、その感覚にイきそうになりつつも、さすがにその刺激だけではイけなくて――

結局。

「もヤダぁ、動いてぇぇ、いつもみたいにぶっといのでガンガン突いて、奥ごりごりしてイかせてほしぃぃ、思いきりイきたいぃぃ」と泣きついたのは俺だった。

「痛みを訴える」作戦は結果として自主的な焦《じ》らしプレイを持ちかけただけに終わった。

能動的焦《じ》らしプレイってなんだよ。何やってんだ俺。自らバカを喜ばせてどうすんだよ。

それなのにこのバカと来たら。

「痛いんだろ？　もう今日はやめとくか？」

今じゃない！　それ言うの今じゃないぃぃ！

うっせえ、この馬鹿！　やめんじゃねぇよ、さっさと腰振りやがれ！

そう男らしく言ったつもりだったが。

「ぃやだぁぁ、やめんな、ばかぁぁぁ」

ちょっとその余裕がなかった。

バカが動かないもんだからヘコヘコと腰を揺すって誘い込んで中を擦ろうとするのに、肝心なところで逃げられる。

「カイル、おねが、ナカ擦って、どちゅどちゅして、もっと、もっとナカかきまわしてぇ」

「必死にお強請《ねだ》りするみたいに腰振って、かわいいな。じゃあ俺と結婚するか？」

頭は溶けたみたいになり、バカが何を言っているのかイマイチ理解できないが、絶対にろくなことじゃない。

「いじわるすんなぁぁぁ」

こういう時はとにかく首を横に振るに限る。

訳の分かんないこと言ってないで、なんでもいいからさっさと犯せよ。

そこまで思うのに。それなのに。

「じゃあ今日はやめとくか。結婚するならガンガンに突いて結腸ブチ抜きながら乳首とちんこ苛《いじ》めてやるのに」

やめるとか、そんなこと言うから。凄《すご》く気持ちよさそうなこと言うから。

「する！　するからあぁ、なんでもいいから動けぇぇぇぇ」

って半泣きで懇願して……

一気にブチ抜かれた。

「あぁあっ！　おぐ、すご……ぎもぢぃぃぃ」

焦《じ》らしに焦《じ》らされ待ちに待った衝撃はいつもとは桁違いで、思考が一気に奪い去られ気持ちいいしか考えられない。

「もうイったのか。本当にかわいいなぁ」

舌を吸われ剛直に中を抉《えぐ》られるのがたまらない。

「いいっ、きもちいっ、好き、好き、これ好き、大すきぃぃ」

「――っ！　あーもうたまんねえ。ハルがいて本当に幸せだ。ハルだけでいい。愛してる。幸せになろうな、ハル」

どこで絶頂したのか、射精したのかどうかも分からない。全身、脳までも圧倒的な快楽に支配され、視界もおぼつかないし耳が詰まったみたいに何も聞こえない。

少しの刺激にも体がびくびくと震えて止まらないのに、バカがゆっくりと動き出す。

「まってぇぇ、イってるからぁあぁ」

当然それが聞き届けられることはなかった。

「またイクッ、またイク、またイっグぅぅぅっっ」

「ああ、ハルはイく度に締めつけが凄《すご》くなるからな、もっとイこうな」

その後は普段以上に、それこそ何かに取《と》り憑《つ》かれたのかというほど盛り上がってイキりまくりのバカに、ヤラれっぱなしのイかされまくりで、よく覚えていない。

薄れる意識の中、ポリネシアンセックスってすげぇ、ってそう思ったのだけは覚えている。

なんで俺、こんな生活を容認しているんだよと思っていたけど、この一連の実験結果から理解した。

俺、男の子だもん。

オークだもん。

快楽に弱くて当たり前なんだってば。

これでこのバカがキモ男《お》とかだったら地獄だけど、顔がいいだけマシな気がしてきた。

ああ、分かっている。末期だ。

きっとオークは呪われているんだ。呪われた種族。響きだけは無駄にカッコいい。淫欲《いんよく》に呪われているってのが救いようがないだけで。

バカは俺がオークだから好き好き言っているんだろうけど、俺だって快楽に弱くて押し流されているんだからお互い様だ。

なんかストンと納得して、悩むのが馬鹿らしくなった。

そういう体の作りをしているし、俺を抱こうなんてこのバカくらいしかいねぇしな。もう女のコとどうこうっていうのはちょっと諦め気味になってるし。

なにより。前世で脱童貞を果たしているっぽいと気付いてから精神的にはかなり落ち着いた。よくない傾向だとは思うけれど。

通訳やお屋敷の仕事をしてその対価としてご飯を食べている、って健全なことこの上ない。そして手近に都合のいい相手がいるからヤっているだけのことだ。

なんかもう、やぶさかではないって考えている自覚があるもん。正しい日本語での「やぶさかではない」だからな？　お察しってもんだろ。

今後はこのバカに限度というものを教え込む方向に変更する。そっちに励んだほうが建設的だ。なんせ自分は「オークの呪い」にかかっている。

バカが結婚結婚とふざけたこと言っているけどするわけがないだろ。セフレがいいとこだわ。

セックスの際中の戯言《たわごと》を真に受けるとか、バカもまだまだ若いな。「処女かよ」って、一生使うことがないだろうクズなセリフをここで使っちゃうね。後で何されるか分からないから、本人には言わないが。

金持ちで顔も体もいいセフレ。「よかったじゃねぇか。最高だろ」とバカに言いたいくらいだ。

■　■　■

今日の魔族への交渉は、ちょっと北の奥のほうに行ってみるか。

バカはミランダ陛下から貴族の飲み会に出席するという仕事を申しつけられ、昨日から王都に行っている。

ここぞとばかりにしこたま土産を頼んだから、まだしばらくは帰ってこないはずだ。前に街を歩いたから、どんなお店があって何を売っているかちょっと分かっちゃったもんね。

オーク人生において堂々と人の街を歩けるなんて考えてもいなかったことだ。恵まれている気がしてくるけど、その対価が勇者のセフレ。いいんだか悪いんだか。

早朝から準備して玄関の扉を開けると、目を開けていられないほどの激しい突風に煽《あお》られる。この時期に珍しいと思った次の瞬間、そこにはお菓子の箱とバドルスさんを抱えた陛下が立っていた。

正確には「お菓子の箱を抱えたバドルスさんをお姫様抱っこしている」陛下、だ。バドルスさんの表情は死んでいた。

「悪いな、朝っぱらから」

相変わらず気さくに笑いながら、陛下は目に生気のないバドルスさんを下ろす。やっぱバドルスさんのほうがガタイいいよなぁ……陛下、力持ちー。

「昨日、カイルからハルの合意が得られたと、婚姻許可の申請が来たんだが」

「間違いです」

食い気味に否定してしまった。不敬極まりないが、陛下は気にする様子もなく頷《うなず》く。

「分かった、破棄しておく。確認に来てよかった。一応祝いにと持っては来たが……」

「よろしければ処分しますが」

困ったように青いリボンのかかった菓子箱を見やるので、引き受けることにする。食べ物に罪はない。

そして陛下はまたバドルスさんを抱え、風と共に去った。お忙しい中、バカが馬鹿で本当に申し訳ない。

バドルスさんは地味に抵抗していたが、突如陛下にキスされるとかくんと膝が折れ、その隙に無理やり抱っこされていた。おそらくは風の魔法とやらで城に帰るための燃料補給なんだろうけど、何か他人事とは思えない光景だった。

大きな箱の中身は青い生花で飾られたケーキで、それを見るなり従業員のおばちゃまが「あら」と弾んだ声を上げる。おばちゃまはこの世界の人間文化に疎《うと》い俺に色々なことを教えてくれるのだ。

「どなたかのご結婚のお祝い？　青は結婚の象徴なのよ」

「間違いで不要になったそうなので、おすそ分けにいただきました。お茶の時間にみんなで食べてください。行ってきます」

まったく油断も隙もあったもんじゃない。苦労の多い人生だったのかもしれないけど、アイツはもう少し痛い目を見たらいいと思う。

第三章　オーク、誘拐される

1、誘拐なう

誘拐された……らしい。

たぶん。

というのも、犯人が小学校低学年くらいの美少女と、すらっとした美青年。本当に誘拐なのか確信というか実感がイマイチ持てない。


それは、月に二度ほど王都の演習場でバカが指導するのについてきた際のことだ。演習場の脇に置いてもらったガーデンテーブルのセットでミランダ陛下ときゃっきゃお茶をして、「さてと」と真剣を片手に陛下がバカに踊りかかるのを見送った後。

どうやったらうまく家出ができるのか。そんなことを考えていた。

やっぱ陛下には聞けねぇよなー、絶対に事《こと》が大きくなる。バドルスさんに聞くのも気の毒だしなー、あ、次どのお菓子食べよっかなーとテーブルを見た。その向こうに重厚なドレス姿の美少女、その後ろにこれまた豪奢《ごうしゃ》なお召し物のすらっとした美青年が立っていた。

詰襟の上着と冷たく感じる美貌《びぼう》で、王子様みたぁい。

ていうか、二人とも白銀の髪で顔立ちが陛下に似ている。うわ、ぜったい王族じゃん。

慌てて立ち上がると、美少女フィギュアみたいな完璧な容姿の女の子が「北の庭園を案内してあげる」とにっこり笑った。

美青年のほうはずっともの凄《すご》い目でこっちを見てくる。まぁ俺オークだしな。美少女が俺に話し掛けるのが気に食わないのかもしれない。それは分からないでもなかった。

そんな目で見なくてもついていきませんよ、と言いたいところだが。

俺はいろんな意味で教育に悪い存在だから、お子様とは距離を取るようにしている。しかし残念ながら、相手はどう見ても王族。断るわけにもいかず戸惑っているうちに「こっちよ」とにっこり笑われて、なんかもう行くしかなかった。

さすがは王族。強引。

そんな美少女の後ろを歩く。美青年も鋭い眼差《まなざ》しのまま後ろから無言でついてきた。

どんどん歩いて庭園とやらに入り、それでも美少女は止まらない。

もうこれ雑木林じゃね？　そう思ったところで美少女が振り返った。

「オークってやっぱり馬鹿ね」

冷たい目で言われた直後、爆風ともいえる強風に吹き飛ばされた。

いきなりのことでなんの備えもなかった俺は斜面を転がり落ちた。

なんで城内にこんな崖みたいなところあるんだよ！

「残念。下まで落ちてくれたらよかったのに」

風魔法を使ってか斜面を危なげなくのんびりと下ってきた幼女の、侮蔑を含んだ眼差《まなざ》しが刺さる。

こうして訓練中の軍人さんどころかバカや陛下が見えていた所からまんまと誘拐されたんだから、反論の余地はない。しかも自分からのこのこついていったので救いようもない。

ん？　自分からついていくのは誘拐にはならないのか？

「リリア、怪我をさせるな。話をするだけだと言っただろう」

美青年がやっと口を開いたと思ったら、これ。酷《ひど》くね？

「そのつもりだったけど、こんなにボーッとしてるんですもの。話すだけ無駄だと思うわ、お兄様」

幼女も酷《ひど》い。

「裸にして森に放り出しましょう？」

酷《ひど》い。酷《ひど》すぎる。小首をかしげて兄だという美青年を振り返る幼女の言葉に慄《おのの》いた。

服を着ていないオークは、ただのオークだ。完全に討伐対象。

普通のオークだって腰に皮やら腰蓑《こしみの》をつけてるのに、全裸か？　全裸にする気か？

それだけは勘弁してほしい。断固、人としての尊厳を主張したい！　オークだけれども！

とはいえ、アホの子な捕らわれの身。

「えーと」

ごく控えめに小さく片手を上げて要望を出す。

「ここからここまでは残してほしいです」

そう言って、骨盤の上から太ももの真ん中を手で示した。ハーフパンツとは言わないが、せめてトランクスくらいでお願いしたい。

半裸の刑は甘んじて受ける所存。

覚悟を決めた次の瞬間、俺の服が霧散した。リリアちゃんが軽く手を振るのと同時にパーンッて感じだ。

……うそーん。

おそらくは風の魔法。風で服が細切れ。シャツもスラックスもビリビリに引き裂かれた布地となって、わずかに残っている状態。

――って、ひと昔前のエロ漫画かよッ。

大声でツッコミたいのを耐えた。うるさくしたら首とか一瞬で刎《は》ねられそうだ。

うわー、これ完全にヤられちゃったみたい。エロ漫画で女の子だったら映《は》えるコスチュームかも、だけどオーク。ただの小汚いモンスターじゃん。

しかもこれやったの幼女なんだぜ？

っっって！　俺の体、まだら模様っっ！　あかんあかんあかんあかん！

ほんっと、あんのクソ馬鹿がぁぁ！

バカにつけられた全身の卑猥《ひわい》な内出血の痕《あと》なんてとても幼女に見せられない。

咄嗟《とっさ》に上半身を腕で隠すけど、オークが胸を隠すって。最悪な醜態《しゅうたい》を晒《さら》している自覚に襲われ精神的ダメージで心が折れそう。沈黙がきつくて恐る恐る口を開く。

「女の子がこういうことするのはどうかと……」

怒られるのを覚悟で控えめに発言すると、リリアちゃんは不思議そうに首をかしげた。

「お兄様がやるとあなた、切り傷じゃ済まないわよ」

なんでだよ！　内心でツッコむ。

同時に、「てコトはお兄さんだと股間の突起物も削《そ》がれるんだろうな」とか思い、玉と竿がヒュッてなった。

バカが仕立ててくれたスラックスを見事にハーフパンツ仕様にしてくれた幼女に感謝する。思ったより長めに残してくれたの、ありがたい。幼女に服を剥《む》かれて感謝する日が来ようとは。

皮膚が所々ピリピリするのはちょっと切れたんだろうな。ちんこ削《そ》がれるよりは断然マシだから紙で切ったくらいの傷、全然オーケーよ。紙で切ったら、後々まで痛いんだけど。

「これじゃますます帰せないじゃないか」

眉間に皺《しわ》を寄せ恐ろしいことを言うお兄さん。

「サクレ峠から落としましょ。下まで落ちる頃には国境を越えてるはずだわ」

リリアちゃんがエグい。

かわいい顔してさっきからエグすぎる。

俺を排除したいだけなのか。

これまでもそういう人間はいた。国の英雄の傍《そば》にオークがいるのは醜聞《しゅうぶん》だとか言う奴。

山も谷も越えて、自ら国境や海を越えようと意気込んだこともある。なんなら今日も、漠然と家出計画を立てていた。

でも今は……

もう帰れないのか。そう思うと。

ぎゅっと胸が締めつけられる。カッと体が熱くなると同時に背筋が冷えるような、不可解な感覚。

ぎりぎりと胸が痛くて苦しい。呼吸がままならない。

あの家に帰りたい。

バカが突然連れて帰った緑色の生き物にも優しくしてくれる器《うつわ》の大きいバートンさんや、いろんなことを教えてくれるおばちゃま。下世話な話しかしない庭師のあんちゃんと、いつもおいしいものを作ってくれる料理人のおいちゃんたち。

国を出たらもう陛下とおやつを食べることもできない。

人と話して、仕事をして。たまに仕事を認められて褒められて。

人間らしい生活を送らせてもらっていた。しゃべるオークにも寛容な人との出会いなんて、きっともうない。

また森で死ぬまで一人で生きるのかと思うと、胸が引き絞られるように痛む。

そして、きっとバカが今以上におかしくなって陛下が恐ろしく苦労する。

『勇者』という存在が揺らげば、下手すりゃ他国からの侵略が始まる。

こういうのって自己犠牲とか強迫観念とかいうやつなのかな。

それで俺はバカの傍《そば》にいることに固執しているんじゃないかとかぐるぐる考えてしまって。ちょっとゆっくり考えたくて家出なんか思いついたんだけど。

恩もあって大切な人たちが苦労するのが分かっているなら、どうにかしたいって思うのはごく当然のことなんだ。

だからなんとしても帰らねば。

そう思うと自然と口が動いていた。

「なんで」

少しでも時間を稼ぎたい。たぶんバカがそのうち気付くから。

なんでもいい、何かきっかけが欲しい。なんのきっかけかなんて分からないけど。どうにかして帰るために。

「なんで……？」

リリアちゃんがすっと目を細めた。

あ、失敗したかな。いきなり地雷を踏んだらしい。

「なんで、なんであなたなのよ、ずっと、ずっと好きだったのに」

「リリア」

落ち着かせるようにお兄さんがリリアちゃんを呼ぶ。

あー、そうか。そりゃそうだよなぁ。アイツ、面《つら》だけは極上だもんなぁ。背も高いし脱ぐとマッチョだしなぁ。そりゃ女の子はみんな、あのバカを好きになるよなぁ。

となると、この状況から察するに恋敵《オレ》をモブレ展開、とか？

……ないな。

いやいや、ホント我ながら突拍子もなさすぎるだろ。バカに感化されておかしくなってるわ。

これからレイプされますみたいな格好にされたけど、モブレ展開はない。

なんでって、俺オーク。

オークがモブレされるワケないじゃん。どんなマニアックジャンルだよ。オークの括約筋なめんな。ていうか、オークを犯せるような猛者《もさ》とかキャラ立ちすぎだろ。そんな奴もはやモブじゃねぇよ。

「お兄様のほうがきれいなのに！」

そうだよなぁ、お兄さんがモブレって言うならまだ分かるんだよ。お兄さんこそめちゃくちゃきれいな顔しているし。

ってなんの話だっけ。

「お兄様のほうがずっと好きだったのに！　姉様――陛下だって、なんであなたなのよ！　なんであなたばっかり……ッ！」

少女の真っ直ぐな訴えに、はっと気付かされる。

誰が誰を？　ってちょっと分からなくなった部分もあるけど。

ああ、やっぱこの二人はミランダ陛下のご兄弟なんだ。

何か分かったような気がして、彼らになんと声を掛ければいいのか逡巡《しゅんじゅん》する。その最中、突如として空気が変わった。

本当に一瞬だった。一瞬で状況がさらに悪い方向に傾いたことを悟る。

瘴気《しょうき》とでも言おうか、何か「嫌なもの」がこの辺り一帯を満たし、覆いつくすような感覚。

何かが近付いてくる。

——ヤベェ。

オークなのに鳥肌が立った。

ずっと魔族と交渉をしてきたが、こんな奴はいない。桁外れだ。とてもじゃないが話が通じる気がしねぇ。

そんな強烈な気配。

こんなのどうしようもねぇ。

なんとしてでも二人を逃がさなければ。

クソ、なんでこんな時に限っていないんだよ、アイツ。

急速に迫る気配に咄嗟《とっさ》に「逃げろ」と叫ぼうとして——

「ハルッ！」

先に響いたのはバカの声だった。

珍しく真剣で、切羽詰《せっぱつ》まった声。それでも泣きたくなるほどの安心感に包まれたような気がする。

陛下がよくやっている風を使っての移動方法でこちらめがけて一直線に向かってくる姿。

ああ、もう大丈夫だ。

ほっとして、バカの顔を見た瞬間、唖然《あぜん》とする。安堵《あんど》なんて吹き飛んだ。どす黒い。

ヤバいのが近付いてくると思ったらテメェかよ。

キラキラしたきれいな男だと思っていた。

それが憤怒《ふんぬ》とか憎悪とか焦《あせ》りといった、キラキラとは無縁の暗くて重い負の空気の塊《かたまり》みたいなものをまとっている。

勇者というよりも、まるで魔族だ。

俺は魔王というものを知らないけれど、これが魔王と言われれば信じてしまうような男がそこにいた。

確かにコイツ、普段から話が通じねぇわ。

ひどく邪悪な存在に思わず怯《ひる》んだその瞬間、俺の首にお兄さんの細い腕が絡みつき強引に首を引かれた。直後、唇が合わさって動揺した隙にぬるりと小さな舌が差し込まれる。

強烈な不快感。

唇からずろりと一匹の蛇《へび》が這い出すと同時に外からもう一匹侵入してくるような、実に不穏で気持ちの悪い、吐き気を伴う嫌な感覚。

それを口内に覚えて咄嗟《とっさ》に身を引こうとした刹那《せつな》、今度は横から胸ぐらを引かれて顔面に巨岩でもぶつけられたような衝撃に襲われた。

その勢いのまま地面に叩きつけられる。

顔面に焼けるような熱。それが痛みだと即座に理解できないほどに強烈なダメージで、口内に鉄の味が一気に広がる。

反射的に顔面を押さえた手は視界に入った時にはすでに血まみれで、鼻からどくどくと出血していることを知った。

殴られた。

咄嗟《とっさ》に鼻の付け根を摘まんで止血するけど――うわ、これ止まる気がしない。てか、鼻の骨が折れている気がする。めちゃくちゃ痛い。

止血のために鼻骨を押さえるとすげぇ痛い。

魔王を倒すほどの人間に思いきりぶん殴られたんだから折れもしよう。

なんで俺がバカに殴られにゃならんのだ、と思うが――

「ハル！」

焦《あせ》ったような声に呼ばれ顔を上げて目にしたのは、へたり込んだオークの頬に腰を落として手を添えるバカの姿。

あれ？

バカの名を呼ぼうと口を開くが、派手に鼻血を噴いているからか、空気がひゅっと漏れ出ただけで声は出なかった。

視界の先で半裸のオークがバカに両手を伸ばしている。

……あれ、俺だわ。

感動の再会みたいにバカの首に腕を回して身を寄せるオーク。

バカは顔を確かめるようにオークの頬に手を添えた後、腕を取ってそこに口付け、舌を這わせている。そこは地味に傷だらけだった。手をかざすだけで傷を癒《い》やせるのは以前バドルスさんがやっていたので知っている。それをそんな気持ちの悪いやり方でするなんて、本当に頭がイカレている。

そしてポーッとした顔で嬉しそうにバカを見つめるオーク。

絵面がひでぇ。見てびっくりした。

すんげぇ美形と、一回り大きい緑の肌のオークの絡み。何これ、キツ。

緑の異形の生き物が、そんな「少女漫画です」みたいなウルウルした目でバカを見るんじゃねぇよ、ふざけんな。俺がそいつにそんな顔するとか、マジで勘弁してくれ。

気が付くと、陛下とバドルスさんもいた。

バカとオークを見て安堵《あんど》したご様子。

その向こうでは演習場でよく見掛ける小柄のイケオジ隊長さんと部下の方が困惑に眉をひそめ、
俺の傍《そば》でリリアちゃんは……あんぐりと口を開けてオークを見てから俺のほうを見た。美少女もそんな顔できるんだ。

俺ももう気付いている。視界に入る鼻を押さえる血まみれの手は人間の手だ。

地面にへたり込んでいるから太ももも見える。純白のスラックスにも血が散っていた。

俺、今お兄さんの姿のはず。

どう考えてもコレ、お兄さんの仕業《しわざ》。

目くらまし的なもんじゃない。

完全に『中身』だけが入れ替わっている。マウストゥマウスでずろりって蛇《へび》みたいな感覚があったやつ。アレだ。

二人の人間の意識を入れ替えるとか禁忌の邪法とかじゃねぇの？

何やってくれてんだよ、王子様よぉ。

でもってこの力が入らない感覚には覚えがある。前に魔力をバカに吸い取られた時と同じだ。魔力が切れたってやつ。ヤバい、鼻を止血するために腕を上げておくのさえつらい。

声を上げたいけど、喉で引っ掛かったみたいに音が出なかった。

「――ハルに何をした」

黒いオーラを立ちのぼらせるかのごとく激怒丸出しでこちらを射貫くように見据えるバカ。

そんな顔もできるのか。びっくりだ。

魔王を倒した人間の発する怒気はひどく凶暴で、その視線、その気配に晒《さら》されているだけで呼吸もままならないほどの威圧感に打ちひしがれそうになる。魔力切れを起こして重い体だとなおさらだ。

あー、きつい。

「ルディアス、リリア」

いつもより低い声で陛下が呼ぶ。淡々としているのに、そこに宿るのが怒りだと一発で理解させられる厳しい声。

「お前たち、何をしたか分かっているのか」

それは疑問形ではなく、言い逃れを許さない言葉。こちらを見る陛下の顔はきれいで、冷たくて恐ろしかった。

「ハルは国賓級の要人だぞ。私が定めた法を王族たるお前たちが犯すとは。覚悟はできているんだろうな」

怒りもさることながら、そこに滲《にじ》むのは決断。答えが応でも否でも関係なく弟と妹のやらかしを断罪し、切り捨てることを決めた表情だった。

リリアちゃんが小さく息を呑む気配を感じるとともに自然と体が動く。ああ体が重い。

バカや陛下の鋭い眼差《まなざ》しを遮《さえぎ》るようにリリアちゃんの前にずるずる移動する俺に、陛下とバドルスさんが微《かす》かに目を細める。怖い。

自業自得とはいえ、こんな小さい子が魔王を倒したツートップから人を人として見ていないようなガチ切れの冷たい目で見られるのは、さすがに気が引けたんだ。

朗《ほが》らかで優しい陛下。バカも普段は何を考えているかさっぱり分からないものの子供にそんな目を向けるような奴じゃなかったはずだ。そんな二人がそこまで冷たい顔で幼い子供を見るのはこっちもつらくて。

この兄妹が断罪される部分はあると理解できるが、原因は俺という存在だ。そこのところを釈明してやりたいのに言葉が出ない。

もーあのアホ王子、自分で自分の首を絞めやがって。

「そいつらの処分なんか、もうどうでもいい。ミラ、これで全部、チャラだ」

突如、バカが陛下に宣言するかのように言う。

その瞬間、陛下が目をみはり息を呑んだ。あの陛下が。

「――ああ、分かっている。当然だ。すまない」

陛下が眉をひそめ苦しそうに詫《わ》びる。一国の王なのに。

「……国王陛下のご兄弟が『服を着たオーク保護法』を犯されました。この国の存続にかかわる大罪です。陛下は王族の罪には特に厳しく対処される方です。死罪も選択肢に挙げられます。最低でも地位はく奪と国外追放は免れません」

いつもこっちの疑問に丁寧《ていねい》に答えてくれるバドルスさんが、今日も絶妙なタイミングで補足してくれる。いつになく淡々と、冷めた表情で。

「しかしながら今、カイルが王族が犯した罪の隠匿《いんとく》を申し出ました。交換条件です。魔王討伐の後、カイルがすべき多くの雑務をすべて陛下が請け負いました。なんだかんだカイルは陛下に多くの借りがあり、それがあるからこそこの国に留まり演習にも参加していたのです」

え、そういうことだったん？　ほんとに？　あんな一言で？

展開についていけない俺をよそにバドルスさんは事務的に続け――

「それが今なくなりました」

最後にそう、はっきりと言いきった。

バドルスさんのそれは、陛下とバカの関係が崩れ絶たれたと言ったも同然だ。

「彼らを断罪してもカイルの気が済まないのでしょう」

「ああ。もういい。うんざりだ」

バドルスさんの見立てをバカが吐き捨てるように肯定する。

バカのあんな声を、あんな言い方を、初めて聞いた。

心の底からすべてがどうでもよくなっている。バカが執着するのは傍《そば》に寄り添うオークだけ。

ああ気分が悪ぃ。

「カイル、国を出るのか？」

バドルスさんは王子姿の俺を一瞥《いちべつ》した後、見切りをつけるように視線を外してそう言い、バカを振り返って尋ねた。

バカの腕の中でオーク姿の王子が息を詰めている。アイツ、でかい図体して女の子みたいに横座りしてバカにしなだれかかってんだよ。腹立つな。俺そんなことしねぇよ。

ちっこいイケオジの隊長さんが何か言いたげに口を開いたが、苦しそうな顔でそれを呑み込んだ。

「分かった。面倒は任せろ」

バカの返事を待たず、陛下は腹を決めた様子で頷《うなず》く。

国を守る鉄壁と、魔族との交渉ができる貴重なオークを失う。陛下はそれを受け入れざるを得ない。

バカとオーク姿の王子が国を出る——

俺を置いて。

オークとしての自分は凌辱《りょうじょく》の日々を送っていた。

これからは法を犯した王子として断罪され、糾弾される日々？

……俺、可哀想すぎるだろ。

「どうせ無理やりの横暴理論を展開させるだけなのでお気になさらず。なんだかんだで丸め込むのがお上手ですから」

困惑顔をしているらしいオークにバドルスさんが皮肉げに笑う。

オークの表情って分かりにくいな、クソ。そして、こちらを振り返ったバドルスさんの冷たい目にぞっとして、思わず体を引いて背後のリリアちゃんを念入りに隠した。

ちらりと振り返ったリリアちゃんの顔は真っ青で、愛らしかった唇も血の気が引いて戦慄《わなな》いている。

「……ああ、そういうことか」

緊迫した空気の中、ふとバカがぽつりと呟《つぶや》いた。

「ふ――ふふ」

続いて唐突に笑い声を発する。

バカだ。バカが笑っている。

静かに、けれど実に楽しそうに。

陛下とバドルスさんが気持ち悪いものを見るような視線をバカに向けた。

「そこか」

ひとしきり笑ったバカがぽつりと声を上げ、こちらに視点を定める。同時にぞわりと何か寒いものが背筋を走った。

バカがゆらりと立ち上がる。

って、おいバカの足元にいるオーク！　そんな縋《すが》るみたいな目でバカを見上げてんじゃねぇよ！　もーアイツ、ほんとイヤ。

そしてこちらを見るバカは嗤《わら》っている。いつか見た昏《くら》い笑み。これは間違いなくろくでもないことをしようとしている。

バカの目は完全にこちらを目標として捉えていた。俺とリリアちゃんの処罰を陛下に丸投げしたっぽかったのに、気が済まなかったのか。ヤバい。

バカからリリアちゃんを庇《かば》いながらじわりと後退する。

「考えたな。これなら俺はお前を殺せない。俺に取り入ってどうする気だ。反乱でも起こすか？」

バカがオークに鋭い視線を向けた。

「ハルが物欲しそうな顔で俺を見るわけがないだろうが」

鼻で笑ってそう言う。

一瞬、何を言っているのか分からなかった。

「従います、苛《いじ》めてくださいみたいな顔されても萎《な》えるだけなんだよ」

吐き捨てるように言うバカ。

さすが。クズだ。クズの発言だ。思った以上にろくでもなかった。

そうだ。コイツは抵抗されるほど盛り上がる性質《たち》だった。

咄嗟《とっさ》にリリアちゃんの頭を抱え込み、耳を塞《ふさ》いで正解だった。血まみれの手だけど仕方ない。小さい女の子に聞かせていい内容じゃない。

オーク専じゃなくてただのサディストじゃねぇか。

こちらを見るバカの目は爛々《らんらん》としており、喜々としたものが混じっている。

これは――

「カイル？」

尋常ならざる様子に陛下が訝《いぶか》しげに呼ぶが、呼ばれたバカはそれを無視して俺の前に片膝をつく。

「ごめんな。痛かったか？」

何やら悲痛な面持《おもも》ちで顔に手を添えられた。

バレている。

いやバレてるってなんだ。

日頃ろくでもない目に遭《あ》っているからか、ついそう思っちまったじゃねぇか。

入れ替わりに気が付いたんだな、と考えているところに鼻の付け根にキスされた。

やめろ。それだけで激痛が走るんだよ。

なんだよ、お前、人間にもキスできるのかよ。オークにしか勃《た》たねぇんじゃなかったのかよ。

直後、バカの唇が当たっているらしい鼻骨がごりっと勝手に中で動いた。

気っ持ちわるぅぅぅ！　骨が動くのすげぇ気持ちワリィ。

その代償というのか、痛みがすぐになくなり出血も止まった。

骨折まで治せるのか鼻の通りがいいし、触ると鼻筋まで通っている。おお、きれいな顔に戻ってよかったな、王子。血まみれなのは変わらないけど。

口をパクパク開閉させ、人差し指で自分の喉を叩いてバカにアピールする。

「ん？　キスか？」

無駄にキラキラした眩《まぶ》しい笑顔で首をかしげるバカ。もはや反射でその頭を平手でしばく。直後、指に走る違和感。

何かめちゃくちゃ懐かしい痛み。痛いのに懐かしいって嫌だけど。

これは、まさか突き指か。突き指なのか？

俺が力の加減ができなかったのか、この体が貧弱すぎるのか。

王子様に突き指させてしまった。大罪な気がしてそっと右手を下ろし、それとなく隠した。

「冗談だ。声を奪われてるのか」

首を包むように剣だこのある両手をぺたりと当てられる。大きいと感じるのは、王子が細っこい首をしているからなんだろうな。温かい。この体は度重なる緊張で体温が下がっているらしい。

「どうだ？」

「あ……出る」

でも、当然ながら俺の聞き慣れた声じゃない。

俺の返事に頷《うなず》いたバカに抱き上げられた。まあ、この体が魔力切れを起こしているのは分かっているだろうし。

ついいつもの癖で抵抗しかけるが、王子の腕は実にひ弱でなんの抵抗にもならなかった。秒で諦めて身を委《ゆだ》ねる。ひたすら体がだるい。

いつもよりバカをたくましく感じるのは今の俺がヒョロいからだ。腕の中にすっぽり入るとか、なんだろうコレ。居心地が悪い。

「まさか」

陛下が目をみはる。陛下も気付いたらしい。

「国、出るのか？　俺も？」

すぐ傍《そば》の顔を見上げて聞く。

「当たり前だろうが」

尋ねると、打てば響くように返された。ごく当然だとでも言うがごとく。

俺はこんな形《なり》なのに？

「……俺、ミランダ陛下好きだよ。お屋敷の人もみんなよくしてくれるし。俺、あそこでみんなとずっと暮らしたい」

こんな形《なり》だけど。

やっぱ無理なんだろうか。

陛下を見るとつらそうな顔をしている。

「お前と、あそこで暮らしたいのに」

もう一度バカを見上げる。

ああ、泣きそうだ。

バカは軽く目をみはった後、眉をひそめた。まるで苦悩しているように。

そんな表情も珍しい。これまで見たことのない顔ばかりだ。

「──クッソがぁぁぁ！」

突如バカが咆哮《ほうこう》を上げるとともに黒い空気がその周りに一気に集まった気がした。

「本当に、うまくしたもんだなッ」

王子を射殺さんばかりの目で睨《にら》んだ後、バカは憎々しげに苛々《いらいら》と吐き捨てる。

「ブチ殺してやりてぇ」

オーク姿の王子にも、王子の姿の俺にも、どこにも向けられない憤《いきどお》り。殺意までが滲《にじ》み出《で》ている気がする。

昏《くら》くて重い、強大な塊《かたまり》がバカを中心に急速に練り上げられていく。

地に水平に腕を持ち上げるその姿勢は見たことがある。

集めた禍々《まがまが》しいそれをどうする気なのか、考えずとも分かった。

「カイルッ」

陛下が焦《あせ》りを隠せない様子でその名を呼び、皆が一気に緊張状態に陥《おちい》る。

「馬鹿っ、やめ」

てっめぇ、ソレ、どこにぶっぱなす気だ！

バカに抱えられたまま反射的に腕を伸ばしてその腕を跳ね上げようとしたが、王子様の細腕ではバカは微動だにしない。

けれどバカは舌打ちして手首を跳ね上げ、それと同時に集約された黒いその塊《かたまり》は空に放たれ霧散した。

「おっまっ！　今、向こうの山とかにぶつけようとしただろ！　人がいたらどうすんだ、馬鹿か！」

生き物だっているだろう。あんなもんぶつけたら地形だって変わる。

ここにいるのは陛下をはじめみんな軍人さんばかりで、緊張が解けた彼らも安堵《あんど》の表情を浮かべた。

「いや、まあ、あれは霊峰みたいなもんで入山禁止だから、人はいないっちゃいないんだが」

隊長さんが眉間に皺《しわ》を寄せつつ困惑とも戸惑いとも言えぬ顔で呟《つぶや》く。

人はいない点に配慮を感じないでもない。か？

でも霊峰。それを吹き飛ばそうとするとか、本当にコイツは頭がおかしい。モフモフはいるだろうし、阻止できてよかった。

「ミラ、お前の弟は謀反《むほん》を企《たくら》んでるぞ」

バカの言葉に、リリアちゃんが弾かれたように顔を上げた。

違う、そうじゃない。

王子はそんな大それたことを考えたんじゃないんだ。

咄嗟《とっさ》にオーク姿の王子を見ると、何か期待のこもった熱い眼差《まなざ》しでこちらを見ていた。両手を口元に当て、乙女のように感じ入った目をキラキラさせているオーク。これまた本当に絵面がヒデェ。

お前、こんな時になんつー顔してんだよ。

嘘だろ、マジかよ。テメェ、こんな事態なのに、バカと美形王子のお姫様抱っこ風景を楽しんでんな？　自分と憧れのイケメンのからみってやつ？　ネトラレ？　妄想の実現？

どこに盛り上がってんのかさっぱり分かんねぇよ、お前も性癖捻《ね》じくれてんな！　腐男子かよ。

って、姉ちゃん腐ってたな。

なぜか唐突にそれを思い出した。

2、家族への思いに浸《ひた》る間もなく

そうだ、前世の俺には姉ちゃんがいた。

当然ながら両親もいたはずで、女の子を庇《かば》った後、俺が死んだのか行方不明になったのか分からないが、家族はどうしたんだろう。

顔は思い出せない。でも確実にいた。

思い出した過去に急激に不安になる。

喉が苦しい。鼻血のせいかと思ったけど、もう止まっている。

俺の存在が家族の中からすっぱり消えていたらいい。生まれてないことになっていたら、そのほうがいい。そうすれば家族は悲しまなくて済む。そう思えるくらいには家族仲はよかったと思う。

でも転生しているってことは事故死、したんだろうな。

こみ上げる嗚咽《おえつ》を堪《こら》えようとして喉が鳴った。

「ハル？」

気付くなよ。

まぁ不本意なお姫様抱っこ状態なんだから気付くなっつーほうが無理だろうけど。

こちらを覗き込み、バカは腰を落とす。それでも俺を地面に降ろすことはなく、膝に乗せたままだ。まぁ王子様の小さい尻だしな。

心配そうな顔をしてんじゃねぇよ。テメェ、ヤってる時、俺がどんなに嫌がっても心配なんかしねぇだろ。なんだよ。

「苦しいのか？　どうした？」

こみ上げるものを堪《こら》えるのに必死で答えられない。

ああ、そうだ。苦しい。

震える細い体を自分で抱きしめた。こんな。頼りない体。

「家族、が……親と、姉ちゃんが」

家族を悲しませただろうか。苦しませただろうか。

気付いてしまうとだめだった。

苦しい。つらい。悲しい。喉が潰れそうな感覚がして嗚咽《おえつ》を堪《こら》える。

その頭をバカに抱え込まれた。

筋肉のついた硬くて厚い胸にすっぽりと包み込まれる。いつもと同じ匂い。

少しの安堵《あんど》と心地よさを感じるが、こんなにしっかりと覆うように抱きしめられるのはおかしい。

俺はこんな華奢《きゃしゃ》じゃない。受け入れたくなくて頭を横に振って抱擁を拒否する。

だめだ。もう訳が分からない。

遠ざけようとしたのに、バカは離れなかった。

つい縋《すが》りかけて、そういうのコイツは嫌だって言ったばかりだったなと躊躇《ためら》う。

「ハル、俺もいる。俺も家族だ」

なだめるように固く抱きしめられ、落とされるバカの言葉。

家族、なのか。

突如、胸にこみ上げるものがあったが――

「もうオークじゃないのに？」

浮かんだ言葉はそのまま唇から零《こぼ》れたらしい。

俺の頭を抱え込んだバカが頷《うなず》くのを感じた。

「でもハルだろう？　ずっとあそこで一緒に暮らすんだろ？」

そう言って撫《な》でられるのは、オークの硬い短髪ではなく王子の美しい髪。

なんだろう。嬉しさを感じている気がするのに、これじゃないという違和感がぬぐえない。

気分が悪い。

「ハル？」

バカが呼ぶ。

バカが呼んでいるのは俺だ。分かっている。でも――

むかむかする。

俺の手を握るバカの手に力がこもった。ほっそりとしたきれいな手が、剣だこのある硬くて大きな手に強く握られる。

痛い。今、突き指しているし。

体を鍛えているバカに何も敵わず、体を押し返せもしない非力な人間の体。

こんなんじゃ薪も割れず重いものも運べなくて、魔力が切れてぶっ倒れたバカを運ぶこともできない。

そんな体で一緒にあそこで暮らせるのか。なんの役にも立てないのに。

オークに転生したと気付いた時はショックだったし、受け入れられないと思いながらもどうしようもなくて、なんとかポジティブになろうと折り合いをつけてきた。それを今度は他人の体で生きることを強要されるのか。

ああ、気持ちが悪い。

「カイル！　ハルの様子がおかしい。戻すぞ！」

陛下が声を荒らげる。

こんな陛下の声は珍しい。

うん、確かに気持ちが悪いけど戻しそうというのとは違うから。腹の中に不快な澱《おり》が淀《よど》んだみたいになっていても吐き気はないから、そんなに陛下が慌てなくても、って。

まさか。

「戻れるんですか……？」

え、だってリリアちゃんがものすんごい顔をしていたから、もう戻れないのかと思っていたんだけど。

ということは、またあの蛇《へび》みたいなのズロロッて口移しすんの？

咄嗟《とっさ》にオークな王子を見て——

え、オークとキスとか無理だろ。

そう思った。

ハイ、すんません！　ホント、お前だけは言うんじゃねぇって言われそうだけど、オークとキスて！

毎日、自分で鏡を見ているけど！

自分自身が目の前にいて、ソイツとキスしろとか考えてみ？

無理だから！　怖いし気持ち悪いから。

それがオークだから。人間に近いとはいえ、緑色の肌の口から牙がはみ出たオーク。

バカはともかく、王子もよくオークとキスできたな！

リリアちゃんのあの驚愕《きょうがく》の表情はそれか!!

王子、見直すわ！　無駄に謎の根性あんじゃねぇか！

「ルディアス、さっさとハルの傍《そば》に！　くそ、引きずり倒してやりたいのに、ハルの体だからできない！」

まるでかんしゃくを起こしているように陛下が吠《ほ》えている。

マジでかマジでかマジでか。

思わず逃げ腰になるが、バカに背中を支えられて逃げられない。クソッ。

「バド！　やれるな!?」

「二人とも向かい合わせに立って」

陛下の呼びかけに応えるようにバドルスさんは指示を出し、俺はバカに支えられて立ち上がる。

皆が慌ただしく動き、俺はバドルスさんに背中を押されてオークの前に立つが――

うわぁ……俺、でけぇ。

え、嘘、ちょっと待って。心の準備。

嫌だ。キスとか。俺の体なんだけど。好きでもない奴と、バカの前で。

「ハル大丈夫だ、バドはうまい」

「何が!?」

不可解な励ましをしてくれる陛下にまでつい食ってかかってしまう。

その瞬間、バドルスさんに思いきり背中を叩かれた。

喉につかえたものを吐き出すような感覚。立っていられなくて膝から崩れて地に手をつく。視界に入るのは緑色の体だ。

「ハル」

バカが俺の頭を抱き込んで、頭頂部に額《ひたい》をぐりぐりと当てる。

戻った、のか——？

「もう大丈夫です。王族のみに伝わる入れ替えの術です。大昔、専門知識が必要な場合や、どうしようもなく相性が悪い相手の対応をする時に、ごくまれに使われていたものです。現在は直系の王族が成人した際、寵臣と共に訓練を受けるのですが……」

王家の秘術、ヤベェ。

「今は風習として習得するにすぎん。そんなものがあるから馬鹿をやらかす奴が出るんだ」

陛下が心底嫌そうに言う。その風習でしかない秘術を王子は使ったのか。

「姑息《こそく》な術に頼らずとも、お互い理解し合えるまで膝を突き合わせて話し合えばいいだけの話だ。何日だって話してやるぞ」

さすが陛下、素晴らしいお心構えだ。言葉で正々堂々殴り合うと言っているようにも聞こえるが。

「陛下は拒否し続けていたのですが、王位に就く条件だと習得を余儀なくされまして。陛下が当代で廃止しようとしていますのでルディアス様が最後の習得者になる予定です」

訳の分からない、悪習ともいえるような風習ってあるよなぁ。

バドルスさんの説明にそんなことを思った矢先、鈍い打撃音と少女の悲鳴が聞こえる。

咄嗟《とっさ》にそちらを見ると、ルディアス王子が叩きつけられるように地面に倒れるところだった。

「どれだけ時間がかかっても話し合いで」的なことを言っていた陛下が顔面をぶん殴ったらしい。せっかくバカが治した鼻の骨、また折れたんじゃ……

「お兄様の数少ない取り柄なのに！」

リリアちゃんの残酷な叫びが響く。

陛下は地面に倒れた王子の胸倉をつかんで乱暴に引き起こした。

「おかしいと思ったんだ。血を見ても騒がず、すぐに止血するなんてお前らしくないからな。いつもリリアに庇《かば》われているお前が前に出るのも不自然だった」

確かに今も鼻血に過呼吸を起こしそうになっている。王子、ちょっとヘタレすぎだろ。

血まみれの王子の胸倉をつかんだままなぜか凶悪で壮絶な笑みを浮かべる陛下と、泣いて止めようとするリリアちゃん。

「お前がカイルに懸想《けそう》しているのは知っていたが、こんな馬鹿をしでかすとはな」

陛下、知っていたんだ。

陛下がもう一度拳を打ち落とさんとし、再度リリアちゃんが悲鳴を上げる。それはおそろしくバイオレンスな光景だった。

そしてぐったりと動かなくなった王子。

え、王子、大丈夫か？

「アサラギ隊長！」

バドルスさんの動きは早かった。素早く後ろから陛下を羽交い締めにしながら応援を求める。そしてその人は、バドルスさんが呼ぶ前にもう動いていた。

小柄な隊長さんが正面から胴にタックルをするようにして陛下を下がらせる。

「離せ、お前らぁぁ！」

空気を震わせるような陛下の咆哮《ほうこう》にも彼らは怯《ひる》まなかった。

「殺す気かよ！　まだ殺すな！」

「殺すか！　殴るだけだ！」

「お前が本気で殴ったらアイツ死ぬぞ！」

男二人がかりで取り押さえられても前に出ようとする陛下と、その腹に抱きつくようにしてそれを食い止めている隊長さんが怒鳴り合っている。

隊長さんも必死らしい。陛下をお前呼ばわりの、王弟殿下をアイツ呼ばわり。

まだ殺すなって、今じゃないならいいのか。

「さすが。あれなら陛下からの頭突きも膝蹴りも力が入り切らない」

隊長さんの腹心のお兄さんが感嘆の吐息を零《こぼ》した。隊長さんとバドルスさんの連携に、心から心酔しているようだ。

この人もちょっとずれている気がするけど、これが国営軍の日常なんだろうか。

暴れる陛下を唖然《あぜん》と見ていると、腹心のお兄さんが背負っていた荷物から出した大きな布を肩に掛けてくれた。

そうだ、俺もえらい格好していたんだ。肌の鬱血痕《うっけつこん》が恥ずかしくて前を掻き合わせる。女のコかよ、とも思うが、状況的にはキスマークの散った上半身を隠したい女子とまさに同じだった。

「お前も。泣いて許されると思うなよ」

涙を流しながら王子の傍《そば》に駆け寄ったリリアちゃんに、男二人に取り押さえられたままの姿で陛下が冷酷に告げる。ぞっとするような声だ。

「いつも言っているだろう。自分がされて嫌なことは人にするなと」

——あぁ。

その瞬間、体が震えた。

陛下の言葉に思わず両手を口に当てる。

今、自分は一国の名君の歴史に残るであろう名言が放たれた瞬間に立ち合ったのではないか。

後々まで教科書に載り『孫氏』みたいに世界中の人が知っている教訓的なやつが今！　ここで！

まさに生まれたんですよ！

この感動の瞬間に、他の人はどんな反応をしているのか。

感銘に打ち震えているであろう、金言創成という歴史の立ち合い人となった仲間たちの反応を窺《うかが》う。

ちっさい男前の隊長さんは、実に嫌そうな「おま言う」顔で腹に抱きついたまま陛下を見上げていた。

陛下を羽交い締めにしているバドルスさんは無だった。ものすっごい無だった。

俺はそっと口元の手を下ろす。

うん。そうだよな、王様だもんな。意に沿わぬ命令とかあるよな。彼らは普段からそういうことを言われているのかもしれない。

「お前たち、覚悟するがいい」

兄弟姉妹に告げる言葉じゃないそれを、陛下は弟と幼い妹にはっきりと告げた。

国外追放という言葉がよみがえる。

一人はヘロヘロの頼りない青年で、もう一人はまだ小さな女の子。

事《こと》の発端は、すげぇ美形の王子様が見てくれだけはいい変態バカに恋をしたこと。

たったそれだけ。それだけなら問題はなかっただろうに。

たまたま美形王子にはお兄ちゃんっ子な妹がいた。妹ちゃんはお姉ちゃんも大好きで、自慢のお姉ちゃんをオークが独《ひと》り占《じ》めにしてるように見えていたんだろう。だから兄のためにも化け物を排除しようとした。

それはある意味ごくまっとうなことだ。だって俺、バケモンだもん。

ただその化け物がちょっと特殊で、なぜか重鎮扱いされていただけで。

そりゃ、俺に何かあったら大問題なんだろうけど。

それを王族である二人が考えなかったのは大失態で、それは俺も分かるし、国民からしたらなんて馬鹿なことをってブチ切れるやつ。それは理解できるんだけど。

なんだろう、コレ。

「陛下、俺、無事ですよ」

こっちが泣きそうだ。

リリアちゃんだって、まだ幼くてただお姉ちゃんとお兄ちゃんが大好きだっただけなんだ。本人がはっきり言ったわけじゃないが、彼女はお姉ちゃんとの時間が欲しかっただけなんじゃないか。

そりゃ言動は子供にしては、いや、子供だからこそかひどく残忍だったけど、オークが相手だとあんなものになるんじゃないか。

せっかく助け合える姉弟がいるのに。俺のせいでぐちゃぐちゃになるなんて。

「姉弟は仲がいいに越したことはないですよ……」

家族が一緒に仲良く過ごせるなら、それは幸せなことなんだ。

だから。どうか。

だめだ。泣きそうだ。オークが泣いたって醜《みにく》いだけなのに。

「なぁ……」

カイルを見上げる。

どうにかならないのか。俺のせいで仲を引き裂いて、人の人生を変えてしまうなんて。

「……ハルはこういう時しかお強請《ねだ》りしないな」

仕方ない、という口調だった。内容は深く考えるとイラッとするやつだからあまり考えないようにしよう。

落ち着こうとしているのか納得しようとしているのか、バカは長く細いため息をついた後、陛下に目を向ける。

「ミラ、ハルの頼みだ。ソイツらボコボコにしとけ」

そんなこと頼んでねぇよ。陛下も心得たとばかりに頷《うなず》かないで。

さすがに小さい女の子を殴って泣かせるとか無理。俺の良心が死ぬ。

「リリアちゃん、今度さ、俺が行った時ご一緒するとか……どう？」

リリアちゃんはホントは俺なしで陛下と二人でお茶とかしたいんだろうし、オークを見ながらスイーツとかおいしくなさそうだけど。

「……いいの？」

あんなことしたのに？　って、真っ赤な目をしたリリアちゃんの驚いた顔。それは初めて年相応のものに見えた。オークに誘われているというのにその顔に嫌悪感はなく、やっぱり陛下と一緒にお茶をしたかったのかとほほ笑ましくさえ思える。

「ハルがいいなら、それはいいな」

陛下もやっといつもの自信に溢《あふ》れた笑顔になってくれた。

顔が腫れて目が開いてるのかどうか分からず血まみれで、副官さんに上半身を起こされかけて大きく呻《うめ》く王子。「あ、あばらイッてますね」とまた地面に寝かされ、再度悲鳴を上げた彼に対しては、「筋肉つけるといいと思います」と言うしかなかった。

アイツ、オーク専だから努力するだけ無駄なのでホントやめたほうがいいですよ、とか。

アイツ、ガチで頭おかしいからマジでやめたほうがいいですよ、とか。

言いたかったし言うべきなのかもしれないけど、俺が言っても「何様だよ」になって逆効果だよな、と。

若者の貴重な時間がバカのために無駄に消費されるのは気の毒だが、きっと俺が言うのは違うはずだ。意識が朦朧《もうろう》としていて、言ったところで聞いていないかもしれないし。

「なんだ、筋肉をつけたかったのか」

陛下が意外そうに声を上げる。

「早く言えばいいのに。うちの家系は筋肉がつきやすいから、ちょっと負荷をかければ三日で筋肉がつくぞ」

……弟君はすらっとした体型なのに、どんだけの負荷をかける気ですか陛下。

腫れた顔でこちらを見ようとして激痛に「い゛ぃぃいい」と王子様らしからぬ呻《うめ》き声《ごえ》を上げた彼を、「陛下の許可が出たら治癒いたしますので」と副官さんが淡々となだめている。

王族を勝手に治療したらいけない、とかだろうか。

「それぐらい大丈夫だ。しばらく放っておけ」

副官さんの言葉に、陛下はにべもなく返す。緊急性はないと判断したらしい。重傷に見えるんだけどなぁ。

ふと、バカがこちらを見上げているのに気付く。

ああ、そうだ。いつもコイツにはこうして見上げられていたんだ。戻ったという実感が湧いた。

「家族がいたのか？」

「……ああ、どこなのか場所も覚えてないけど、人間の両親に育てられた。人間の姉もいた」

うん、咄嗟《とっさ》に出たがなかなかいい設定だ。いいぞ、誤魔化《ごまか》せる。そう思ったのに。

「もうどこにもいないけど……」

追及を避けようとしただめ押しがまずかった。

あー、キツイ。号泣しそう。

右手が握られる。見なくても分かる。バカだ。

俺、そんなに酷《ひど》い顔をしているのか。

「ハルさんや」

ふと背後から低音のいい声に呼ばれた。

振り返っても誰もいない。見下ろしてやっと、すぐ傍《そば》にいた隊長さんに気付いたのは申し訳なかった。

「軍に属する者として礼を言う。ありがとう」

「いえ、ご迷惑をおかけして申し訳ありませんでした」

本当に申し訳なくて小さくなる。オークだからたかが知れているけど。

隊長さんは柔らかな表情で首を横に振った。

「いや、隊の中には魔族と戦った経験のある奴も多いから、そういう連中には警戒をしてたんだが。笑いながら連れ添っていくんで見誤った。アンタが連れ出されたのは完全にこっちの落ち度だ。護衛もつけてたのに相手が王族で判断が遅れた。恥ずかしい限りだ。怪我をさせて申し訳なかった」

軍人式にしっかりと頭を下げられるという、実に真摯《しんし》な詫《わ》びにこちらが落ち着かなくなる。

ヘラヘラ笑いながら連れ出されたのがホント、恥ずかしい。

「コイツは充分尽くした。どこでだって生きていける奴がこんな小さな国に留まる理由なんてないだろうにまだいる。国を出たら出たで多少は気にしただろう」

隊長さんはそっぽを向いたバカに「だろ？」と見透かしたように笑いかけ、次に陛下に目を向ける。

「早々に『オーク保護法』を制定していたのは女王の功績だし」

ああ、さすが隊長を務める人は違う。家族が馬鹿をやらかした陛下への気遣いを感じた。

こんな上司いいなぁ。上司がこんな人なら気持ちよく仕事できそうだし、めちゃくちゃ仕事を頑張れると思う。

「コイツ《カイル》にこの国に留まる理由を与えてくれたのはアンタだ。アンタは立派な息子だよ。きっと家族もハルさんを誇りに思うことだろう」

――た、たいちょぉさぁぁぁん！

隊長さんがせっかく落ち着いていた号泣の堰《せき》を完璧に破壊した。

涙が溢《あふ》れ、ついで鼻水が垂れてくる。ドロドロのじゅるじゅるだ。

「センパイ、ハルを泣かせるな。本当に人たらしなんだから」

陛下が困ったように、それでいて楽しそうに言う。しかし、センパイと呼ばれた隊長さんはそれは嫌そうに顔をしかめた。

「ああ？　だから中将なんかを兼任させせられてるんだろうが。ホント解任してくれよ」

「だめだ」

中将ってすげぇ上のほうの人なんじゃ……中将と隊長って兼任できるのか？

本気で解任を願う様子の隊長さんに、陛下はその嘆願をすげなく拒否して笑った。実にいい笑顔だ。

バカが俺の手を引く。

「ハル、帰るか。家族の話を聞かせてくれ」

俺の話を聞きたいなんて、初めてかもしれない。

話したい。話したいけど。

でも――

姉ちゃんが腐っていたことしか思い出せないの、本当にいたたまれない。

3、後遺症、じゃねぇなコレ

それにしても、気分が悪い。

吐き気のような、むかむかとした不快感が腹の奥でくすぶり続けている。

バドルスさんは「もう大丈夫」と言った。後遺症みたいなものはないか、体調不良の可能性は、とバカもしつこいくらい確認していた。さすがに王家に伝わる秘儀的な内容はバカも知らなかったらしい。

状況が落ち着いたと見るや、小さい隊長さんとその腹心のお兄さんは一目散に撤退した。こんなトップシークレット、聞きたくなかったんだろうな。

本来は入れ替わる二人に加え、バドルスさんのような施術兼入れ替わりを見届けて証明する人間の三人ですべき行為らしい。

口移しに似たやり方は二人きりで本当にやむを得ない場合のみだ。そう言いながら陛下が弟を足《あし》蹴《げ》にし、またバドルスさんに止められていた。

「入れ替わりはきれいにできていた。戻りもバドは腕がいいから大丈夫だ。私も練習でやらされたが、特に不調は出なかったぞ」

そう陛下が保証してくれたし、宮廷医師やら魔術の専門家みたいな人たちも戸惑いがちに調べてくれた。オークの体調なんて分からないよな。

陛下はご丈夫そうなのであまり参考にならない気もするが、たぶんなんの問題もないはずなんだ。人間の女性よりオークのほうが頑丈だろう。バカが回復魔法を使ってくれたし。

それなのに、気分が悪い。

精神的なものなのか。

しつこく思い出されるのはあの感覚。感触。

思い出しては気分が悪くなる。

夕方まで経過観察で王都にいて、いつものように馬車で帰ることになった。

とにかくぐったり疲れた状態で荷馬車に這うように乗り、そのまま転がる。最近バカの指示でこの荷馬車にはマットが敷かれ、横になれるようになった。キャンピングカーの先駆けになるんだろうか。横になれるのはありがたい。

陛下みたいに風魔法とやらでも移動できるのかもしれないけど、ちょっとしたドライブか旅気分になれる馬車の旅を気に入っている。バカは普段、はじめこそ貴族用の豪奢《ごうしゃ》な馬車に乗り込むが、すぐにこっちの荷馬車に飛び移ってくる。空っぽの豪奢《ごうしゃ》な馬車が先導するように走っているのがいつも少し申し訳ない。

「疲れた、俺も寝る」

なのに今日のバカはそんなことを言いながらハナから荷馬車に入ってきた。

「大丈夫か？」

覗き込んでくるその胸倉をつかんで頭を下げさせ、唇を重ねる。

ずっと気持ちが悪かった。不快でたまらなかった。

見ず知らずの相手、しかも同性と口付けを交わしたのだ。本当に嫌だった。

それも触れるような軽いもんじゃなく、深めの、蛇《へび》が出入りするような一種の拷問みたいなやり方だ。思い出しては吐き気にも似た気分の悪さに襲われる。

触れるだけのキスをしてバカのシャツを離した。

驚いたように目をみはっているバカを見て、ハッと鼻で笑う。

奪ってやった。

やっと笑えた気がする。

それを見たバカもようやく表情を緩めた。珍しいことに、これまでずっと深刻な心配顔だったのだ。

「口直しか？」

「なんとなくだ」

笑《え》んで言うバカにつっけんどんに答える。単にしたかっただけだ。

「そうだな。上書きしとこうな」

こっちの話を聞いていないみたいにバカは笑ってもう一度覆い被さってくると、ついばむような軽いキスを何回か繰り返した。

はーーーーー。内心で重いため息が出る。

オークとキスなんて、本当にコイツは頭がおかしい。

このままだとマズい。荷馬車の中、頭を抱き込まれて横になった状態でそう思う。

髪を撫《な》でられ、時折キスされ、ぎゅうぎゅうと抱きつかれる。

「せっかくハルからキスしてもらったけど、俺、今日勃《た》たないんだよなー」

しばらくして気が済んだのか、バカはいつものように最低なセリフをさらりと吐いた。

は？　何言ってんだよ。いつでもどこでも盛《さか》れるだろ、お前。

そう思ったのに目にいつもの覇気や欲がない。まさに少女漫画の王子様みたいな「性欲なんてありません」って顔。

嘘だろ、マジかよ。

ぎょっとした。

「期待したか？」

にやにやと見下ろしてくる顔を殴りたいが、それ以上に心配になる。

性欲の塊《かたまり》みたいな人間なのに。

どうした、お前。急にインポ？

同じ男として可哀想になってしまう。これまで散々酷《ひど》い目に遭《あ》わされたことも忘れて。だからリアちゃんに「お馬鹿」って言われちゃうんだろうけど。

「ミラやバドルスが『ハルは今日は安静』ってうるさいから、ならできなくすりゃいいだろうがって売り言葉に買い言葉でバドルスに施術された」

――バカも本当に馬鹿だった。

なんで、みんなしてそっちの方向に持っていくんだよ。全身の鬱血痕《うっけつこん》か。アレを見られたからか。

しかもバドルスさん、そんなことまでできるのかよ。

こっわ！　こっっわ！　怖すぎるだろ。

しかしながら、それを聞いて安心して眠れるというのもまた事実で。

バカが妙に密着して頭を撫《な》でるのを感じながら寝落ちして、夜遅くにお屋敷に着いた。

「寝てていい」

優しく言われて姫抱きでバカのベッドまで運ばれた。オークを姫抱き。うつらうつらしながらもふとガラスに映った姿を見て思わず遠い目になる。目が覚めたわ。

下ろされたのはほぼ毎日のように寝ている主寝室のベッドだ。髪を梳《す》くように撫《な》でられるのがひたすら気持ちいい。またうとうと意識が揺らぐ。

けれど、バカが立ち上がる気配に目が覚めて、思わずそのシャツをつかんだ。

「何か飲むもの取りに行こうと思ったんだが」

言いながらバカが目を細める。穏やかに。

「そんな物欲しそうな顔して」

違う、部屋に一人残されたくないだけだ。絶対そんな顔してねぇよ。死ねよとは思うけど。

「ハグだけでいい」

どうしてもそれが欲しくて、憮然として要望した。ハグという言葉にバカが首をかしげている。

「だっこ」

言い換えて両腕を開いて強請《ねだ》った。寝起きだからな。ちょっと寝ぼけているんだ。

怖かった。本当に。

力が強いオークなのに、あまりにも無力で何もできる気がしなくて。

もし本当に一人で放り出されたとしたら。しばらくは途方に暮れただろうけど、無駄に丈夫だから生きてはいける。たぶん余裕で。

でも、ただ生きているだけだ。

俺の言葉に一瞬固まったバカは、次いで薄く笑った。優しい微笑なんてどう反応したらいいか分からないからやめろ。これがあんな暗黒神みたいな男と同一人物とは。

強く抱きしめられて、応えるように抱き返す。

「無事でよかった」

バカがぽつりと零《こぼ》した。

……いや。俺、お前に殴られたよな？

全力で殴ってきたよな？　お前からの一撃が一番痛かったんだが？

反論したかったけど、無言でめちゃくちゃ固く抱きついてくるからやめた。

怖かった。もしかしたらコイツもそういうのがあったのか、とか思って。

お互い「普通の人間だったら骨、折れるんじゃね？」ってくらいぎりぎりと拘束するように抱き合って、やっと安心できた気がした。

やがてちゅ、ちゅ、と音をさせながら首元に唇を当てられる。

なんでテメーはこのムードで、とか。勃《た》たないくせに、とか思うけど、バカが触れているのは切り傷だ。口付けられた辺りは傷がなくなっている。目立つ傷はお城にいる間に治されたので今治療を受けているのはほっといても数日で消えるような小さな傷。

そんなのほっとけばいいのに。

治すにしても手をかざすだけでいいだろ。知っているんだからな。

「どこもかしこも傷だらけだな」

体を起こしたバカの顔は痛ましいと言わんばかりで、つらそうに眉をひそめている。

珍しく殊勝な態度に、こっちが驚かされた。

ぶっちゃけ、あの王子様に比べれば断然軽傷で、どこもツバをつけておけばいいような擦り傷なのに。

そう、軽傷なんだけど。

それで気が済むのならと、やりたいようにさせてその晩はずっとバカに手をつながれた状態で寝た。

「は？　ざけんなあの野郎！」

朝になってバカの口汚い罵《のの》りで目が覚める。

朝勃《あさだ》ちしなかったらしい。

こっちはまだ眠くて、死ぬほどどうでもいい。

ベッドから足を下ろして座るバカの首に腕をかけて引き倒し、抱え込んだ。

二度寝は譲れない。


「――もぉいやだぁぁぁ、もういいからぁぁぁ」

そして夕方になるやコレだよ。

バドルスさん効果が切れたらしい。

しかしながら、だ。

ぐずぐずになっているのにまだ挿《い》れられてないんだぜ。

バカの股間の凶悪なムスコは無事復活してギンギンになっているってのに。

乳首を優しく撫《な》でるように擦られ、ゆるゆるとちんこを扱《しご》かれ続《つづ》けている。もう充分だからもっと強くしてほしいけど、そんなことを言えば度を越す可能性が高くて滅多なことは言えない。

「──も、なんでッ！」

「病《や》み上《あ》がりだからな」

ゆったりとした手技をもって穏やかに拓かれる、そんな感覚が新手の攻めとしか思えない。決定打がないのがつらい。

「そんなに声出すと外に聞かれるぞ」

いつになく穏やかに笑うバカにイラッとする。誰のせいだと思っているんだ、クソが。いい加減にしろ。

「だったら塞《ふさ》いでろよ」

口を薄く開けて顎《あご》をしゃくり促すと予想通りバカが食らいつく。ただいつもの奪い尽くすような激しいやつじゃなくて、何かを確かめるように触れては離れていった。何度も何度も。

「ゆっくりしような」

バカが穏やかな声で言っているけど、もう堪《こら》えるのがつらい。我慢できずにバカの手が作った筒に挿入するように必死で腰を振る。

「あーイクイクイクイクイク──イケなかったぁぁぁ！」

握力弱めやがった、コンチクショウ！

「もぉぉ！　なんなんだよぉ！」

腹が立って思わず叫ぶと、硬い筋肉にぎゅっと抱きしめられた。

「どした」

動かないから聞いてみる。

「いや」

なんだよ「いや」って。聞いてやったのにろくに答えず、そのまま無言。今、俺もの凄《すご》い中途半端な状態なんだけど、何これ。

「挿《い》れねーの？」

ガラにもなく聞いちまったじゃねぇか。

「まぁ、挿《い》れるけど」

なんでそんなに煮え切らねえんだよ。

そうは言いつつもバカは身を起こし、俺のデカくて重い下半身を抱え上げた。

ゆっくりと狭路が拓かれる感覚。待ちわびたそれに体が歓喜するように痙攣《けいれん》する。

奥に押しつけるようにしっかりと抱きしめた後、バカは大きく息を吐いただけで動こうとはしない。

くそ。しばらくは耐えたが、結局ゆらゆらと腰を揺らしてしまう。

ぬかるむ肉壁を弾力のある亀頭で優しく撫《な》でられた。優しいのに切ない。それが足りないという訴えだと気付く。

「――ぅン！」

ひっそりと気持ちよくなろうとしていたのに腰を押しつけられて動きを制された。

また焦《じ》らされているのかと思ったけど……

「今日はゆっくりしよう」

なんか変に気遣われている。

どうしたお前、普段やりたい放題の好き放題してくるくせに。今日は珍しくそういう気分なのか。

だがこっちはそういう気分じゃねぇんだよ。

苛立《いらだ》ちが募《つの》り、恥を捨てて自分で腰を遣って激しく抜き差しする。

「――ッ！」

「こっちはめちゃくちゃヤりてぇ気分なんだよ。さっさと腰振れ」

バカに命じると、驚いた顔を見せた。

激しくされたい、が本音だ。

セックスってストレス解消になるじゃん。

とりあえず今は嫌なことを全部忘れて、思いきり乱れたい。いつものように、いつも以上に抱かれたい。

刹那《せつな》、ガツンと奥に食らう。

「あぁあぁぁぁっ！」

思いがけない衝撃にあっさりと達した。

「呆気ないな。これからだぞ」

そこに呆れの影はない。ただの宣言だ。

必死で薄く目を開けてバカの顔を見ると、呼吸を荒くした獣のような目になっている。

余韻に浸《ひた》る間もなく両足を持って体をたたまれガツガツと正常位で攻められた。すぐに新たな快楽が生まれ、翻弄《ほんろう》される。

バカが一息つくや、体を転がされ松葉崩しの形に足を組まれた。より深まる挿入に背が反る。

「もっとぉ！　もっと強くぅぅ」

「ああ、ぶっ壊れるぐらいヤってやるよっ」

攻撃的な腰の動きで奥を穿《うが》たれ、声を止められない。

「ハル」

呼ばれて今度はどんな言葉攻めが来るかと思ったのに。

「殴ってごめんな」

はぁぁぁぁぁぁ!?

って、ブチ切れで言いたかった。

「ふぁぁぁぁぁぁっ――――！」

って、なったのは本当に不本意だ。

なんで！　このタイミング！　テメーは暴力夫か！　ザケんなぁぁぁ！

殴ってやろうと上半身をひねったところで首の後ろに手を当てられ、乗り出してきたバカに唇で口を塞《ふさ》がれた。

その拍子に抉《えぐ》るような動きで前立腺を捏《こ》ねられ体が跳ねる。

「いぃいいぃ、あっ、い、イイぃぃ」

むせび泣くような悲鳴が喉から上がるのを止められない。無理な姿勢を強《し》いられるとともに奪い尽くすような口付けが苦しい。

腹立たしくて負けじとバカの後頭部に手を回して咥内で暴れる舌の動きに応じ、挑む。

こんなタイミングで、誤魔化《ごまか》すような詫《わ》び。まさにクズと呼ぶにふさわしい。

見切りをつけるべき人種なんだろうけど。

俺のだ。

コイツは俺のなんだ。

ここにはいない他人に知らしめるように。

そしてコイツ自身が思い知ればいいと思いながら、整った容姿と美しい体を持つ男を貪《むさぼ》る。

体を思いきりひねり、首を伸ばす。口を大きく開いてバカの筋肉の乗った肩に歯を当てた。

途端、腹の中でバカのブツがグン、と大きくなる。

「あ!? おま、ばかぁあっ!」

噛まれてデカくしやがるとか、クズの上に変態かよ。ドン引きだわ。

歯を剥《む》き出《だ》しにしたオークに噛まれようもんなら跳ね除けそうなものだが、バカは食らいついた俺の頭に頬をすり寄せてくすぐったそうに小さく笑うだけだ。それも妙に嬉しそうに。こんなおっそろしい甘噛みもないだろうに。

しかも何か甘い顔をしておきながら下半身は別の生き物のように猛《たけ》っている。

本当にコイツはどうしようもない。

「ん、んっ、ンンっ」

唇の端から垂れた唾液をべろりとこれ見よがしにバカが舐めとる。

「あー、いい。ハル、すげぇ。奥まで入ってる？」

激しい抽挿《ちゅうそう》にうんうんと頷《うなず》くしかできない。

「こっちもかわいがってやろうな」

「ぃあっ、まっ！」

律動に合わせてベチベチと腹の下で揺れていた幹に手を添えられ、体が跳ねる。

後孔と連動する手の動き。激しい手淫《しゅいん》に、何も考えられない。

「ふぁ、あひ、ぁア、ア、イッ、イくっ、ダメっ」

「あーすげ、めちゃくちゃ締まる。ハル、すげぇいいよ」

お互い頭の悪い言葉しか出てこない。

「あーイく、イく……ッ」

珍しくバカが絶頂が近いことを宣言し、宣言通りゴンゴンと奥に突き立てる。

「すごっ、つよっきもちいっ。きもち、あ、あ゛ぁッ！」

二人、大きく震え、同時に果てた。

そう思ったのに。

「イった！　もうイった、イッたって……イきましたぁ！　許ひてぇぇ！　もぉむりぃぃぃっ」

「イっただイケなかっただ、ハルはワガママだな」

一瞬で復活した壊れているとしか思えないちんこを抜くことなく、バカが「ははは」と笑って前立腺をガツガツ遠慮なく小突いてきた。マジで頭がおかしい。


「あー気持ちよかったぁ！」

実に満足げなバカと、完全に脱力してベッドに突っ伏し動けない俺。

ベッドがドロドロのあまりにも酷《ひど》い状態で、隣の部屋のベッドにお姫様抱っこで移動させられる。今日ずっとお姫様抱っこじゃん俺。

実用的な筋肉をまとった理想的な体を惜しみなく晒《さら》し全裸でウロウロ寝支度を整えるバカを眺める。ベッドに入ろうとしたところで床に土下座させ、「申し訳ございませんでした」と言わせた。

「床に膝をつけ。足の裏に尻を乗せて座る。両方の手のひらを床について頭を下げて。ハイ『申し訳ございませんでした』、言え」と、リピートアフタミー的に教える。土下座文化がないここでは全裸での土下座はなんの屈辱《くつじょく》にもなっていないみたいだが、『英雄が全裸で土下座』という響きだけで多少は溜飲《りゅういん》が下がる。

……嘘です。強がりました。

『全裸で土下座』が想像以上にえぐくて、自分でやらせたのにこっちがダメージを受けた。

俺には無理なやつだ。出来心でやるもんじゃなかった。

俺が無駄に疲れた間にバカはいそいそと隣に入ってくる。全く効いてねぇ。

楽しい遊び《プレイ》くらいにしか思ってねぇだろ、コイツ。まぁ結果としてはそのほうがよかったんだけど。

むしゃくしゃして思いきり投げた棒を大喜びで持ってきて得意げにしているワンコを思い出す。ワンコにやつ当たりするのはだめだけど、そういうのをドラマか映画で見た気がする。ありそうじゃん？　決してコイツをかわいいと思ったわけではない。

「なぁ……俺が王子のまんまだったらどうしたんだよ」

「元に戻す方法を探す」

尋ねると、打てば響くように返された。

「オーク専だもんな」

「それもあるが……ハルも自分の体がいいんだろ？」

バカが、じゃなく。

俺が、オークの姿がいいから元に戻す方法を探すのか。

俺のためにというのなら本音はどうであれ、なんかもうどうでもいいかと思った。

なんとなくバカのたくましい体に身を寄せる。小さく笑った気配を感じたが、俺を馬鹿にした感じはなかったので無視した。いつものように抱き枕にされる。嬉しそうに笑ってんじゃねぇよ。

あの王子の一件のせいで、なんでか抱きつき癖がついちまった気がする。最悪だ。本当に最悪だ。

妙に緩んだ顔を晒《さら》すバカにぎゅうぎゅうと抱きしめられ、腹立ちまぎれにそれをやり返す。

「まぁ戻らなかったら仕方ないから、これで馬車でもできるな、と思うことにする」

最低だ。馬車でやると確実に壊すだろうから馬車では絶対にしないと言い聞かせていたのに。

「あぁ、でもあんな体じゃヤり殺しちまうかな」

本当に最低だ。確かにこのバカと普通の人間がまぐわいでもしようもんなら、普通の人間は瀕死《ひんし》かもしれない。だからオーク専になったと言っていたし。

「逆に俺が王子あたりと入れ替わったらハルは？」

ふと唐突に尋ね返されて思わず返した答えが。

「あば」

これ。

予想もしていない問いにおかしな声が出た。

——ヤバい。誤魔化《ごまか》しが利かない。

「ハル？」

おら言ってみろとその整った顔がなぜか笑顔という器用な圧を掛けながら脅迫してくる。

ちくしょう、ちくしょう。

咄嗟《とっさ》に他の奴は嫌だと抵抗を感じたんだ。

あんな華奢《きゃしゃ》できれいな王子とキスしたのでさえ、思い出すと不快感に苛《さいな》まれる。

ヒョロくて顔がきれいな王子様。バカも相当顔がいいんだけど系統が違う。

コイツは体が入れ替わっても受け入れられる器《うつわ》の大きいところを見せたのに。俺は不意打ちとはいえ返せなかった。

なんか負けたようで悔しい。

悔しいし、なんか嬉しい。

ああ、ああ、そうとも。嬉しいよコンチクショウめ。

たまらなくなってバカにキスする。

オークにキスとか、これも俺には無理だったやつだ。

それなのに、こいつはオークからキスされてこんなに嬉しそうな顔をする。恐ろしい奴め。

「ハルからキスされるなんて滅多にないからな。誤魔化《ごまか》されてやるよ」

笑って覆い被さってくる。せっかくきれいなベッドに移動したのになぁ。

第二戦目の予感にその首に腕を回した。

肌と肌でくっつきたいとか、それがめちゃくちゃ気持ちいいとか、ホントもう、あぁぁぁぁぁ。

4、殺人ドールと全身甲冑《プレートアーマー》

いつものように俺のためにあつらえてくださったガーデンセットでミランダ陛下とお茶をいただく。

「いーーーーやぁぁぁぁぁ！」

演習場の中央、軍人の皆さんが作る人垣の中から、悲鳴にも気合にも聞こえる少女の奇声が響く。

空中に舞い上がったのは、重厚な赤いドレス姿で大きな剣を振りかぶりカイルに向かう少女。その顔は鬼気迫るものがあり、西洋人形が人を襲っているようにしか見えない。

なんか、ホラー系の洋画にそういうのがありそうだなと遠い目になる。

「……ドレスなんですね」

どうしてもっと動きやすい格好じゃないのか。

「アレは基本的にああいう格好しかしないからな。あの格好で動けないといざという時に意味がないんだ」

陛下が優雅に紅茶を一口飲んだ後、カップを戻しながらそうほほ笑む。

至極まっとうな理由だった。

リリアちゃんごめんな。お姫様のプライドかと思っちゃったわ。

「まぁ淑女の戦闘服ってやつだな」

そう言って陛下が口元にきれいな笑みを浮かべた。

……なんか違う気がする。

真偽を確かめようとついチラリとバドルスさんを見やると「何も言うまい」顔だ。この人も苦労人なんだろうなぁ。

バカは刃物を持って襲いかかってくる「呪いの西洋人形」みたいなリリアちゃんに向かって剣を

引いて構える。振り下ろされたリリアちゃんの刃を剣で受け止めるや、押し返すように小さな体を簡単に弾き飛ばした。

空を飛んだ西洋人形は着地点でのろのろ動いていたプレートアーマーの兵の胸を蹴って再度空中からバカに向かう。

プレートアーマーさんはむごたらしい勢いでふっ飛ばされ、けたたましい音を立ててひっくり返った。中身はルディアス王子だ。本当は王弟殿下とお呼びすべきなんだろうけど、すっかり王子呼びで固定してしまった。

王子は幼い妹の暴走を止めるべき立場だった。

その責務を果たさないばかりか、正当な理由もなく王家の秘術を私的乱用した。それも第三者の立ち合いもなしで。

数え切れないほどの違反行為に、陛下は性根を叩き直してやると言い、罰と報《むく》いとして新兵扱いで軍に放り込んだ。プレートアーマー姿で。

プレートアーマーでろくに動けない兄を踏み台にするという、鬼のような所業を見せるリリアちゃん。

「うまい」

陛下は満足そうにリリアちゃんの所業を笑顔で評価する。

どこの家も姉や妹には虐《しいた》げられがちなんだよな、男兄弟って。

「もぉぉぉ……いやぁぁぁぁぁ!!」

泣き言にも聞こえるが半泣きということもなく、むしろ気合の発声だ。

殺意さえ滲《にじ》みそうな形相で、何度いなされても踏ん張り、リリアちゃんはカイルに向かっていく。

とんでもないバイタリティだ。

「根性がある」

陛下は目を細め、実に楽しそうな笑みを浮かべて妹の頑張りを見守っているが、コレ、大丈夫だろうか。ていうか、俺が思っていた形と完全に違うんだよ。

俺がリリアちゃんに言った「一緒に」っていうのはこの席で一緒にお茶しましょう、の意味だったわけで。

決して演習場の中でバカと一緒に剣を振り回せばいいと言ったんじゃなかったのに。

なんでこんな「え、これ虐待にあたらない？」みたいなことになっているんだろう。

ちらりと陛下の横顔を見る。

「どうして彼らが日々訓練に励むのか、それがどれほど過酷なのか、あいつらは身をもって学ぶべきだし、自分がしでかしたことの重大さを知るべきなんだ。気にしなくていい」

そう言う陛下の目はいつになく真剣だった。

「さて、私も腹ごなしがてらしごいてくるかな」

軽く笑っているが、いそいそと参戦した陛下は実の弟、妹を相手にするだけあって容赦がない。

まだバカのほうが手加減しているのが分かるくらいだ。アイツ、手加減とかできたんだなぁ。

国のトップに立つ人はそれだけの覚悟があるんだろうけど、嬲《なぶ》るように喜々として弟や妹の相手をしているところを見るとありがちな『長女の横暴《おねえちゃん》』にも思える。

けっして兄妹仲が悪いとか冷めているとかではなく、これまで時間がなかっただけなんだろう。

そう思いたい。切実に。

「オーっクさん」

陛下と入れ替わるようにこちらにやってきた、男前のちっさい隊長さんの笑顔が眩《まぶ》しい。

オークに慣れたのか、この間の一件以来、彼はえらくフランクに声を掛けてくれる。呼び方が「奥さん」みたいなのがちょっと複雑だ。

「あの、俺も対オーク戦の訓練とかで参加しますよ?」

脇で紅茶のおかわりを準備するバドルスさんと隊長さんに控えめに声を掛けた。

あんな小さい子が頑張っているのに高みの見物でお茶とか、本当にいたたまれない。せっかくのスイーツも堪能《たんのう》できないいんだよ。

それなのに——

「ハル様に何かあると国が滅びますから」

などと、バドルスさんがバカを見ながら恐ろしいことを穏やかな笑顔で言う。もとは勇者だったくせに、暗黒パワーでアイツが地形を変えかけたことを思えばとても冗談には聞こえない。

直後「あははは」と陛下の元気な笑い声が聞こえ、そちらに目を向ける。陛下にふっ飛ばされたリリアちゃんがごろごろと地面を転がっているところだった。

隊長さんはそれを見て子供たちの戯《たわむ》れを見守るお父さんみたいに笑い、バドルスさんも穏やかに目を細めている。

いやいやいや。なんでちょっとほのぼの感とか出しているの、この人たち。

あの一件の後、日を改めてリリアちゃんから謝罪があった。「謝って許されることではないけれど、本当にごめんなさい」と。

ホント許されることじゃないんだけど、こんな光景を見せられたら「あー、いや、もういい、かな」ってなるの仕方なくね？

幼女が無惨に転がる姿にあわわわ、と立ちかけると、バドルスさんがスッと視界に入る。

「大丈夫ですよ。ドレスって布をたくさん使っているから意外と防御力が高いんです」

えぇぇぇぇ……。そりゃスカートはボリュームたっぷりだけど上半身はそうでもないでしょう？

「身体強化もうまく使えています。さすがは陛下のお血筋、大変筋がいい」

バドルスさんの言う通り、リリアちゃんはすぐに飛び起きてまた向かっていった。

その奥でやっと立ち上がることができたプレートアーマーがカイルにのろのろと向かっていく。

ルディアス王子は陛下の指示でプレートアーマーを着用しての生活を命じられていた。

はじめは新兵が使うような初心者向けの簡易な甲冑《かっちゅう》だったのに、会う度に重装備になっている。

今日なんて「もうそれ動けないでしょ」というレベル。それなのに動いているんだから、王族は筋肉がつきやすいってのはあながち大げさな話でもなかったのか。

重いハンデを外すと本領発揮！　みたいな少年漫画を思い出した。

あの日、王子にされたことを思い出す度に生々しい感触やら、バカ以外と口付けを交わしたという不快感やら、落ち着かない気分がよみがえる。若い娘さんでもあるまいに。

許す気はない。ただ、相当重いであろうプレートアーマーでよたよた動き、吐くほどしごかれている様子を見ると、なかなかグチグチネチネチ言う気にもなれない。

陛下の科した罰は実に的確ってことでもある。やっぱ陛下、凄《すご》いなぁ。

「基本的に丈夫な家系なんですよ。リリア様なんてカイルが来るとなるとそわそわしながら剣を研いだりしていますから」

嫌な幼女だな。ちょっと山姥《やまんば》みたいじゃねぇか。

「どうすれば有効な攻撃につながるか陛下に尋ねられたり、以前より会話が増えて、とても生き生きしておられます」

まぁリリアちゃんはもともと物騒な思想の持ち主っぽかった。

「仲間がいる時は連携も考えろ！　周りの状況もよく見て！」

陛下がリリアちゃんに指示し、美人姉妹が連携してバカに襲い掛かる。

確かに「お姉様と一緒に」っていうリリアちゃんのささやかな願いに少しでも貢献できればと思っていた。思っていたけど違う。これじゃない。こんなんじゃないんだよ。

「嬢ちゃんは向いてるよ。本人も苦じゃないはずだ。兄貴のほうは肉弾戦はあんまり向いてないいんだがな」

隊長さんが壁に背を預け、腕を組んで恐ろしいスピードで連続攻撃を繰り出している美人姉妹を見やる。

幼い少女が剣を振るう姿に、どうしても落ち着かない。

子供が戦争に巻き込まれるのは絶対に回避すべきという世界に生きていた。子供が犠牲になるのはあまりにもむごく、やるせなく、どうしようもなくつらい。そういうのは絶対に見たくない。

だからバカと二人、ここに残ることで周辺とバランスが保てるのならばやぶさかではない。そう思える。

ただリリアちゃん……めっちゃ生き生きしてるんだよなぁ。バドルスさんが言う通りだ。

「この国は安泰《あんたい》、と言っていいんでしょうか」

どうしても戸惑いを感じてしまって尋ねる。

「ああ、安泰《あんたい》だろうよ」

穏やかに目を細めて笑う隊長さんに、俺は少しだけ救われた気がした。

5、こういう関係ってなんて言うんだっけ

「今日はセンパイのちんこ狙ってたのか？」

なんでそうなるんだろう。

バカの言葉に、俺は遠い目になった。

訓練に参加した夜のバカはいつにも増して馬鹿で性質《たち》が悪くなる。

陛下と同期だというバカにとっても、あの小さい男前の隊長さんは「先輩」にあたるらしい。

お前マジかよ、隊長さんに嫉妬かよ。気の毒なほど救いようがないな。こちとらオークだぞ。

「普通の人間じゃあこの欲しがりな体は満足できないだろ」

バカが笑った。乳首をつねるの、やめろ。

この特殊性癖野郎は普通の人間は俺にこんなことしねえってのがどうして分からんのか。変態の恐ろしいところだ。

「まだ体目当てなんだよなぁ、このえろオークさんは」

なんか新しい言葉攻め来た。

だが残念だったな。違和感ありまくりでノれねーわ。

体目当てとか笑わせやがる。どんだけ自信過剰なんだよって言ってやりたいけど。

言った本人が思いがけず傷付いているだろ。強がって言ったものの、ノりきれてねぇじゃねぇか。馬鹿だなぁ。

快楽に激弱なオーク仕様の俺だけど本来の恋愛対象は女性だからな?

他にテメェと似たようなガタイとルックスの奴がいても普通はこうはならんわ。超テクニシャンでも同じだ。断固拒否する。

でもお前だけとか口にするのは嫌だし、いつまでたっても馬鹿なことを言う奴にそんなことを伝えてやるのも癪《しゃく》だから——

「そうだよ、テメーの体がいいんだよ」

耳元で囁《ささや》いてやった。

バカが俄然張り切り、ヤり殺されるかと思うような目に遭《あ》うだろうと分かっていても煽《あお》ってやる。

でもってすぐに後悔した。

「今日《きょお》きもひぃ、きもひぃよぉぉ」

中のイイ所をごりごり捏《こ》ねられるのがたまらない。

「ちくびぃ、ちくびもぉぉしてぇぇ」

「ん？　ちくびも苛《いじ》めてほしいって？」

今度はこちらの要望を素直に取り入れてくれる。

強くつねられるとなぜか連動するように腹に響くのがいい。背を反らして奥に当たるよう腰を押しつけるのをやめられない。

「欲張りだな。こんなにして乳首痛くねぇの？」

「きもち、きもちぃ、もっと、もっと」

「強くするとキュウキュウ締まるもんな」

空いた片手がするりと脇腹を撫《な》でていく。

「アアァぁぁ！　ちんこはダメぇ！　ナカずぼずぼしながら乳首とちんこ一緒はダメぇっ、くち、くち、さみしっ」

「ワガママさんめ」

笑って口内を舌で捏《こ》ねられた。

え、これ何点攻め？

「これ以上、だめ、おかしくなる、から」

「ああ、ぐっちゃぐちゃになったらいい」

翻弄《ほんろう》され気持ちいいとしか考えられなくなる。

「だめ、またイく、また勝手にイく」

「ん？　どこでイくんだ？」

腹の奥の壁をこじ開けんと、バカの先端が叩くように強くノックを繰り返す。

「おくでイく、おくでイくっ、あ、だめだめ、イクイクイク――ッ！」

ガツンと衝撃のような大きな快楽の塊《かたまり》が弾け、視界が白くなる。いや前々から視界なんて確かなもんじゃなかったんだけど。余韻というにはあまりに鮮明で明瞭な悦楽が体に残り続け、少しの刺激で体が跳ねるのが分かった。ビクビクと大きく跳ね続ける体を止められない。

「ぁ……へぁ……？」

今、どこでイった？

ちんこ、か？　それとも前立腺なのか、奥なのか。まさかとは思うが乳首？

「ふぁ……？」

射精したのかどうかも分からない。

それなのに、達して媚肉でつかむようにしていたバカの剛直がなお奥へ一気に捻《ね》じ込《こ》まれた。

「――ッッ！」

一瞬、息が止まった。

「――おま」

何をやっているんだと言いたかったのに、激しくなる抽挿《ちゅうそう》に言葉が途切れる。

「カイ、ル、イってる、イってるから、むり、やめ、ダメ押しだめ、ふ、ぁぁあああぁぁぁッ！」

「ハルすげぇ、イきっぱなしだな」

だからそう言ってんだろうが！

ぐちゅぐちゅという水音と、ベッドの悲鳴がひどく恥ずかしい。

「そんなにガンガン、あひ、すご、すごいのくるッ、なかいっぱ、も、ナカいっぱいいいぃぃ」

「ああ、いっぱいにしてやるからなッ」

迫りくる気配をかぶりを振って散らそうとするが追いつかない。

「むりぃぃ、もうはいららいぃぃ、ひもちよすぎて無理ぃぃ」

「無理無理言いながら自分で腰押しつけてきて、ハルはかわいいな」

かわいくなくていい。

強すぎる快楽に目尻に涙が浮かぶ。それを指で優しくぬぐわれ、なぜか胎《はら》がバカの陰茎をキュンと締めつけた。

オラオラと奥の壁を遠慮なく小突かれ本能で体が逃げようとするのに、馬鹿力に抱きしめられて逃げられない。

ああ、だめだ。

だめなのにまだ、もっとと思ってしまう。

「ココ、もっと奥まで来いって言ってるぞ」

「ソコはダメぇっぇぇ」

結腸はそんなコト言わない。絶対にだ。

バカの欲情しきった目。俺の視線に気付くやそれがふわりと凪《な》ぎ、引き結ばれていた口が柔らかく弧を描く。そのまま顔を寄せ、何度も軽く吸うように唇を寄せられる。言っていることはエグいが口付けは優しくて胸の辺りが締めつけられるように甘く疼《うず》いた。なんだ、これ。

耐えきれなくなって彫像のようなたくましい体を締め上げるがごとく抱きしめると、同じ強さで抱擁が返される。気持ちがいい。もしかしなくても多幸感とかいうやつか。

薄く口を開けて舌を誘うと蛇《へび》が舌を出すようにちろりと舐められる。そこから阿吽《あうん》の呼吸とでも言うようにお互い大きく口を開けて深く貪《むさぼ》り合《あ》った。

ほんとにな。

なんでオークにこんな口付けができるんだよ。信じられない。気持ちの悪い奴め。つい口元が緩んだ。

胸に頬をくっつけるようにしてバカの頭が乗り、穏やかな呼吸でいつものように長い手足が絡みついている。重い。めちゃくちゃ気持ちよさそうに寝やがって。寝ても美形。寝ていたほうが平和な美形。見ていて飽きない美形。

ハイハイ、すげえ、すげえ。

髪の毛、ぐちゃぐちゃにしてやれ。だるい腕を上げ、きれいな髪の毛をかき回しておく。朝起きた時に頭が爆発していたらいい。

毎晩同じベッドで寝て、連日のようにセックスする家族。

それってどういう関係だよ。

精根尽き果てた状態でぐったりベッドに沈みながらぼんやりそんなことを思ってから、いやいやと小さく首を横に振った。

うん、寝よう。

6、女王陛下の武闘会

この国では年に一度、ミランダ陛下主催の「武闘会」が開催される。

夜に行われる豪華絢爛《ごうかけんらん》きらびやかな「舞踏会」ではなくて、朝っぱらから軍人の皆さんが日頃の成果を実践に限りなく近い模擬戦でお披露目する会だ。

要は力試しで、女王陛下の御前にて国で一番優れた兵を目指す泥と埃《ほこり》にまみれたトーナメント戦だとか。新人部門と有志部門の二部門があり、今年は新人部門にルディアス王弟殿下も出場されるとのこと。

俺は陛下にご招待いただいた。

約二年振りに見た王子様は凄《すご》かった。繊細なさらさらロン毛に優美で吹けば飛びそうな、それはそれはきれいなザ・少女漫画的王子様だったのに、今や精悍《せいかん》なマスクに短髪の格闘系イケメンに奇跡の変貌《へんぼう》を遂《と》げている。

多くの軍人が会場に整列している中、別格の存在感に自然と目が引かれた。

王子を見た若い娘さんたちの黄色い声援は熱い。一般には公開されていない行事だが、観覧が許される関係者などで観客席はいっぱいだ。

「仕上がりがエグい……」

王子のイメチェンに、つい独《ひと》り言《ご》ちた。

陛下に「プレートアーマーの刑」に処された後、隊長さんの部隊で容赦のよの字もなくズタボロになるまでしごかれていたのは見た。見る度にボロ雑巾《ぞうきん》みたいにされていた。

厳しすぎる日々の訓練を経て基礎体力がついた後、特性を活《い》かせる魔力特化部隊に異動してこれまたバチボコに鍛えられたとも聞いてはいた。

その後、本人の希望で国境を守る僻地《へきち》部隊に異動したとも聞いていたが、日々ゴロツキみたいな輩《やから》と泥臭く殴り合う業務についていると知ったのはつい先ほどのことだ。

記憶にあるのは情けない表情でおどおどとした態度の王子だ。それが今は姿勢を正して真っ直ぐに前を見ており、凛《りん》とした力強さしか感じられない。

ちょっとど突けばすぐ泣きそうだったあの王子が。人間変わるもんだなぁ。

遠目に眺めていると目が合って一礼された。腰を直角に折って長く頭を下げた後、素早い動作で体を起こす。それはきびきびとした見事な軍人さんの仕草だ。

頭を上げた王子とまた目が合う。今度は俺の隣にいるバカに向かって同じように頭を下げる。

はじめの一礼はやはり俺に向けてだったらしい。バカへの礼だと思いたかった。こっちはオークなのに、王弟様がそんな最敬礼みたいなまねをしていいのだろうかと、居心地が悪い。

「ハル、安心しろ。あいつはもうセンパイの犬だ」

俺の戸惑いを敏感に感じとった陛下が笑顔で気遣ってくださる。もうおかしなちょっかいは出してこないから、と。

誤解を解く気力はなかった。

今日の陛下は深紅の細身のドレス姿だ。絵姿では見たことがあるが初めて生で目にする陛下の盛装に圧倒される。美女というだけでは到底足りず、隣に立っちゃだめな気になるくらいの神々《こうごう》しさ。

そんな彼女が、とんでもない単語を言い放った気がする。

今なんと？　犬？　犬って言った？

そっとリリアちゃんの向こうに警護として立つ隊長さんを窺《うかが》うと、それは見事な渋面だった。

「あいつが優勝したら褒美にセンパイと面談したいそうだ」

「ほう」

普段あまり物事に対して興味を持たない、もしくはろくでもないことにしか興味を示さないバカが陛下の言葉に珍しく反応を見せた。

それまで楽しそうに悠然と笑っていた陛下の表情が、すっと冷たく険しいものになる。

「あの馬鹿、センパイにしごかれまくった後、カイルからあっさり乗り換えやがった。あの騒動はなんだったんだ。腹立たしいことこの上ない。センパイはブチ切れで突き放したし、私もぶん殴っておいたからな」

安心しろとでも言うかのように笑みの戻った顔を向けられる。代わりに殴っておいたからなと言わんばかりの力強い陛下のお言葉に曖昧《あいまい》な笑いを返すしかなかった。

陛下は有言実行の方だと思う。口にしたからには何事も徹底的にやる。

王子はあれからまたボロボロにされたに違いない。

それでも今の王子を見るとヒンヒン泣くような大惨事にもならず、あの時と違って骨折などもしなかっただろう。仮に骨折したとしても泣きはしないだろう。そう思いたい。

陛下のお怒りはごもっともだが、バカに比べればそりゃ隊長さんのほうがいいに決まっている。

隊長さんは人格者で人情家だ。ルディアス王子が強い男が好みというのならばイチコロに違いない。人を見る目があると褒めてやってもいいとさえ思う。

隊長さんの性的嗜好《しこう》も、そもそもこの国では同性間の恋愛がどう受け止められているのかも知らない。ただ陛下が「オークと婚姻関係を」とうるさく言うバカの話に真面目に対応されていることを思うと、ない話ではないのだろうか……？

何かと気苦労の多そうな隊長さんを見ると、彼は明後日の方向を見つめていた。現実逃避かなと思ったが、視線の先、段々畑のような観覧席の一番上に猫がいる。これほど人が多く、騒がしいというのに悠々と座る猫に俺も思わず目が釘付けになった。

「猫ですね」

「猫だな」

「猫はいいですよね」

「猫はいいよな」

先ほどまでのなんとも血なまぐさい話から一転、猫から目を離そうとしない隊長さんと全く脳が働いていない会話を織《お》りなした。

「猫、お好きですか？　もしかして飼われてたりします？」

「いや、残業やら急な出張やらで不規則なもんだから飼うのはなぁ……」

隊長さんはこちらの声掛けにも心ここにあらずといった様子で、一向に猫から目を離さない。彼は犬よりも猫派なんじゃ、なんてことを考えてしまった。

「そっか、お忙しいですもんね。猫かぁ……ねこかふぇ……猫のいる食堂みたいなものがあればいいですよねぇ。『食堂の二階が宿』みたいな店ってあるんですか？　猫のいる宿とかもいいですよねぇ」

動物に癒《い》やされたい気持ちは人一倍分かるつもりだ。自分の願望が口から溢《あふ》れ出《で》た。

「ハルさんや、アンタは天才か。女王、国営で猫食堂作ってくれ」

隊長さんはぎらぎらした目でこちらを振り返ると、傍《そば》にいた陛下に直談判する。

「国営はいいですね。もしくは許可制にするか。ちゃんと管理しないと営利目的で猫が酷《ひど》い目に遭《あ》う可能性もありますし」

「そこの管理やりたい。女王、俺、引退するわ」

「だめだ」

隊長さんは凄《すご》い勢いで退職宣言し、陛下はいつものように笑顔で却下する。このやり取りはこれまでにも何度か見た、もはやお二人の「お約束」みたいな会話でいつもは「中将の位《くらい》を返上する」という話だ。今回は「引退」と、隊長さんの本気度が違った。

陛下も事《こと》の重大さを的確に察知したのだろう。

「猫食堂については担当の役人を選任してこちらで検討する」

即時即決だった。

「ハルさんや、相談役《アドバイザー》やらないか？　俺が推薦するから」

声を弾ませてそんなことを言う隊長さんと猫談議に花を咲かせ、完成の暁《あかつき》にはぜひご一緒しましょうと固く誓い合ったところで、開会の時刻となった。

「王族が出場しているが、おかしな手心を加えようものなら性根を叩き直してやる。みな心置きなく、情け容赦なく全力を尽くすように！」

「お……おーっ！」

陛下がよく通る声で朗々と開会を宣言する。

円形闘技場《コロシアム》内に整列した出場者のみなさんが戸惑いを隠しきれない様子で、それでも懸命に大声で応えた。訓練された彼らの野太い声は石や土で作られた重厚な会場を揺らがすほどの声量だ。

「凄《すご》いですね」

「生半可な返事してみろ、後でとんでもない追加訓練の通達出されるからな」

隊長さんが苦虫を噛み潰したような顔で言い、「恐怖政治かよ」と小さく零《こぼ》した。

ミランダ陛下は一番高い物見席にバドルスさんを隣に控えさせて一人座り、俺たちはその前列の一段低い席に通されている。陛下の真ん前の席に勇者っぽい盛装をさせられたバカ、その隣に新しく作った盛装着用の俺、次にいつも以上に手の込んだおしゃれをした王妹リリアちゃんが並んで座っていた。

勇者様と王妹殿下の間にオークって、並びがおかしいだろ。なんでリリアちゃんより俺のほうが陛下に近いんだ。そりゃ周囲から戸惑いの視線も飛んでくるよ。

「リリアちゃん、席変わらない？」

「だめよ、ハル。それだとあなたを警護できないわ。あなたは絶対に先生と私の間にいてね」

リリアちゃんはバカを「先生」と呼ぶようになった。間違った教育だ。

「午前中が入隊二年未満の兵で、お昼からは三年目以降の選抜選手よ。お兄様は午前中ね」

「ああ、それな、あいつ午後の部になったぞ」

「あらそうなの」

隊長さんの言葉にリリアちゃんがなんの驚きもなく答える。

ええ……？　新人を経験豊かな選抜選手のなかに入れるんでしょう？

「午後なら一組八名ね。一対一で戦ってその組の一番を決めるの。負けたら終わり。次に各組の一番が戦って最後まで勝ち残った兵が優勝よ」

リリアちゃんの説明に頭の中でトーナメント表のイメージが浮かぶ。

「全部で何組？」

「今年は八組ね。いつもより多いわ」

「全部で六十四人？　時間制限とかあるの？」

なかなかの人数だ。時間制限がないと終わらないんじゃないか？

気になってリリアちゃんに尋ねると、リリアちゃんと隊長さんは目を丸くしてこちらを見る。背後のバカが何かやらかしたかと慌てて振り返るが、特に問題なくおとなしくしていた。

「ハル、計算、早いわね……？」

……そっちか。オークが掛け算をするのは不自然だったらしい。

ルディアス王弟殿下は満身創痍《まんしんそうい》になりながらも順調に勝ち進んだ。

うん、これは確かに新人部門に出場させていい人物じゃない。

はじめは緊張によるものだろう、動きのぎこちなさが感じられた。それがすぐに慣れ、相手の「攻撃の仕方」みたいなものを吸収し、次の試合には活《い》かしている。意外と凄《すご》かったんだ、そう思う反面、あの陛下の弟なら元々そういう素質があったのかもしれないと納得する。

基本的に模擬刀を使った試合だ。一瞬で勝負がつく対戦もあるが、剣を取り落としての肉弾戦に発展するケースも出た。そういう時は「ええ……そこまで殴り合う？」みたいな異種格闘技戦状態になる。

午後の部は在籍年数も長く経験豊かな人たちばかりで、日頃の陛下のやり方も熟知しているのだろう。陛下直々の「特別追加訓練」を受けるくらいならその弟を本気で殴る、たとえ王弟だろうとも、という強く切実な意思が痛いほど伝わってきた。

魔術で治癒ができるとはいえ負傷者続出だ。異様な熱に浮かされ、相手が王弟ではない試合も例年よりもみんな勢いが違うらしい。過去に例を見ない負傷者続出の過酷な大会だと隊長さんが説明してくれる。

「こりゃ今年は治癒担当が足りねぇな」

隊長さんはあっけらかんと笑って部下に増員を指示していた。

いつもより怪我人、多いんだ……

隊長さんが笑っているんだから大丈夫なんだろう、たぶん。

王子、ズタボロだけど。

本当に皆さん、一切手加減しなかった。むしろ王子が相手の試合ほど、死にものぐるいで向かっていくように見える。

勇ましい声を上げ歯を食いしばって全力で打ち合う姿は、正直「あの」王子とは思えない。申し訳ないけど替え玉かと疑ったほどだ。

そんな大勢の相手を四苦八苦、なんとか制しての優勝だった。

凄《すご》かった。

王子は地に立てた剣に縋《すが》るように片膝をつき、辛《かろ》うじて姿勢を保っている。対して三十歳前後と思しき決勝戦の相手は、尻を地につけ仕方がないなとでも言うかのように肩をすくめて笑んだ。

王子はなんとか立ち上がると、手を差し伸べて相手を引き上げる。両者がよたよたと立つ姿は男同士の友情が芽生えるようなシーンで胸アツだ。

一日に何戦もそんな試合をするなんてキツすぎる。試合を見ていない人は「王族だから優勝したんだろう」と出来レースを疑うかもしれないが、目の当たりした者には分かった。

王子は本当に強くなった。人としても成熟し、洗練されたように思えた。

優勝が決まり会場が熱気と祝福ムードに包まれ、来賓も総立ちで拍手を送る。

俺の周りはお偉いさんばかりだ。地味かつおとなしくしていようと決めていたものの、興奮を抑えきれず立ち上がって手を大きく打ち鳴らし王子の勝利を心から讃《たた》えずにはいられなかった。

今日のバカはずっと静かだ。試合を見ても特に反応するわけでもない。張り合いがないので俺はずっとリリアちゃんや隊長さんに相手をしてもらっていたのだが、ここで初めて動いた。

「リリア」

バカが前を向いたまま放った声は歓声の中でも不思議とよく通る。

「誰も近付けるな」

「言われなくてもです」

おもむろに立ち上がり上着を脱ぐバカは、リリアちゃんに目を向けることなくそう告げ、対するリリアちゃんも何を当然のことをとばかりに心得顔《こころえがお》で頷《うなず》く。

「誰一人としてハルには近付けないわ」

この会場で戦闘能力の高さからすると実は五本の指に入るだろうリリアちゃん。バカを先生と仰《あお》ぐとともに、俺に恩を感じているらしい彼女は力強くそう断言した。

闘技場に降りたバカはその辺りにいた係員らしき隊員に手のひらを向け、試合で使われる模擬刀を受け取る。

なんでだ。

そうツッこみたいけど分かる。分かりたくもないが分かる。

褒美を求めた王子に対する嫌がらせだ。

あれから約二年、バカの王子に対する態度は今でもそれは冷たい。もはや人間扱いせず、虫けら同然と考えている節がある。

剣を片手にゆっくりと向かってくるバカに、王子が戸惑ったように陛下を見上げた。会場にいた多くの人間もつられてそちらに視線を向ける。

皆の視線を一身に受ける中、「仕方ないな」とでも言うように陛下は笑って頷《うなず》く。優しい笑顔だ。慈愛さえ感じられるその表情が「心してボコられろ」と言ったように見えたのは俺だけだろうか。

国の英雄カイルと、陛下の実弟にして期待の新星ルディアス。予告なく始まる思わぬ対戦に、先ほど以上の割れんばかりの歓声が起こる。

――そして優勝者は完膚《かんぷ》なきまでにボコボコにされた。

おかしいだろ。

はじめはこれまで通り剣技による試合だったのに、バカが謎に剣を手放し体術戦になったのもおかしかった。赤子の手をひねるような一方的なむごい仕打ちに、観衆はみんな「え、何これ。おかしくない？　ヤバくない？」とざわつく。

殴打された王子は倒れると見せかけて果敢に蹴りを繰り出す。バカはあっさりと躱《かわ》したが意表を突く攻撃だ。まさかそんな動きがあの体勢から繰り出されるとは思わず、俺もあっと声を出す。

これも僻地《へきち》での任務で培《つちか》った賜物《たまもの》か。日頃どれだけ過酷な仕事をしているのだろう。

美形王子なのに鼻血を出すわ、目の上を切るわ、顔が全体的に腫れるわ、それはそれは悲惨だ。

「それまで」

最終的に王子が立てなくなったというか伸《の》されたところで、ようやく陛下から終了が宣言される。

会場に居合わせた全員が待ちに待った一言だったと思う。最後のほうなんてよろよろのボロボロで、何度も立とうとしながらも崩れる姿は正直、もう見ていられなかった。

王子は意識があるのかも怪しく、「もうちょっと早くてもよかったんじゃないかな」と強く思う。完全に立てなくなってからやっと止めるって審判としては機能していない。けど陛下は審判じゃないし、誰も陛下に口出しできないよな。

陛下を仰《あお》ぎ見《み》ると「仕方ないな」とでも言うかのように笑っていた。ズタボロの弟に思うところはないらしい。うん、お姉ちゃんってそんなもんだよな。

「さすがは今年度優勝者だ。カイル相手によく耐えた」

陛下が高らかにもっともらしく褒《ほ》め讃《たた》えるや、闘技場に再度それは大きな歓声が上がった。

優勝者がボロボロにされたんだ。そんな後味の悪さを引きずるよりも、盛り上がって終わりたいだろう。ここで大いに盛り上がらなければ、きれいに終われないという観客の一体感がひしひしと伝わってくる。

朝からの試合はどれも白熱し、今はもう夕刻が近づいていた。熱狂した観客にはあっという間の一日だっただろう。最終的に、まさかこんなとんでもない戸惑いに襲われるなんて思ってもいなかったに違いない。

王子は長年踏み固められ乾いた土の上に仰向《あおむ》きに倒れたままで、その向こうに立つバカは彼を一《いち》瞥《べつ》することもなくこちらに戻ろうとする。

王族放置はやめろ。起こせ。せめて声くらいは掛けろ。安否を確認しろ。お前がやったことだろうが。

体に隠して不敬ながらもこっそり王子を指さし、手のひらを使ったジェスチャーで殿下を起こせとアピールする。巨体でよかった。

それなのにバカは何を間違ったかこちらに笑顔を向け、手を振る。

ちげぇよ馬鹿が。テメェに手を振ってんじゃねぇんだよ。

王子がボロボロなのに対しバカは無傷だ。輝かんばかりのその顔に女性方から黄色い悲鳴が上がる。

バカはあてにならず、救いを求めてリリアちゃんの向こうの隊長さんを見やる。彼はすでにバドルスさんに目配せされていた。

重いため息をつき、急ぐでもなく隊長さんは階段を下りていく。入れ代わりにバドルスさんがそこに立った。一瞬、陛下の護衛はいいのかなと思ったけど、陛下はこの中でバカの次の実力者だ。

隊長さんはそのまま闘技場内に入り、仰向《あおむ》きに倒れた王子の隣に柄の悪い仕草でしゃがみ込む。焦《あせ》った様子がないところを見ると無事なんだよな？

隊長さんも王子に手を貸す気はないらしく、両ひざに両肘を乗せてだらりと手を落としている。何か話しているらしい。そういえば優勝のご褒美は隊長さんとの面談希望だった。

バカにズタボロにされはしたが優勝した。今がご褒美タイムなのかな――そう考えていたのに、隊長さんが王子の頭をはたいた。

ああ、ルディアス殿下も空気読まないところがあるよなぁ。何かしばかれるようなことを言ったのだろう。あれだけ思慮深い隊長さんがこんな大衆環視の中で王族をしばくなんてよっぽどだと思う。

隊長さんはそのまま手を貸すことなく立ち上がり、気だるげに両腕で大きく丸を作った。大丈夫だったらしい。砂埃《すなぼこり》にまみれてボロ雑巾《ぞうきん》みたいだけど。

会場内は明らかな安堵《あんど》のため息に溢《あふ》れた。

「あの馬鹿がすみません」

砂埃《すなぼこり》舞う土の会場からレンガ造りの観客席に戻った隊長さんに、お詫《わ》びせずにはいられなかった。

「オークさん、アンタが謝る必要はないだろ。ホント奥さんみたいになっちまって」

隊長さんはカカといたずらっ子のように笑って言う。

気を遣ってくれたのは分かったけど、思わず眉間を寄せてしまったのは仕方ないだろう。酷《ひど》い冗談だ。それでも全面的にこちら、というかバカに非がある。バカが馬鹿で空気読まなさすぎてつらい。

「大事な行事、ぐっちゃぐちゃじゃないですか」

「女王も楽しそうにしてるから大丈夫だろ。なぁ？」

隊長さんに倣《なら》って陛下を仰《あお》ぎ見《み》てから、常識人たるバドルスさんの様子も確かめる。

陛下は高いところで泰然《たいぜん》と微笑を浮かべているし、バドルスさんも隊長さんの言葉に頷《うなず》いてくれ、肩の力が抜けた。

世間体を気にしない、あまりにもあまりなバカの愚行につい力が入っていたらしい。

「オークさんも苦労性だねぇ」

また隊長さんが鷹揚《おうよう》に笑って肩をバンバン叩いてくる。まるでもっと力を抜けとでも言うかのように。

ああもう本当に。隊長さんはホント「アニキ」って感じで「いい漢《おとこ》」ってやつだよなぁ。

とても不思議な人だ。魔族討伐隊にいたなら魔族なんて受け入れられないだろうに、オークである自分をこうして人であるかのように扱ってくれる。ありがたくて、嬉しくて頬が緩む。こんなの惚れるなと言うほうが無理な話だよ。誰だって男惚れするわ。

刹那《せつな》、そんな隊長さんの温かな空気が一瞬で冷えた。同時に観衆が不自然にどよめく。

空気が不穏に豹変《ひょうへん》する中、隊長さんは腰の剣に手をかけ素早い動作で抜きながら振り返る。信じられないことに、闘技場の奥からバカがこちらに槍でも投げるように剣を投擲《とうてき》した。

「こんなことで嫉妬しやがって！　ガキかよ！」

嘲《あざけ》るようにそう吐く隊長さんの唇は粗野な笑みに歪《ゆが》み、一瞬見えた眼差《まなざ》しは鋭く光っていた。

あ、隊長さんやる気なんだ。そう思う。

その表情がとても楽しそうだったから。

隊長さんもバカと一戦交えたかったのかな、なんだかんだ軍人さんなので脳筋なのかな。

今日は一日ずっと試合を見てたもんな。自分が嗜《たしな》むスポーツの試合を見せられると「自分も次の休みにやろうかな」みたいな気持ちになるやつ。そんな感じ、それなら分かる気がする。

だからバカに剣を投げられても俺は落ち着いていた。

隊長さんがなんとかしてくれるだろうと。

隊長さんはバカが訓練兵だった頃の先輩だと聞いている。それが久々に剣を交える、みたいなこれまたファンタジーにありがちなおいしい展開なのか。そう思ったのに。

バカの投げうった模擬刀は空中で見えない壁に阻《はば》まれた。

模擬刀とはいえ金属でできている。ギィィイィン、と鋭く重い衝撃音がびりびりと体表を震わせ、バカの放った剣が地に落ちた。

何か、ある。

目には見えない、けれど壁のような何か。

壁は余韻で長く振動している。その空気の振動によって「それ」が巨大なものだと分かった。それこそこの会場と同じくらい大きいのではないだろうか。

見えない壁のこちら側に、先ほどまでボコボコにされて転がっていたはずの王子が立っていた。

隊長さんを背に庇《かば》い、バカに相対する位置で剣を構えている。

「魔力による高密度の障壁ですね。あの速度で移動しながら同時にこれだけのものを張るとは……正直、あり得ない域です」

隣でバドルスさんがいつものように説明してくれる。その声が珍しく動揺していた。

一瞬水を打ったような静けさが訪れ、次に感嘆のどよめきが湧き起こった。

肉眼ではとらえきれない光のような速さの王子の動きと、前例のない規模の障壁とやらに会場が一気に騒がしくなる。

「てめぇ、なに邪魔してくれてんだ」

会場が歓声に包まれたのに対して、隊長さんが不機嫌を隠そうともせず王子を低く詰《なじ》った。

うわぁ……隊長さんめちゃくちゃ怒ってるじゃん。よっぽどバカと試合したかったんだな。

カツカツと妙に力強い足音とともに階段を下りていった陛下は、そのまま土の会場に出ると壁を見上げ、規模を確認するように左右を一瞥《いちべつ》する。近付いても大丈夫なものらしい。

「こんな報告は受けていないんだがな」

困ったような、どこか呆れたような陛下の言葉に、王子はなぜか情けない顔をした。

「そんなに凄《すご》いの？」

陛下やバドルスさんの様子からも分かるが、隣のリリアちゃんにこっそり尋ねる。

「こんな大きいのに時間が経っても精度を保ったままなんてあり得ないことよ。今日は魔力禁止だったけど、先生に指導してもらった後だから魔力を使う体力なんて残ってないはずなのに」

リリアちゃんもこそこそと丁寧《ていねい》に分かりやすく説明してくれた。一方的な暴力にしか見えなかったあれを、指導って言っちゃうんだ……そっちにもびっくりだよ。

「先生のあの一撃を止めるのが、まず凄《すご》いわ」

うん、なるほど。

バカがあり得ないほど非常識で、ヤバいレベルに空気を読まねぇってのがよく分かった。そんな一撃を一般人が大勢いる所で隊長さんに向けるなよ。

それとも、それだけ隊長さんの腕を信用しているってことか。

王子もそんなに凄《すご》い壁を作っておいて、なんであんなに情けない顔をしているんだ。

「初めてか？」

「は、はい」

陛下の確認のような問い掛けに王子が畏《かしこ》まる。

「できた……」

自分でしたことだというのに、信じられないと言わんばかりの顔で呟《つぶや》いた。

「精進しろ」

陛下は目を細め艶《あで》やかに笑んで会場に向けて声を張る。

「日頃の鍛錬の成果、しかと見せてもらった！　大変よき大会であった！　上位入賞者を出した部隊には褒章を用意している！　美酒に酔うがいい！　来年の大会も楽しみにしている！」

そのよく通る声に応え、割れんばかりの野太い歓声が湧く。やっと終わるという喜びに満ちた声にも聞こえた。

「センパイ……よくあそこまで育てたな」

陛下が隊長さんに向けて感心と呆れが混じった言葉を掛ける。

「俺じゃねぇよ。魔術特化部隊と僻地《へきち》部隊の指導の賜物《たまもの》だろうよ」

隊長さんの不機嫌な声を聞いているのかいないのか、いまだそびえ立っているらしい巨大な見えない壁に手を当てた陛下がふと笑う。

「愛されてるな」

言われた隊長さんは苦虫を噛み潰したような顔で壁を見上げて嘆息した。

「戦時には、俺が前線行けばこれだけの壁をつくれるってことか？」

「ご一緒させてください。ずっとタダ飯食わせてもらってるんで」

鼻を鳴らし、皮肉げに呟《つぶや》く隊長さんに俺は同行を申し出た。

俺、隊長さん大好きなんだよ。

隊長さんをそんな立場に立たせたくないし、その想いは陛下のほうがずっと強いだろう。

けれど二人とも国のためならばやるだろうし、やらざるを得ないお立場だ。でもそんなのは見たくない。

よってバカを道連れにしてやる。

「いや、コイツがオークさんにそんなことさせないだろ。そうなったらコロッと敵側に寝返るぞ、コイツ」

「ハルに万が一のことがあったら、俺の死と引き換えにこの国を焦土《しょうど》にしてやる」

俺が前線に立てばバカもおまけでついてくるだろうと思ったのに、隊長さんは寝返りを示唆し、傍《そば》に戻ってきたバカは国家を人質にとんでもない宣言をした。

そうだよ。コイツ、めちゃくちゃヤバい奴だった。

「重い」

「分かる」

思わず言うと、陛下が心からといった様子で同意してくれる。

「今際《いまわ》の際《きわ》に『あー、今自分が死んだら国が滅んでコイツも後を追ってくるのか』とか思うの嫌すぎるぞ。そんなことにはさせんから安心しろ。お前もハルが後を追うとか言い出したら嫌だろう?」

陛下が諭《さと》すように、安心させるようにバカに言ってくれた。だというのに、バカはしばらく首をかしげて何か考えた後でぽつりと言う。

「――いや、案外嬉しい、か?」

この人でなし、最低だ。熟考し脳内シミュレーションした上で本気でそう思っているだろ。

「ハルが痛い思いしたり、苦しんだりするのは嫌だが……」

「なんで苦しむのが前提なんだ。普通に看取《みと》ってくれよ」

思わずツッコんだ。本当に嫌になる。

そうだ。今生《こんじょう》ではベッドで老衰により安らかに死にたい。

オークの俺がベッドで最期《さいご》を迎えるなんて、贅沢だと思う。我ながら卑下するにもほどがあると思うが本心だ。ベッドで穏やかに大往生なんて最高じゃないか。

天寿を全《まっと》うするって、誰もが持つ権利のようで実はけっこう難しい。

うん、いいな。ここにいる温かな人たちとこれからも平和に過ごせたら、こんな幸せなことはないだろう。

そんな望みに思いを馳《は》せたところで、ふとこちらを見ているバカと目が合う。細められたバカの目は微《かす》かに弧を描き、なぜか嬉しそうに見えた。嫌な笑みだ。

「オークさん……器《うつわ》までデカいな」

唖然《あぜん》とした隊長さんの言葉に、自分が盛大な失言をしたことに気付いた。

看取《みと》ってくれ、はない。どれだけ一緒にいるつもりなんだよ、と。

無駄に取《と》り繕《つくろ》えば藪蛇《やぶへび》になりそうでむっつりと黙るが――

バカは喜んで俺を看取《みと》る気がする。喜んでというのもおかしいが、オークを看取《みと》ろうなんて奴はコイツくらいのものだろう。

変態に看取《みと》られて逝《い》く。字面は酷《ひど》すぎるが、最期《さいご》としては意外と悪くない。

そう。悪くないと思ってしまったんだ。ヤキが回るとはこういうことか。

お前も苦労の多い人生だったよな、お互い大往生しような、と。そう言ってやってもいいが、それは今じゃない。

はじまりが「出会って十秒、即合体」と言わんばかりの仕打ちだったことは忘れていないからな。

そう簡単には言わない。

伝えてやるにはまだ、早すぎる。

第四章　その後の勇者とオークの日常生活

1、オークさんはアルバイトがしたい

ある日ふと気が付いた。

『服を着たオーク保護法』があるなら街で堂々と買い物できるんじゃね？　って。

気付いてしまうとスキマ時間でバイトがしたくなってくる。

自分で現金を稼ぎたい。お買い物したい。なんて立派な経済的文化的活動なんだろう。

かつてこんなにも労働意欲が湧いたことがあっただろうか。

「何か自分にもできる仕事ないですかね？」

「充分働いていただいていますよ。働きすぎなくらいです」

お屋敷の筆頭執事であるバートンさんに尋ねたものの、あっさりとあしらわれる。まあ想定の範囲内だ。

確かに肉体労働とか書類整理のお手伝いとかは日々やっているけど、それは一緒に住んでいるから当然のことであって本当に「おうちのお手伝い」だ。

そういう子供のお手伝いみたいなもんではなくて、労働に対しての対価を得たいわけで。

「ご近所で働き口を探してもいいですか？」

そう聞いてみた。

町のなんでも屋さんみたいな、他の人と交流を持ちつつオークの腕力を活《い》かした仕事がしたい。

こういう時こそ身体的特性を使わなくてどうする。ただのオーク転生損にしてたまるか。

猫好きのアサラギ隊長と実現を目指している「猫と泊まれるお宿」のお手伝いとかもいいな。森で培《つちか》った動物とお友達になれるスキルはこの時のために修得したんだよ、きっと。仲良くなるのに何ヶ月もかかるけど。

異世界でモフモフ宿。

これぞ異世界転生じゃん、ラノベじゃん、かわいいじゃん。

「……旦那様に相談してみます」

熱い思いが伝わったのか、バートンさんが折れてくれた。けど相手があのバカかぁ。

こっちの望む返答は期待できない。こっちはこっちで勝手に職探しを進めよう。

今度アサラギ隊長に会ったら相談してみよっかな。あの人軍人なのに俺の話を聞いてくれるんだよ。さすが陛下の見込んだ人だよな。

なんて思っていたが――

「ハル、仕事がしたいんだって？　一回いくらで払うぞ？」

はい来た、クズ発言。

夕食時の会話にこんなにふさわしくない話題があるだろうか。飯がまずくならぁ。せっかくお屋敷専属のマッチョなナイスガイ料理長が作ってくれたのに。

どう見ても戦士みたいなルックスの彼が作る料理はおいしくて、日々の楽しみの一つなのに。

なんてことをしてくれんだ、ナニを一回だこのクソ馬鹿。言わなくても分かるから、言わんでいいわ。

ほんとクズ。マジで最悪。

そういうの男娼って言うんだろ、俺、知ってる！

なんでこんなにＢＬ知識ばっかり思い出すんだよ。絶対一般的じゃないだろ男娼なんて。

そして恐ろしい可能性に気付く。

まさか……もしかして俺自身がゲイだった、とか？

これまで考えたくなくて無意識のまま目を逸《そ》らしていたけど、ついに己に向き合う日が来たのか？

……いや、おっぱいとちんこの写真集があったらおっぱい写真集買うわ。かわいい女の子のおっぱい見たいわ。あっぶねぇ、ほっとしたー！

こういう考えは偏見だし失礼にあたるってのは分かっているんだよ、分かっているんだけどね⁉

なんかそれくらいテンパったんだって。

自分の性自認を間違っているのかと思って慌てたんだよ。異世界転生なんてしているから、ごく些末《さまつ》なことかもしれないけど動悸が凄《すご》かった。本気で冷や汗かいた。

ああ、そういえば訓練見学に行った時も、多種多様なマッチョなお兄さんたちが勢ぞろいで男前も多くて選《よ》り取《ど》り見取《みど》りだったけど別に性的な目で見たことなかったな。

そこでさらに嫌なことに気が付く。

最近、女性を見てもそういう気、起きてねぇなって。

どうせオークだからっていじけていた部分はあるけど、それでもちょっとくらい「あのお姉さんいい体してるなー」とか思ってもよさそうなもんじゃん？

そういうのが全くないって、え、枯れてね？

俺オークよ？

性欲のないオークってなんだよ、チクショウめ。響きが悲しすぎやしないか。

アイデンティティが完全に迷子の劣等生物みたいじゃねぇか。こんなの間違いなく、あのバカによる連日にわたる怒涛《どとう》の性生活で欲求を感じる間がないせいじゃん。

他の相手と性交するにしても男に抱かれたいとは思わないし、女性はか弱くてなんかもう申し訳なくて、そうなると「他のとはヤリたくない、お前だけ」って言ってるみたいで本当に絶望しかないんだが。

男娼なんて一般成人男子は思いつかないようなＢＬ知識は、姉ちゃんに布教されて植えつけられたのだろう。きっと姉ちゃんが男娼とかビッチとかが性癖だったんだろな。

姉ちゃんの顔も名前も思い出せないのにこんなことばっかり思い出すのなんだよ、つらいわ。謝ればいいのか怒ればいいのか分かんねぇよ、姉ちゃん。

思い出すのは姉のことばかりだ。両親の記憶をさっぱり思い出せないのは正直言ってきつい。寂しいというより罪悪感。どうしても申し訳なさを感じてしまう。

ただ何も思い出さないのはきっとなんの問題もない、ごくごく平凡な普通の両親だったんだろうとも思える。いい思い出よりも嫌な思い出のほうが強烈に残るものだろうから。

思い出さないのはまともな両親に恵まれて幸せだった証拠だと考えることにしている。

ホントにね、普通が一番だよ。

姉ちゃん一人に両親を任せることになってしまったのだけは申し訳ない。元気に腐ってくれていたらいいなと思う。

てか、ちんこの写真集ってなんだよ。ついバカの下半身に視線をやりかけて堪《こら》える。代わりに無駄と理解しているがたしなめた。

「テメェはそれしか頭にねぇのか。万年発情動物か」

冷たく言って夕飯に集中することにする。

ここで騒いだらなし崩しにベッドに引きずり込まれるので、冷静を保つのが一番だと俺は学んだのだ。

夕食時はそれでその話は終わった。

結局バイトについてうまく躱《かわ》されたことに気付いたのは食事が終わった後だ。手のひらの上で転がされたようで気にくわない。

これはもう一度言わねばなるまい。何度も蒸し返してしつこいと思われようが、こっちは本気で経済活動がしたいんだ。

なんと言うのが効果的かぼんやり考えていたが、蒸し返してきたのはバカのほうだった。

「一晩いくらにする？」

寝る間際になってそんなことを言い出したのだ。

嘘だろ。本気だったのかよ。

最低最悪だ。人の尊厳を完全に無視した人として最低の言葉だ。こんな下劣な人間見たことねぇよ。

殺意をもって睨《にら》むと、あろうことかバカはひどく楽しそうな顔をしている。

怖い怖い怖い。雇用主気取りで勝手に何かおっぱじめやがった。

まさかの男娼プレイ？　娼館ごっこ？

新ジャンルのイメプレとか、オーク相手にコイツ、どんどん新境地を開拓しやがる。


「――日頃から充分すぎるほど働いているからと、旦那様はハル様のお給料分を積み立てておられますよ」

バートンさんが少し躊躇《ためら》った様子を見せてから言った。

その躊躇《ためら》いが、昨夜の「男娼プレイ」により満身創痍《まんしんそうい》でベッドから起き上がる気にもなれない俺の変わり果てた姿を見ての困惑ではないと思いたい。

「人はいつ何が起きるか分からないから、と。ご自分が急逝された時にハル様が困らなくて済むようにとおっしゃられて」

はい？

いやドン引きだわ。俺一人でしぶとく生きていける系なのに。

なんだろう。もの凄《すご》く、嫌な予感がする。

あのバカ、金持ってるんだよ。

相続争いとか後継者問題でドロドロとかって定石《じょうせき》じゃね？

あいつ趣味とかないし贅沢品に興味ないタイプだから金遣いは荒くないし、むしろ使うことなさそうだけど、勇者手当とか褒賞とか陛下はそういうのちゃんとしそうだ。功績を考えたら一生遊んで暮らせるくらいの生活が保障されていてもおかしくない。

バカが死んで、バカの子供もいなくて、そこで血が途切れることで褒賞が打ち切られるのも世知がらい。

「……バートンさん、相続とかってあります？　館の主が亡くなった後、その人の財産とかってどうなるんですかね……？　あいつ他に親族とかいるんですか……？」

はじめてあのバカの血縁者のことが気になった。長くここに住んでいるが一度もそういった人間が尋ねてきたこともなければ、聞いたことさえない。親とかどうなってんだ？

「ハル様はなんの心配もございませんよ」

にっこりと、それはまぁにっこりと。

あかーん！

やめてやめてやめて。ホント勘弁して。

俺、ポックリ逝《い》きたい。でも俺が先ならあのバカはどうなるんだろう。

……うわー、嫌なとこ気付いちまったなぁ。

置いていかれたくないし、置いていきたくないとか。考えただけでメンタルがキツくなる。

情が湧くってのはなんて恐ろしいんだろう。

でもいつか終わりは来るんだよ。前世の俺が死んだみたいに、ある日突然ってことだって充分考えられる。

突然すべてが失われた感覚。その絶望を知っている。

大切な人に伝えたかったこと、伝えるべきこと。それを伝えられなかった後悔は、どんなに悔やんでも悔やみきれない。

それを知っているから、経験者として早々に直球で聞いた。

いつでも聞けるからと高をくくって後回しにしていたらだめだ。

「なぁ、お前さぁ、子供欲しいとかねぇの？」

聞いて、ちゃんと話さねばと思ったんだ。

珍しく目を真ん丸にしてこちらを見上げるバカ。きれいなグリーンアイズをかっぴらいて固まっている。きれいだよなぁ、コイツの目ん玉。

俺、どうして気付かなかったのかな。

こんなんこのバカにとっては完全に「子づくりエッチのお誘い」でしかないじゃん。

「子づくりプレイ」からの「孕《はら》め孕《はら》め祭り」になるに決まってんじゃん。

遺産相続イコール子供、みたいに考えちゃったわ。

家族はいないのかって聞いたらいいだろって思うだろうけど、「ハルが家族だ」で終わらされるのは目に見えていて、それじゃだめだったんだ。

家族と言うのを避けた結果、とんでもない目に遭《あ》った。親族やら親戚やら他にも言いようはあったのに。


「やめっ、そんな奥っ、ふかっ無理、ムリィィ」

最奥をノックなんてかわいいものではなく、大きな丸太を大人数で抱えて籠城した城門を敵軍が突破するイメージ、あれだ。

後背位でゴンゴンと容赦なく奥の門を強引に開こうとする腰遣いに体は自然と前に逃げるが、両手首をつかまれ逃げられない。

子づくりエッチって甘いもんじゃねぇの？　眼底に火花が散って視界も白濁するような激しいもんじゃねぇだろ。

腹の奥を小突き回され鈍い痛みを感じるものの、それを圧倒的に上回るどうしようもない悦楽。

「ダメェ、奥ダメェ、そこ入ってくんなぁぁっ」

「ちゃんと子宮が降りてきてる。ハルは優秀なお嫁さんだな。しっかり奥で種付けするからな」

「おかしくなるっ、これおかしくなるぅぅっ」

強い突き上げとともに宣言通り腹の奥が熱いもので満たされた。

こりゃ相手が妊娠可能な生き物なら一発で孕《はら》むわ。ドラゴンでも孕《はら》んじゃうだろうよ。

「う、ひぁ……」

ずるりとまだ太いものが抜けていく感覚に思わず声が漏れる。

完全に脱力した体を、余韻に浸《ひた》る間もなく半挿入のままひっくり返された。朧《おぼろ》げな視界の中、俺の両足首をつかんで持ち上げたバカが接合部をしげしげと眺めているのが見える。

俺の足、太くて重いのにほんと力持ちね、って。

「ちゃんと孕《はら》むよう擦り込んどこうな」

両足を万歳のごとく高く上げられ、腰まで浮いた状態で再び太いものを狭道に打ち込まれる。孕《はら》ませようとする強い意思のせいか、いつもより出されたものが多い気がする。それが出入りに合わせて酷《ひど》い音を立てた。

ああ、これバカの出したもんだけじゃねぇわ。自分のも出てる。

勢いのあるものではなく、だらだらと止めどなく、いつ終わるのかも分からない射精。こうなるといつも、どこで絶頂しているのかはっきり分からなくなるんだ。

「ハルのが垂れて俺のと混じってる。これで確実に孕《はら》むな」

嬉しそうな顔しやがって。

そうか、妊娠って二人の精液が混ざらねぇといけねぇのか。

なんとなく手を伸ばす。無意識だ。やっと両足を下ろされ指を絡めて手をつながれる。それだけでは足りない気がした。口も寂しい気がする。

でも体格差でどうにもならないんだよな。なんて思っているうちに、両手を引かれて体を起こされバカの足の上に座らされた。

「ほら、跳ね回っていいぞ？」

俺オークだぞ？　普通死ぬよ？

オークの対面座位とか、騎乗位とか、普通の人間なら圧死必至だと思うのに、こいつはいつも楽しそうにしている。

だったらテメェの腰いわしてやんよ。

本人がやれって言ってんだ。体重をかけまくってお望み通りしっちゃかめっちゃか暴れ回ってやらぁと思うのに、どうしてだか背を丸め相手の唇を求めてしまう。

お互い足りないとばかりについばみ合う中、下からの突き上げに思わず顎《あご》が上がり、バカの唇が離れた。

あ、と何か喪失感に似た感覚。

それがなんなのか追究する前に下っ腹に硬い手のひらをぴったりと当てられる。温かい、そう感じるや、そこをぐっと押された。

「ンあぁっ」

「いるな」

バカの言う通り、確かに存在を感じる。中にいる。

これがそうかぁ――

ゴリゴリと硬いそれが外側から押されることにより、腹の中が擦り上げられるのをより強く感じる。強烈な快感に、悲鳴にも似た声が上がった。

バカの手は乳首に移り、両乳首を摘まむ。自然と胎内がぎゅっと締まった。

腹の中で暴れるやんちゃ坊主をなだめるように自分もそこに手を当てるとより暴れ出す。

母性を感じ、バカの遠慮ない突き上げに「だめ、赤ん坊が」と言いかけた、そのギリギリのところで正気を取り戻した。

あっぶねぇぇぇぇ!! 妊婦さんの気持ちになるトコだったぁぁ!

オークが想像妊娠とかシャレになんねぇだろ! こっわ! こっっわ!!

あまりにも腹が立ってバカの馬鹿ムスコを押し潰してやろうと思い切り腹を押さえると、その圧が自分にも襲いかかった。

手加減なしに押したのが徒《あだ》となり、刺激が強すぎて射精することもできず、大きく体を跳ねさせ胎内で絶頂し、その拍子にバカも達した。

「くそっ」

不本意だったらしくバカが悔しそうに小さく悪態をつく。

ざまぁみろ。

「……子供かぁ。ハルとの子供はかわいいだろうけど、ハルのおっぱいを他の奴が吸うのは許せないからやっぱ子供はいらないな」

人の乳首をいじくりながらのピロートークは、これまた最悪の内容だ。

余韻が残っているから乳首を触るのはやめてほしいけど、腕を上げる体力も気力も残ってなくて好き勝手させるしかない。

赤ん坊の授乳に殺意抱くんじゃねぇよ。他の奴って、自分の子供じゃねぇか。

だめだ、コイツは人の親には向かない。親になったらだめなタイプだ。常軌を逸《いっ》している。恐ろしいことになんの疑問も迷いもなく俺が産むことになってやがる。産めるわけねぇだろうが。

あらためてバカの頭のおかしさに直面して本気で戦慄《せんりつ》した。

そして――

あー、また嫌なことを思い出したじゃねぇか。

腐った姉ちゃんの資料に、そんな文化があった気がしないでもない。でも、この世界で男が妊娠出産するとか聞いたことねぇんだよ。未知の文化をやすやすと受け入れやがって。

「自分の子供でも許せないらしい。ハル、絶対に浮気はするなよ？」

珍しく全開の笑顔で恐怖しか感じない黒い圧をかけているが、安心しろ。この世にオークの乳首を吸いたい奴なんていねぇんだわ。

男娼ごっこから子づくりエッチって、最近のコイツはやりたい放題がすぎるだろ。

「このクソ馬鹿。そうじゃねぇ。お前の資産どうすんだって話だ。遺したいとかねぇのか。言っとくが、俺に遺そうとか言うんじゃねぇぞ」

息も絶え絶えに尋ねた。

変に回りくどくせず、初めから直接ドストレートに聞けばよかった。

俺、なんでこんな奴に気遣いなんてしたんだろう。

聞いたのに、ずいぶん長いこと沈黙される。聞いていなかったのか、と思いはじめた頃。

「国に寄付、はなんか癪《しゃく》だな……猫宿にでも注ぎ込むか……？」

熟考した結果がそれだった。ほのぼの猫宿が超高級成金宿になる未来しか見えない。そうじゃない。猫宿はそういうんじゃねぇんだよ。

■　■　■

「あー、じゃあ引っ越しの手伝いとかどうすか？　今度結婚する子たちがいるんすけど、新居がちょっと高台にあって人手が欲しいんすよね。一緒に行きません？　少しだけど謝礼出ますよ」

庭師のあんちゃんと雑談したことでバイト探しが一発で解決した。

あんちゃんはよく焼けた肌に白い歯が輝くイケメンだ。職業柄なのかガタイもいい。話しやすく親しみやすい性格で、もの凄《すご》くモテそうだし頼りになる。それなのにトークは基本的に猥談《わいだん》メインという実に残念な青年だ。

引っ越し屋というものがなく、引っ越しの際は近所の住人がよってたかって手伝うのが慣例だと彼が言う。

「俺が行っても平気？」

結婚なんておめでたいことなのにオークが参加なんてケチがつくのではないか。不安で思わず確かめた。

「あはは、何言ってるんすか。みんなハル様が学校や病院なんかに薪を寄付してるの知ってますから。俺も行きますし、大丈夫っすよ」

庭師のあんちゃんのどこまでも軽い調子に救われる。ただ底抜けに軽い口調にホントに大丈夫か？　と不安がないわけではない。

場の空気によっては即時撤収すればいいかと、引っ越し当日、庭師のあんちゃんとお屋敷の敷地内で待ち合わせた。

するとそこに、作業着みたいにラフな格好のバカも現れる。

は？　お前も来んの？　なんでだよ。

「ね？　これなら大丈夫っすよ」

今日もあんちゃんの無邪気な笑顔から零《こぼ》れる歯が白い。あんちゃん、なんでコイツに言うんだよと思ったが、そりゃそうだよな。許可取るよな。

「いや、お前は来んなよ」

引っ越しの手伝いに勇者様も参加なんて、謝礼をどうすればいいんだと新婚夫婦も困るだろう。

「たまにはいいだろ。最近動いてないから体も鈍《なま》ってるんだ」

嘘つけ。長かったり短かったり時間の差はあれど毎日欠かさず鍛錬しているし、毎晩のように本気で抵抗するオークを拘束しているじゃねぇか。あれなんてけっこうな運動量になるはずなのに鈍《なま》るってか、腹立つな。

「まぁまぁ、魔族より人間のほうが性質《たち》悪いってことも最近じゃありますしね。色々心配なんでしょう」

あんちゃんが仲をとりもつように言って笑う。

「この辺りはみんなハル様に慣れてるし、ハル様が参加するのは連絡してるから心配いらないんじゃないかなって思わないでもないすけど」

「アンディ」

たしなめるようにあんちゃんの名を呼ぶバカに、彼はこちらを見て肩をすくめる。その目が「諦めてください」とぬるく語っていた。

確かにオークが一人で行くよりはお目付け役というか、飼い主というか、責任者的にバカが同行したほうが今日のお引っ越しのお手伝いさんたちも安心か。飼い主っていうのは癪《しゃく》に障《さわ》るけど。

『服を着たオーク保護法』により、俺が人間に害されることはよほど大きな目的や組織が動かない限りはないはずだ。暴力的な危機はない。

あるのは人外のものを見る目だ。

人の目を気にするなんて、このバカにそんな感性があるとは思えないが、どうもそういうものから俺を守ろうとする節がある。今日もバカが同行したがるのは、何かの気遣いによるものかもしれない。

「しゃあねぇな」

その可能性を感じつつも俺はそう悪態をついた。

2、オークさんは大蜘蛛《おおぐも》の糸に捕らわれる

言葉が通じない相手というものが存在する。

なぜか一緒に暮らしているオーク専のバカがその筆頭だが、他に虫タイプの魔族に多く見られる気がしていた。

まぁ虫だもんなぁ。

バカ宅から馬車で二日かかる町に滞在すること約十日。

町から離れた森の中の洞窟に巣くう大きな蜘蛛《くも》の魔族が牛やヤギなどの大きな家畜を襲って困るという国からの要請で二人して出張していた。

最近はこういった出張まがいの案件も増えた。というのも、バカ宅周辺は魔族との交渉の甲斐《かい》あってほぼ落ち着いたからだ。

「よし、今日駆除しよう」

ついてきて暇を持て余したバカがそんなことを言う。

魔族でも話せば分かるケースは多い。

どうしても話が通じなくて難儀する相手もいるが、最終的にバカが交渉に参加するとまず話はまとまる。脅迫みたいで申し訳ないが、渋々共存を心がけてみた魔族側も後になって『案外なんとか

なるもんだ』と言ってくれることが少なくなかった。

ただ今回は……

「あいつら言葉通じねぇからなぁ」

バカが『黒蜘蛛《くろぐも》』と呼ぶその魔物は大きな巣を張り、かつては人間を襲っていたという。巣にかかるのを待つのではなく、人間を狩りにいって巣に貼りつけて食べるスタイル。魔王がいなくなってからは人を襲うのをやめ家畜を襲うようになったらしい。状況は改善したものの、家畜が襲われるのは困る。

言葉が通じるのであれば巨大鼠《ねずみ》が大量発生した街に移住してくれないかと交渉の余地があるが、どうにもならないとバカの仕事になる。

宿の一室で装備を整え終えたバカは何やら真剣な面持《おもも》ちで昨日持ち帰った蜘蛛《くも》の糸を引っ張って遊んでいた。糸で攻撃されたことはないが討伐となると厄介なのかもしれない。

「この粘り気がなぁ。これがなけりゃ使えそうなんだが……」

「蜘蛛《くも》はネバネバ糸とくっつかない糸を出せるはずだぞ？　じゃないと蜘蛛《くも》も巣にくっつくだろ？　横糸だけが粘つく糸だった気がするけど」

なんか教育番組でそういうの見た気がする。

バカが驚いた顔でこちらを振り返り、ますます思案顔で蜘蛛《くも》の糸に目を落とした。

「そうか、それなら素材になるかもしれないな」

「素材？　防御力が上がるとか？」

素材という単語に思わず食いついてしまう。

なんかモンスターを倒して素材集めるゲームみたいじゃね？　響きに異世界転生味を感じる。新たな物語の始まりじゃん。

蜘蛛《くも》の糸ってもの凄《すご》く強靭《きょうじん》と聞いたことがあるんだ。同じ太さの金属より何倍も強く、軽い、とか。それが魔族の糸となれば確かに凄《すご》い素材になりそうだ。

「防御力というよりは……攻撃力かな」

顎《あご》に手を当てながらバカが思案顔で呟《つぶや》く。

鎖帷子《くさりかたびら》みたいに使うのかと思っていたのに意外なことに武器になるらしい。

どんな武器になるのかワクワクして、活用できるのであればなんとか糸を採取できないかと俺も色々考えていた。

それなのに、岩肌剥《む》き出《だ》しの深く暗い洞窟の中に悲鳴が響く。

『イヤァァァア、やめて許して、もう出ない、もう出ないぃぃぃ』

「オラ、もっと出るだろうが、出せコラ」

輩《やから》がカツアゲしているみたいだ。

「粘ついたのは要らねぇんだよ、さらさらの出せっつってんだろうが。オラ、噴け」

『助けて、もう出ない、もうムリ、もうムリぃぃぃヒィイィイだめぇぇぇ』

バカは魔族の言葉を理解できない。それでも会話が成り立っているように聞こえるし、全体的に卑猥《ひわい》に聞こえるのがなんともなぁ。

ついにバカが蟲姦を始めやがった。そうとしか見えなかった。

ていうか。

「話せるのかよ」

俺は呆れて独り言《ひとご》ちる。

蜘蛛《くも》たちは言葉が通じないふりをしてこれまで交渉を無視してやがった。知恵つけやがって。

こうなるまでに、まず洞窟内の大蜘蛛《おおぐも》の住処《すみか》に着くなりバカはいきなり巨大な蜘蛛《くも》の巣に手をかけた。

バカが縦糸と横糸の具合を確かめているところに、獲物がかかったとばかりに襲ってくる大蜘蛛《おおぐも》。それを鞘《さや》から抜いていない剣で地面に叩き落とすと、バカはぷっくりとした腹を踏みつけ尻から出る黒い糸をつかんで次から次へと引っ張り出すという実にエグい行動に出た。

蜘蛛《くも》の糸の採集は洞窟内に張り巡らされた巣を集める方法をとると思っていたのに、まさかのダイレクト方式だった。

足を含めれば直径二メートルはあろうかという黒い大蜘蛛《おおぐも》の腹を容赦なく何度も踏みつけ、親指と人差し指の間と肘に引っ掛けるようにして上腕を糸巻代わりに集めた糸はもう三カセ目だ。素材になるからか、その所業はもはや鬼畜だ。

「手足切り落とされたいのか。八本もあるんだ、二、三本失っても平気だろう?」

完全に悪者じゃねぇか。略して完全悪。そう思うときれいな容姿も悪役にぴったりな気がしてくる。

もう出ないとなると次の蜘蛛《くも》を探して剣を片手に洞窟の奥に突き進むバカ。残されたのは蹂躙《じゅうりん》されれ無残な姿となった息も絶え絶えの黒い大蜘蛛《おおぐも》だ。

足を小さくたたみ、丸めて打ち捨てられたちり紙のようにくちゅくちゅになった大蜘蛛《おおぐも》の傍《かたわ》らにしゃがんで声を掛ける。

『なぁ、移住しないか？　とりあえず大鼠《おおねずみ》の駆除になるけど、材料に蜘蛛《くも》の糸を提供するなら羊とか食わせてくれる業者がいるかもしれないし。まぁそれはこれから探すことになるからあんまり期待してもらっても困るんだけど』

『鼠《ねずみ》で生きていけるんで紹介してください……』

襲われた二匹目の悲鳴が洞窟に響く中、腹がぺちゃんこになった蜘蛛《くも》との交渉はあっさり成立した。

腹は立つが、バカがいたほうがいつも交渉がスムーズだ。ただ、バカが同行すると魔族が怯《おび》えてちゃんとした交渉にならない。いつも気を遣ってギリギリまでは一人で交渉しているが、たまに馬鹿らしくなる。

「おい、交渉成立だ。もういい。いいって！　やめろバカ！」

交渉は成立し言質《げんち》は取ったというのに三匹目を襲おうとしているバカを羽交い締めにして止める。洞窟の奥に怯《おび》えて小さくなった大蜘蛛《おおぐも》たちが見えた。

魔族にドン引きされてやがる。

「五束か。足りるか……？」

俺が抱えた糸を見て難しい顔で呟《つぶや》いたバカの言葉に、洞窟の奥で大蜘蛛《おおぐも》たちが声にならない悲鳴を上げた。


「できたぞ、ハル」

とある夜、寝室にてバカはそう言った。

「どっちから着る？」

ベッドの上に二種類の紐状の黒い塊《かたまり》を並べたバカは、得意げな顔で俺を見る。

は？

近付いてよく確かめ、それが漆黒《しっこく》の艶《つや》やかな糸で作られた繊細で華奢《きゃしゃ》なランジェリーだと理解した瞬間、ヒュッと息を呑んだ。

すべてを一瞬で理解する。

三ケ月以上前に採集した黒蜘蛛《くろぐも》の糸だ。完全に忘れていた。

館を定期的に訪れる仕立て屋とバカが蜘蛛《くも》の糸を前になにやら難しい顔で延々やり取りしていたアレだ。

あれがまさかの黒い魅惑のランジェリーという名の紐になった。

こんなもん存在していいはずがない。

それをこのバカは着るかと聞いてきやがった。

こんなにも繊細なレースを編んだ技術は凄《すご》いのだろうが、思わず引きちぎろうと手を伸ばす。衝動的になきものにしようとしたのだ。

　だが、オークの馬鹿力で思い切り、それこそ腕が開く限界まで引っ張ったのに弾力をもってそれは伸びた。繊維が切れる感覚さえない。

「凄《すご》いだろう？　いくら伸ばしても切れないんだ。どんな動きにも対応できるし、どんな体格の人間でも使える」

　少しだけ興奮したように無邪気に言うバカ。こんなにも嬉しそうな顔も珍しい。

　本当にろくでもねぇ。体格を問わないと言いつつ、大きさがこの時点で人間の女性用じゃねぇんだよ。死んでほしい。

　これはこの世界にゴムというものが発明された瞬間に該当するのかもしれない。便利で画期的な物質だ。何度繰り返しても伸びることはおろか、デザインを損ねることもなく、完全に元の状態に戻る。素材としては素晴らしいだろう。

　しかし、そんなことは知ったこっちゃねぇ。

　防御力はちょっとアップするとか言っていたのに、こんなもん防御力も何もあったもんじゃねぇよ。攻撃力なんて言うまでもない。

　一点目、防御力三パーセント。

　職人の技術を感じさせる美しいレースが乳頭と陰茎のみを覆うビキニ。

　いやビキニじゃねぇ、紐だ。防御力ゼロだわ、こんなもん。ほぼ裸じゃねぇか。

　背中側は二センチ足らずの幅広のリボン状で、そんなに細いのにレースで薔薇《ばら》が表現されている。

とんでもなく金がかかっているだろう細工にイラッと来る。Ｔバックとか前世含め生まれて初めて生で見たわ。

二点目、防御力二十パーセント。

乳頭と陰茎、尻穴部にスリットが入った、要所を露出可能なショーツとブラ。

普段はリボンでスリットを閉じることができ上品かつ日常使い可能。一点目よりレースの範囲が格段に広がり、より技術力の高さと洗練された芸術性を知らしめる逸品《いっぴん》。尻や胸回りは守られているが、リボンを解いて秘密の小窓を開けば大事なところがモロ丸出しになる。

二点とも急所を思い切りアピールしているんだぞ、頭が悪すぎる。

ちなみに防御力と言えば聞こえはいいが、この数字は単に体を覆う面積の話だ。

「どうやって着たらいいか分からないだろ？」

なんてあからさまに着せようとしてくるが「紐を着る」なんて器用な芸当、誰もできやしねぇよ。

「普通の刃物じゃ切れないからミラに言って王家のナイフを借りたんだ。飾るだけにしとくなんて馬鹿馬鹿しい。何が国宝だ。道具は使ってこそだろう？」

俺はそれを聞いて愕然《がくぜん》とした。

国宝のナイフをこんな馬鹿げたものを作るために仕立て屋にホイホイ貸し出しやがった。

ミランダ陛下に怒られろ。

ああでもそうなると陛下にこの恥ずかしい全貌《ぜんぼう》がバレることになる。ここは国宝のぞんざいな扱いを看過するしかないのか。陛下に申し訳なくてしょうがない。

「織る間に伸びるから、完成後どうしても縮んでデザインが崩れるのが許せないと、職人が本気を出してこんなに時間がかかったんだ。切れないから織るのは意外とやりやすかったそうだが……糸の処理が難しかったらしくてな。今はこれが限界だそうだ」

サイズ調整できるように胸の中央や腰はリボンで結ぶようになっており、その先端はタッセルのように房状だ。なるほど、確かにこれだと束ねて結ぶだけで見栄えがする。

男で、しかもオークの自分が着用することを前提とした頭のおかしいデザインは受けつけられないが、淡々とした口調で語られる技術の飛躍的革新ストーリーは正直興味深い。つい触るのも恐れ多いような高級品の感触を確かめ、職人の技に感嘆のため息が出た。

「まぁ、たしかにこの細工はすげぇわ。これを人間の手でとか、凄《すご》すぎる」

気が遠くなるような、あまりに繊細な手仕事に感心してそんなことを言っていると、四肢を拘束された。

「な？　着てみたいだろ？」

ガタイは俺のほうがデカいけどデカいだけで、体術に長《た》けているのはバカだ。そもそもオークが勇者に勝てる道理がないわけで。

着たいわけねぇだろうがと言うのに、体力を削《そ》ぐため一発ヤられた。

我が人生でまさか紐パンを穿《は》くことになろうとは。

ああそうだよ、穿《は》かされてるんだよ。着用済みよ。

指先一本動かせなくなったところで着用させられたのだ。その上で興奮した異常者にまたヤられることになった。

「ほら、こんなにきれいだ」

もう無理だっつーのに勃起させられ、膨張によってレースが伸び美しい模様が出現する。

美しい竿ってなんだよ。こんなのチンポケースじゃん。馬鹿じゃん。

「うわ……ハル、めちゃくちゃエロい、ヤバい」

「ヤバいのはテメェの頭だよ……」

息も絶え絶えに罵《ののし》る。

これがきれいなお姉さんの下着姿なら、俺も盛り上がるのが理解できるんだ。それがオークの色の悪い気色悪いチンポ見てうっとりする勇者とか、存在していいわけがない。

「ひあぁぁぁぁ!?」

勃《た》ち上《あ》がった黒く装飾された竿を扱《しご》かれると反射的に喉から悲鳴が上がる。

なんだこれなんだこれなんだこれ。

蜘蛛《くも》の糸は滑らかで、先端から零《こぼ》れ出《で》た体液も手伝い皮膚を擦る手が優しく滑る。レースの間から露出した敏感な皮膚を擦《こす》る刺激は、これまで受けたことがない感触で腰が跳ねた。

「いやだ、ちょっ、やめろ!　いやだ!」

あまりに刺激が強すぎる。

ひぃひぃと情けない声を上げて逃れようとするものの、バカの馬鹿力で拘束されて動けない。

本当に、強すぎるんだ。苦しい。

「いやだ、カイル、ほんとむり、やめて……」

泣きが入った俺の頬をベロリと舐める美形の目は怖かった。

「あと少しな」

恐ろしい言葉を無駄に優しく吐いたバカに体をひっくり返される。

まさか。

Tバックを穿《は》いたまま、ずらして挿入するアレ。

日本男子のすべてが一度は憧れるであろう、できそうでできないあのプレイをやるというのか？

そもそもTバックはこちらの世界に存在するのだろうか？　単にこいつの欲望が生み出した突飛な発案なのか？

驚きのあまりそんな現実逃避をしているところを、ぶち込まれた。案の定、ギンギンにいきり猛《たけ》っていた。

だと思ったよ。普段以上にめちゃくちゃ興奮しているんだろうなって。

のっけからフルスロットルで遠慮なく蹂躙《じゅうりん》してくるバカの熱のこもった息が荒い。あまりに強い突き上げに後背位で上半身をベッドに押しつけられる。

美形がエロ下着に鼻息荒くしてんのかよ、ってせめてせせら笑う気分でなんとか首を後ろに向ければ目がイってた。

荒ぶる息を堪《こら》えようとしているのは分かった。イケメンがハァハァ言っているのは間抜けにも程があるから息を抑えているのは評価しないでもないが、目はギラついてガンギマリしてやがる。見るんじゃなかった。

Ｔバックプレイって、そんなに凄《すご》いのか。俺も憧れたもんだが、まさか自分が穿《は》く側になろうとは思ってもいなかったよ、チクショウめ！

「あーヤバい。破壊力が凄《すご》い」

尻を撫《な》でられる。ねっとりとした熱い視線を感じた。尻で視線を感じるなんて。

そして破壊力とは……

そういや攻撃力が上がるアイテムの材料になるとか言っていたな、これかよ。

男なので攻撃力とか言われると憧れるしテンションも上がるけど、こんな効果は最悪だ。誰がこんなもんいるかっていうんだ。

はじめからこのためだけに蜘蛛《くも》の糸を採取しやがったんだな、そう思うと本当に情けなくなった。

こんな奴が世界を救ったなんて。この世も救われない。

「ああっ！」

乳首を小さな三角形で隠すだけの紐のような胸当て。思い出したようにそこに潜らせた指で乳首を捏《こ》ねられ、声が上がる。

摘まれ押し潰される度に自然と腹が中のデカブツを締め上げ、それがまた快感を生むという非情な無限ループ。終わりがない。

バカの大きな硬い手が胸から脇へ、そして背中へと流れていく。温かい手に背筋を撫《な》でられ、体が震えた。そのまま腰骨をたどって前へ。

絶対に的中するであろう嫌な予感に必死になって逃げようとしたが遅かった。

俺の限界間際まで膨張している大事なムスコをバカの指がそろりと撫《な》で、つかむ。

「バッ！　やめッ！」

後孔を侵略されながら、漆黒《しっこく》の美しい拘束具に締め上げられたそれを擦《こす》られる。ひとたまりもなかった。

「ふッぅぅぅぅっ！」

あっさりと強制的に絶頂させられる。

最高級チンポカバーの先端は詰まっていて、噴き出す精液が阻害された。

ぐったりと上半身を投げ出すと背中に唇が当てられる。わざとらしいリップ音に腹が立つが、指の一本も動かす気になれない。

それをいいことに挿入されたまま後ろから抱かれるように上半身を軽々と起こされた。バカにもたれかかって座らされるや、再開される手淫《しゅいん》。

射精直後の萎《な》えて、それでいて敏感になったそこを滑らかなレース越しに扱《しご》かれる。

「だめだめやめっ、こんなの、使えなくなるぅぅ」

体を丸めて逃れようとするのに、前に倒れないよう上半身を左腕一本で固定された。化け物並みの腕力だ。

萎《な》えたちんこをやすりで削《けず》るように無慈悲に右手で扱《しご》かれる。大事なそこが研磨されボロボロにされそうで怖かった。負傷という意味で皮がズル剝《む》けになってるんじゃないかって。

「ああ？　誰に使う気だハル！」

バカの手コキが激しさを増す。

「あああああああ！」

くすぐったい、の先は拷問の苦しみだ。腰を上げたバカが律動を再開し、法悦を強制される。

「ひっ、ィイイイ、おねがっ、やめて、ッムリっぃいぃいいっ」

泣いて頼んだのに、やめてもらえない。

「でっ、や、なんか出るっ、出るからっ出るぅぅぅぅ」

決壊する。

陰茎から噴き出す液体が尿のようでいてそうではないことが理解できて、死にたくなる。

Tバックプレイさせられて潮吹きとか。男の願望をなんで男の俺が強《し》いられるんだ。

「さて、次はこっちだハル」

バカは動けなくなった俺に子供のように嬉しそうな顔でそう言った。こういう時だけコイツは表情が豊かだ。

嬉々として見せたのは、面積の広いタイプのもう片方のビキニ。

馬鹿か。

一度にやろうとするな。こっちは心身ともに瀕死《ひんし》なんだよ。

そう、脳もほぼほぼ死んでたんだ。

「一度にやるのはもったいないなくないか……それは次のお楽しみにしよう……」

息も絶え絶えに、この地獄から逃れんと保身のためだけに言った。

無理やり脱がされるのではなく、無理やり「着せられる」なんてどんな犯罪だよ。

あれほど心配した研磨の刑に処された俺のムスコは無傷だった。蜘蛛《くも》の糸が肌に優しいとか思わぬ発見だ。知りたくもなかったがな。

破廉恥《はれんち》な下着二着は引きちぎることもできず燃やしても無傷で、廃棄するしか処分方法がない代物《しろもの》だった。

埋めるしかないよ、と脳内で長老的大ババ様が囁《ささや》く。

繊細で薄いレースは慎重に扱わないとオークの指で簡単に突き破ってしまいそうに見えるのに、とんでもない。オークの渾身《こんしん》の力にも平然と耐える頑丈さを備える素材だ。

「魔族でも生け捕りにできそうだな」

網状にすれば暴れる害獣どころか、小型であれば魔族だって生け捕り可能だろう。

思わず言うとバカが軽く目をみはってこちらを見る。

「俺を縛ったりしてみろ、陛下に言いつけるからな」

はっとして、即座に宣言した。

危なかった。本当に危なかった。緊縛プレイなんか死んでもご免だ。言いつけるなんて子供みたいだが、プライドなんてクソくらえだ。

柳眉《りゅうび》を寄せて残念そうな顔すんじゃねぇよ、馬鹿たれが。

陛下にチクられたらさすがに引き離されるとは思うらしい。

こんなの防具とかの道具に活用すべきで、間違ってもオークのエロ下着やら拘束プレイに使うものじゃない。

魔族である大蜘蛛《おおぐも》の糸と、人間の技術の融合による発明だ。魔族の特性を利用し人間のために活用するなんて、普通の人間ではちょっと思いつかないだろう。

馬鹿と天才は紙一重とはよく言ったもんだ。

こうやって人間は新しい手段を見出し、その技術を研磨して発展していくに違いない——が、重ねて言うが、きっかけがこれ、オーク用のエロ下着だなんて。将来絶対に掘り起こされたくない起源だわ。


登城する時のためのおでかけ服をたまに作るんで、採寸のために仕立て屋に時々会う。

あんなエロ下着プレイしてるなんて知られたくないのに、あろうことか仕立て屋は嬉々として新作案をバカに持ちかけ、バカは真剣な表情で対応していた。

「世界を救った英雄がオークにこんなモン着せてるなんて、いい笑いものだろうが。俺、お前が世間に笑われるのとか嫌だし、見たくねぇんだけど」

謙虚なふうを装《よそお》ってしたくもないリップサービスをしてみたが。

「大丈夫だ。ハルのためなら世界に笑われようが俺は気にしないぞ？」

死ね。

こんな時に無駄にいい男ムーブかましてんじゃねぇよ。

そうじゃねぇ！　そうじゃねぇだろ、イイ顔すんな。

しかも俺のためって俺が欲しがっているみたいじゃねぇか。ふざけんな。

「大丈夫ですよ、貴族の間ではあることです。もっと特殊なケースもあるくらいなので、気にされることはありません」

バートンさんが俺に気を遣ってオブラートに包むように上品に説明してくれたが、オークにどエロい下着つけさせてのプレイ以上の性癖があるってことか？　貴族ヤバすぎるだろ。

バカは翌日に二着目の着用を提案してきた。アホだろ。どんだけ気に入ったんだ。

「毎回はすぐ飽きるだろうが。とっておきにしろ」

とっておきになんかしたくないが何年かに一回、そんな想定で誤魔化《ごまか》そうとしたのに。

「仕立て屋がやる気になってるから、すぐに新しいのができるぞ？」

仕立て屋ァァァ！　相当儲かるんだろうなァァ！

「……次、王都に行った時、買い物に行きたいんだけど」

タダではヤらせん。

なんと言おうとどれだけ抵抗しようと最終的に無理やり実施されるのであれば、相応の対価をもらおうと考え直す。あれだけ身売りは嫌だとか言っていたのに本末転倒すぎるが、それだけエロ下着プレイは抵抗があるんだ。

王都の屋台が並んでいる通りで食べ歩きしたい。日頃食べさせてもらっているお返しにちょっとしたものを奢《おご》る、みたいなのも社会人としてあるあるじゃん。

二人で買い食いとか考えたら凄《すご》く楽しそうに思ったんだ。

金は引っ越し屋のバイト代がある。決して男娼ごっこでバカからもらった金ではない。あれに金銭は発生していない。

そして「街で買い食い」計画は日を置かず実現した。

バカが早々に段取りしやがった。エロ下着プレイと交換条件だったんだ、そりゃそうだろう。俺も浅はかだった。

街に着いて馬車を降りると、周囲から英雄への歓喜とオークを見た恐怖が入り混じったいつものどよめきが沸き起こる。前におでかけした雑貨屋やおもちゃ屋は陛下のお勧めだったのでちょっと高級感のある通りだったが、ここは屋台の並ぶ市場の往来だ。どちらかというと庶民向けの区域で人が多い。

店先では店員と客が笑顔で会話し、その横を子供たちだけで楽しそうに駆けていく姿に治安のよさを感じる。活気に満《み》ち溢《あふ》れ、ヤバげな人相の人間も見渡す限りではいない。

この光景が陛下とバカが成《な》し遂《と》げた結果で功績なのか、と思うとあまりに恐れ多く尊く感じた。

もちろん二人だけの働きではなく、一緒に魔王を討った人々の貢献もあっただろう。そんな彼らにオークながら感謝するとともに褒め称えたくなる。

こんな平和な街をオークがうろつくのは本当に申し訳ない。

怖がらせてごめん。でもお目付け役で責任者のバカもいるから安心ですよね？

年に一度のお祭りとかだとさすがに遠慮するけど、これが日常風景なんですよね？

なるべくおとなしく目立たないようにするから今日だけは許してほしい。

「服を着たオーク保護法」なんて法律もまだ浸透していないだろうし、意味が分からないと思う。人々の目に畏怖や嫌悪が見え隠れするのも当然だ。まぁ法律自体がふざけているし、仮に浸透したとしてもそういう反応になりそうだが。

バカがすかさず俺の背に手を添えて歩みを促す。

「で？　何が欲しいんだ？」

腰に手を回しエスコートするようにして歩きながら尋ねてきた。

「いや、特には？　なんか一緒に色々食いたいなって。いつも食わせてもらってるから」

たまには自分が金を出したいんだと言外に言うと、バカは軽く目をみはって固まる。

背を押され向かい合わせに立つ。そして、それはそれはごく自然な所作でハグされた。

周囲からは動揺とか悲しみとか恐怖とか、とにかくいろんなものがごちゃ混ぜになった、なんとも言えない悲鳴が上がる。

「俺のために……稼ぎたかったのか？」

俺の肩口に顔を伏せたまま話すものだから、唇の当たる鎖骨がこそばゆい。

あー、しもた。そういうふうに取られるのか。

「買い食いがしたかったに決まってんだろ。テメェはおまけだ、バカ」

それが一番で、コイツはついでなのに。

エロ下着プレイの引き換えのつもりだったのに、これ、結果的にはバカのためになってんじゃねぇか。己の愚かさに気付いて嫌な汗が流れる。

「ハルはけなげだな」

断固として、その自分本位にも程がある常軌を逸《いっ》した誤解を解きたいところだが、なんか面倒になった。

バカがくっついておとなしくしているから、ぽんぽんと頭を叩いてやる。

たまにはこうやって胡麻《ごま》をすっておくのもいいだろう。

もうホントいちいち誤解にツッコんで、訂正する気力がない。

それに——こんなちっぽけで勝手な解釈でそんなに喜ぶんならまぁいいかなって。間抜けな奴めと思うことにする。

英雄の頭を叩くオークの姿に、声にならない悲鳴が再び空気を震わせた。困惑と隠し切れない負の感情を宿した目が向けられる。

頭のおかしい奴を見る、蔑《さげす》むような冷えた眼差《まなざ》しだ。

俺はいい。オークだから。

この中には魔族に家族を害された人間もいるだろう。石を投げられないだけマシだとさえ思える。

でも。

なぁ、それはないんじゃないか。

あんたらはコイツのおかげで平和な日常ってやつを送れているんじゃないのか。

コイツはまがりなりにも命と生活を守ってくれた男じゃないのか。

恐怖や痛みを感じながら身を削《けず》り、命を懸けて世界を救った男だろうが。苦労と片付けるには軽すぎる、コイツの献身の上に今の生活があるんじゃないのか。

絶世の美形がオークとアレコレするのは、そりゃ理想を裏切られて受け入れられないだろう。

それでもそんな反応はねぇんじゃないか。

よくもそんな目で見られるもんだなって――

なーんて言いませんよ、今日の俺は。

昨日までの俺なら人々の態度に反感を覚え、腹を立てて心底気分を悪くしていたのだろうけれども。

俺、今あのエロ下着を着せられているわけよ。

登城する時とは違って今日は街散策だからとラフな格好なんだけど、なかはアレなんだよ。

レースの面積は多いとはいえ乳首・陰茎・尻の割れ目に秘密の小窓があって大事な中身がコンニチワしないようにリボンで結んでいるアレよ。

夜だけ着るんでいいだろって言ったのに、それだって俺にとってはもの凄《すご》い譲歩なのに、コイツは朝から着ろと頑として譲らず出かける前から大騒動よ。出発が遅くなって街歩きの時間がなくなるから泣く泣く着たわ。

前の『紐オンリー』タイプよりはまだマシかなと思ったのに、甘かった。

ズボンの中でリボンが解《ほど》けてポロリしそうでずっと気になって仕方ねぇんだわ。

コイツを見る大衆の目なんて、割とどうでもいいんだわ。

絶世のイケメンがオークにそんなもの着せて街を歩かせているわけよ。

しかも事《こと》あるごとに服の上から触ってくるんだよ。それとなく指でなぞってきやがるんですよ。

イケメンが完璧なエスコートしています、みたいなふりしてさぁ！

こんなの完全に脂《あぶら》ぎってニチャァァッて笑う金持ちのゲスで汚いドスケベおっさんのすることじゃねぇか。

まさかオークがそんなものを着ているとは思わないにしても、今日の目にあまる頻繁なスキンシップのすべてがセクハラおさわりだという真実を街の皆さんが知れば、そういう蔑《さげす》んだ目で見たくもなるだろうよ。

合ってるよ。

そういう目で見ていい奴だよ、コイツは。

バカの後頭部に手を当てたまま、遠い目で空を仰《あお》ぐ。

想像もできないような大変な思いをしてコイツが魔王を倒したのは間違いないんだろうが、もうさ、そうやって守った人間からオークに入れあげる変態だと罵《ののし》られて後ろ指さされて白い目で見られる人生でいいんじゃないかな。やっと俺もそう思えるようになったんだ。

ここに来るまでが長かったように感じられてならない。

そうやって訪れた市場は串焼き肉やら菓子やらレモネードみたいな飲み物やらといった屋台が乱立し、大変テンションの上がる場所だった。

日本人の感覚からするとお祭りのようだが、これが日常で毎日こうだという。

「これも久し振りだ。美味《うま》いだろ？」

魔王討伐まではこういった店も利用していたが英雄となってからは足が遠ざかっていたと言うバカが目を細める。コイツは案外こういった屋台飯みたいな食事のほうが好きなのかもしれない。

バカが好きだったという塩胡椒《しおこしょう》のきいた大きな串焼き肉はワイルドで、豪快にかぶりついたその瞬間、唐突に既視感に襲われる。

『座って食べなさい』

『喉ついたら大惨事だぞ』

何か串に刺さったものを食べていた時にそう言われたような。

一度経験したものを再度なぞり繰り返すような、まさに既視感《デジャブ》で、戸惑うと同時に無性に懐かしくなった。

ああ——人間の子供だった頃の、夜店での経験に重なるんだろう。そう思うとひどく感慨深いものがある。

そう。ただ、感慨深い。

悲しさや切なさといった苦しい感情は不思議と湧いてこなくて、思わず小さく苦笑した。

バカがこちらに視線を向ける。

「ああうめぇ。もう一本行きたいけど他のものも気になるから一本にしといたほうがいいよな？」

なんでもない体《てい》でバカにそう答え、肉を平らげた。

たぶん今はそれなりに満足できる生活を送れているのだろう。認めるのは非常に癪《しゃく》だが。服の下はエロ下着だが。

バカはなかなかの大食いで、オークである俺の食欲にもついてくる。バカがかつて好んで食べていたというものは俺の口にも合った。お互いに気を遣うことなく食事をともにするのはとても楽しい。

美味《うま》い屋台飯で腹を満たす行為は心まで満たしてくれる。

立ち並ぶ屋台とそこで提供される食べ歩き可能な食事にはどれもどこか懐かしさがあり、群衆に多くの奇異の目を向けられているというのに、自分がオークであることを忘れさせてくれた。

いつも以上に会話も弾み、バカも楽しそうだ。

多種多様な屋台飯に舌鼓《したづつみ》を打ち、それは楽しい時間を過ごせた。

それなのにエロ下着の違和感はずっと忘れられないんだよ。

腕の確かな職人の自信作だ。柔軟で肌に優しい素材で秘密の小窓さえなかったらボクサーパンツみたいな着心地も夢じゃないかもしれないのに、リボンが解《ほど》けるのではないかと気が気じゃない。

今日は登城しないからと、体の線を拾わない動くのが楽なラフなズボンだったのも完全に失敗だ。これは俺の選択ミスだった。

俺のムスコがゆったりとしたズボンの中で自由を手に入れてしまうのでは、と不安しかない。

これまでずっと憧れていた買い食いを期待以上に楽しめているというのに、なんてことしてくれるんだよ、この馬鹿野郎が。台なしだよ。

当然リベンジを決め、王都に来た時は毎回のようにバカと買い食いツアーを決行するようになった。

いつも同じ街に行くせいで、毎回馬鹿食いする「勇者とオーク」の姿に町の人も多少慣れたように感じられる。

その頃には家畜を襲う蜘蛛《くも》の魔族は世界的に激減し、人々からは「勇者様のおかげだ」とバカはさらに英雄視されるようになった。その勇者様は今度は「白と赤も欲しい」とかまた訳の分からないことを言い出して他の種類の蜘蛛《くも》を狙っている。

「もう着ねぇつったただろうが」

と言ったのに……

「ハルが『とっておきにしよう』って言ったんじゃないか」

などと、ぬかしやがる。口から出まかせに決まっているだろうが。

買い食いはテメェも楽しんでんじゃねぇか、もうコスチュームプレイの対価にはなんねぇよ。

いっそのことコイツの歪《ゆが》み切った性癖を世界に告発してやりたいが、そうなると俺がエロ下着を着たって宣言することになるからそれもできやしねぇ。

ていうか世界的に蜘蛛《くも》が一斉におとなしくなるなんて、あいつら意思疎通できるし完全にでかいネットワーク持ってるじゃねぇか。

『オークぅ、オークぅ』

定期的に巣のある洞窟に様子を見に行く度に、ぞろぞろと奥から這い出してくる。大きなお掃除ロボットみたいで、懐く姿は慣れるとかわいらしく見えないこともないが、低くて野太い声なんだこれがまた。

蜘蛛《くも》たちはバカにビビり倒し、最近では平和に人間に飼われたいとか言い出した。

そんなことを自発的に要望してくるなんて知能が高い証拠だ。

これまで散々『言葉なんて分かりませーん』顔で無視しやがってとは思うものの、アレは怖いわな。

俺は牛やヤギを買い与えて蜘蛛《くも》を飼育する蜘蛛《くも》牧場の構想を練っている。

自分には一切必要のない素材だが大蜘蛛《おおぐも》たちが人間と共存できるのはやぶさかではないし、あのランジェリーや特性を活用した防具などは金持ちに需要があるだろう。

赤や白い糸を吐く大蜘蛛《おおぐも》が存在するのなら報酬によってはこいつらはペロッと情報を吐きそうだ。たとえ同族を裏切ることになろうとも、悪知恵が働くタイプだから『勇者に脅された』とか言い出しかねない。

まぁ魔族なんて性悪でなんぼの生き物なんだろうし。こうやって生き物は天敵から身を守り子孫を残すために進化していくんだろう。もしかしたらそのうち魔族という属性さえも薄まっていくのかもしれない。

蜘蛛《くも》の糸の活用は仕立て屋に委託され、加工法といった技術使用料がなぜか俺に支払われることになった。特許的なものだろうがこんな不労所得は要らない。

俺、確かにバイトしたいとか言ったけどこんな不労所得は欲しくなかったよ。そりゃ正直、不労所得への憧れはあるものの、こんなのは俺の精神衛生上、大変よろしくないんだよ。

あぶく銭ははじめからなかったものとして派手に寄付とかしよう。

いつものように俺は遠い目で青い穏やかな空を仰《あお》いだ。

番外編

やらかし王子はバリネコドS隊長に啼《な》かされる

1、女王様のご命令

「ルディをセンパイの下に配属するから鍛え直してくれ。死ぬ一歩手前までしごいていい」

この国の頂点に君臨するその女は、つまらなそうな顔で書きものをしながら淡々とそう宣《のたま》った。

かつて俺はこの本物の女王様を魔王討伐のため鍛えた。あの時は王族だなんて知らず、すげぇ女が入隊してきたから、こっちも本気で鍛えただけ。

その結果、彼女は対魔王戦の最前線でカイルを補助する人材に育ち、今では女王様で上司だ。

突如、その女王陛下に呼び出されたかと思うと案の定だ。

鍛え直すも何も、華奢《きゃしゃ》できれいな面《つら》の王弟殿下はこれまで軍に在籍したことなどない。

何をむちゃくちゃなと思うが、むちゃはこの女傑の専売特許でしかも今回ばかりは理由に心当たりがある。

ルディアス王弟殿下とまだ幼い王妹リリア姫は国を脅《おびや》かす大罪を犯したのだ。その罰といったところだろう。

二人は、魔王を倒した国の英雄カイルの情夫で「言葉を話すオーク」に危害を加えた。

そのオークは魔族との共存交渉に奔走しており、カイルをこの国に留める重要な鍵でもある。

どこにツッコんだらいいんだ、まったく。

女王直々に制定した「服を着たオーク保護法」。それを犯した二人を、権力者の横暴には特に厳しい女王が許すはずもなく、ルディアス王弟殿下は全身甲冑《プレートアーマー》での生活を強《し》いられているとは聞いていた。

プレートアーマーの刑って。

風呂と就寝時以外はプレートアーマーの装着を義務付けられ、食事時も面を外すだけだとか。

いやいや、魔王討伐時でもそこまでの装備はしていなかっただろ。

「もうかなり筋力もついたに違いないからな、頃合いだ」

筋力をつけるために負荷をかける。それは間違いではないが日がなプレートアーマー装着って。

「えーっと、どこまですりゃいいんですかね」

「地獄を見せてやれ」

ふんと鼻を鳴らす女王。

いやいや、俺が聞いたのは「どのレベルまで育てればいいのか」だったんだよ。

この世で怒らせてはいけないものの上位に君臨する「姉ちゃん」を怒らせたらまずいって王弟様。

「王位継承権があるわけでなし、煮るなり焼くなり好きにしろ。遠慮はいらん。ああ見えて案外根性はあるそうだ」

顔を上げ嫣然《えんぜん》と笑うその様《さま》に、重いため息とともに「へーへー、了解しましたよ」と答えるしかなかった。

「装備外せ」

初日。ガションガション……という異音とともにプレートアーマー姿で現れた王弟様に装備を外して体を見せるように告げる。とはいえ本人では外せないので、部屋に同席する副官二人に手伝わせた。

銀のさらさらの髪の毛に、ほっそりとした長身。すぐ前に立つと、俺の身長では見上げることになる。

女王に似た顔は恐ろしく整っている。きりっと引きしまった女王とは違い、繊細でたおやかな美しさがあるルディアス王弟殿下は「王子様」と女たちにきゃーきゃー言われるタイプの人間だ。

まずその細い首をつかむ。それから肩、二の腕を順に握る。その度にびくりと強張るのにかまうことなく胸と腹にべたべたと手を当てた。

「あ、あの……」

「黙ってろ」

弱々しい声を一蹴し尻をつかむ。小さな薄い尻だ。大きく体を震わせ怯《おび》えたように肩を縮める王弟様を無視して股間をつかんだ。

「ッ！」

ひゅっと息を呑みながら懸命に声を堪《こら》えているところを見ると、自分のしでかした罪と置かれた状況は理解しているのか。

愚かな行為に走ったが、どうしようもないほどの完全な馬鹿というわけでもないらしい。まあ救いようのない馬鹿ならあの女王は切り捨てる気もする。

無遠慮な手付きで乱暴に竿と陰嚢の大きさを確かめ、太ももからふくらはぎを両手で握るようにして一通り筋肉を観察した。

三日も負荷をかければ筋肉がつく家系だと女王が言ったように、それなりに育っている。なんつー家系だよ。

「装備をつけ直して外に出ろ、ルディ」

王族たる敬称も使わない。たかが軍人に辱《はずかし》められ羞恥《しゅうち》に耳まで赤く染め涙目で震える王弟様に命じた。

「隊長、きれい系はご趣味ではないでしょう？　意地悪ですね」

部屋を出て屋外の演習場に向かう途中、真っ直ぐ前を向いて横を歩く第一副官ファウストに冷たく言われた。

さすが俺の右腕。よく分かっている。

あんなおきれいな顔の男を泣かせても楽しくもなんともない。屈強な体つきの男にマウントを取り、男くさい顔を歪《ゆが》ませてヒンヒン言わせるのが一番だ。

ただ。

「地獄を見せてやれって言われたからなぁ」

王命だから仕方なくだ。後ろ首に手をやり嘆息する。

「きれいな男が軍に入ってまず見る地獄といえばやっぱ性的いびり？　コレかなーって」

「いつの時代の話ですか」

ファウストに心底呆れられた。

「お前らン時もまだえっげつない奴いたろ？　あの頃に比べりゃマシだろ」

「陛下の事件を思い出すからやめてください」

ファウストが言うのは「女新兵による股間踏み潰し事件」だ。一般兵扱いで入隊した女王が性的嫌がらせや暴行をはたらく兵を片っ端からぼこぼこにしたうちの一件。

正確には握り潰そうとしていたのを、当時教官をやっていたバドルスのおっさんが「女が何やってんだ」って声を上げた途端、踏み潰したんだが。力尽くで止められる前に潰したかったんだろう。潰されたのはそれだけのことをした奴だったからいいっちゃいいんだが、あれはえぐかった。視覚に対する暴力だ。居合わせた男はみんな自分がやられたわけではないにもかかわらず声もなく悶《もん》絶《ぜつ》した。

「身分を明かさずに入隊したのにそんな派手なことして、よく通りましたよね」

「……陛下だからな」

あの女王はおそろしく優秀だったんだ。入隊直後、「コイツは魔王討伐隊の最前線に出せる」って誰もが確信したくらいに。

魔王討伐隊に自ら在籍し、最前線で英雄カイルに次ぐ活躍を見せた女王。

そんな女王の改善により、今は新人いびりやらいじめやらは罰せられるため健全なもんだ。有能な人間が現場を把握して対応策を講じてくれるのは実にありがたい。

じゃないと魔王が滅んだ今、兵が集まらねぇからな。

「しばらくはいびり倒すから」

止めないよう副官たちに予め宣言しておく。

それにしても……なんかアイツ、ちょっと勃《た》ってたんだが気のせいだよな。

細身の体に見合わずブツが妙にデカかった。王族ってのはナニもご立派で硬めってやつなのかね。


ありがたいことにルディの剣術は王族の嗜《たしな》みとして基礎ができていた。

といっても「剣の持ち方構え方」という段階《レベル》で、プレートアーマーで剣を使うのはこれが初めてだという。そりゃそうだ。王族は普通こんな重装備はしない。

そもそもプレートアーマーなんて骨董品だから。今はそんな緊迫した時代ではない。

魔王が倒された今、人間の敵は生き残りの魔族と他国だが、それも我が国には魔王を倒した英雄カイルとその片腕を務めたミランダ女王が在籍するので他国からの脅威はほぼ皆無。

なおかつ魔族もカイルのところのオークが共存のための交渉と協議を担《にな》っている現在、わりと平和なもんだ。

そのオークを私情で拐《かどわ》かし、傷を負わせたのがルディアス王弟殿下とリリア姫だ。

執心するオークに何かあればカイルはこの国を去る。そうなればこの小さな国はいずれ何かの拍子に周辺各国から脅《おびや》かされるに違いない。

二人の若い王族の、国の民《たみ》を危険に晒《さら》す愚行。

俺自身も第一副官ファウストにプレートアーマー装着の補助をさせた。新兵時代にやった「プレートアーマー体験」以来だわ。

あー重い。動きにくい。こんなの今の世の中、絶対実戦向きじゃない。そりゃ廃《すた》れるわけだよ。

ガショガショと砂っぽい演習場に出る。

後ろでファウストが「付き合いいいですね」と小さく笑いを落とした。首を回せないから褒めているのか馬鹿にしているのか分からない。まぁコイツのことだから鼻で笑ったんだろう。

円形の広い演習場の中央では隊員たちが訓練に励んでいた。端のほうで第二副官セカドに抜き身の剣を持たされ戸惑っている様子のルディを見つけ、正対して軽く腰を落とす。

「来いっルディ！」

腹の底から叫び、地獄の始まりを宣言する。

ルディには剣を持ち上げるだけでも重労働だろう。へにょへにょと打ち下ろされる剣を相手が手放さない程度に軽く剣で弾き、姿勢を崩したところに体当たりして後方にふっとばす。

俺は背が低めだからプレートアーマーだと身長の高い人間より安定しやすい。

「踏ん張れ！　絶対に倒れるな！　すぐ立て！」

たたらを踏んで尻餅をつくルディに怒号を浴びせ、慌てて腰を浮かそうともがきなんとか腰が浮いたところを見計らって、胸を蹴ってもう一度転がした。

「オラ遅い！　さっさと立て！」

完全に転がったルディには、しばらく時間が必要だろう。顔を上げて周囲を見やる。

「テメェら走り込みは終わったんだろうな！　二人一組で地稽古！　セカド指示！」

こちらを呆然と見ている隊員たちに檄《げき》を飛ばし、第二副官セカドに訓練を託す。

両手両足をついてなんとか体を起こそうとようやく四つん這いの姿勢になったルディの脇腹を足で押し、仰向《あおむ》けに転がす。ルディは再び亀のように惨《みじ》めにバタバタともがいた。

「寝てんじゃねーぞ！　十数え終わるまでに立て！　てめぇの相手ばっかしてらんねーんだよっ」

ほんとファウストあたりに丸投げしてぇが、王命なんだよなぁ。

当然、十数える間にルディが立てるはずはなかった。

「隊長、さすがにこれはちょっと」

ファウストが地面を見下ろして眉をひそめる。

「相手は素人《しろうと》同然でしょ、何もそこまで……」

同じく地面を見下ろしたセカドがそれ以上の言葉を失う。

そりゃもう転がし倒してやった。

倒れた状態から体を起こすだけで多大な体力を使う。

こっちもプレートアーマーなんだから文句を言われる筋合いはない。充分手加減してるってもんだ。

「頭だけ外してやれ」

セカドが素早く兜《かぶと》を外し終えた頭に、手桶に汲《く》んだ水を細く流し落とす。そんな俺の仕打ちに向こうのほうで同じく休憩を取っている他の隊員たちが声ならぬ声を上げた気配が伝わってきた。『新兵訓練にも出ていない初心者相手にひでぇ』という視線をひしひしと感じるが、うるせぇ。呼吸ができる程度に調整して浴びせてるんだからいいだろうが。

女王のありがたいご配慮で「ルディアス王弟殿下に『服を着たオーク保護法』に抵触する行為があり、戒《いまし》めのため入団」との通達が出されていた。じゃないと俺が異常なまでに王族をいびり倒す上官だと思われる。

ルディとリリア姫のやらかしはオーク本人が大事《おおごと》にしないことを望みカイルも承認したそうで詳細の公表は控えられたが、あの日うちの隊が演習をしているすぐ側でオークは連れ去られた。失態といえば完全に俺たちの、俺の失態だ。すぐさま俺とファウスト、それに隊の先鋭五名で捜索を行った経緯があり、その結果内情を知る数少ない部隊となってしまった。

それが原因でうちにルディが預けられたことを思うと、とんだ貧乏くじだ。

「オラ、給水したら走り込み。三周で勘弁してやる」

「は、い……」

水を浴びて激しくむせたからか涙目に絶望を滲《にじ》ませながらも、ルディは弱々しく返事をする。

ファウストに目配せすると、できた副官はルディの体を起こして口元に水筒を当てた。

あーあ、そんなガブ飲みしたら後で吐くぞ。

だが、まぁ。

己のしでかした愚かな行為を自覚しているのか、泣き言を零《こぼ》すでなく反抗することもない。

確かに根性はあるのかもしれない。

三周でいいとは言ったが演習場は広大だ。一周目を終える前にルディは嘔吐《リバース》したが、それでも三周走り終えた。最後はほぼ這っていたが。

ルディの身体状態を確認し、そのままで大丈夫だと判断して隊の訓練が終わるまで放置する。解散とともに隊員に宿舎に運ばせたが、皆「おっも！　クソ重いんですけど！」と騒いだ。

お前らは身体強化で運べるんだから文句言うんじゃねぇよ。ソイツは魔力なしで完全装備を強《し》いられているんだぜ。ほんとうちの女王様は容赦ねぇ。

俺も身体強化使えばよかった。付き合いで生身でプレートアーマー蹴飛ばし倒したせいで足の付け根が痛い。明日は太ももやら筋やら痛むだろうなぁ。

2、頑張っていびり続ける日々

連日多少のいびりを交えつつ容赦なく俺がしごき倒すんで、隊員が皆、ルディに優しい。

訓練や兵舎での生活で隊一丸となって「新兵の洗礼」を受けさせる予定だったのに。

そういや女王がいじめを律したんだった。

長いものに巻かれない隊員を褒めるべきなんだろうが、俺一人でいびるのは正直しんどいんだが。

「あれだけ冷たく当たれば隊員も同情的になりますよ。最近じゃみんな隊長にドン引きしてます」

「転がされても転がされても食いついていくとこなんて根性があるって、かわいがられはじめてますよ」

副官のファウストとセカドが呆れたようにこっちを見るが、手伝ってくれよ。

そう、謎に根性だけはあるんだ。根性だけは。

「あれだけされて泣き言一つ言わないって凄《すご》いと思いますよ」

第二副官セカドがしみじみと言う。

「それだけのことをしたという自覚があればいいが、あれは――」

第一副官ファウストがそう言って眉をひそめた。

そう。

「ありゃ言われることに従ってるだけだ」

逆に言えば「従えばいいんだろう」という開き直りにも取れる。

「それだけじゃないと思いますけどね。あんなキラキラした目で見られて、よくあれだけできますね」

ルディに好意的なセカドが呆れたように言った。あの日、留守番させていたセカドにはルディを嫌う要素が少ない。

そんなセカドと違ってファウストは俺とオーク拉致現場に急行したこともあり、ルディが何をしたのか詳細を把握していた。潔癖なファウストはルディを受け入れないだろう。

訓練後はたいてい隊長職に与えられる小さな執務室で副官二人と書類仕事やら打ち合わせやらを行う。

「来月のワムレアの総仕上げの訓練。あれにアイツも連れてくわ」

ふと、言っておかなければと告げると、ファウストとセカドが目を剝《む》いた。

国の南部に位置するワムレアの部隊では例年この時期に大規模な新人の最終訓練を行う。それは国内で最も厳しいと言っても過言ではない。

「足手まといでしょう」

ファウストが眉をひそめる。今日も気持ちがいいほど率直だ。

「ああ、十日ほど早く行かせて向こうの指揮官に指導させる」

「それはまた……」

セカドが気の毒だという言葉を濁し、ファウストは嫌そうな顔をした。

そう、向こうにしてみれば迷惑な話だろう。だがこの一連の面倒はすべて王命だ。ワムレアの上官たちも道連れにしてやる。俺だけ苦労してたまるか。

ワムレアの最終訓練は三日がかりで行う。

初日は男女混合の部隊編成で畑でバッタ追いと山での害虫駆除だ。

翌日は早朝から教官たちの守る陣地を落とす実戦さながらの模擬戦が行われる。休憩をさせないのは、いついかなるタイミングで有事となるか分からないからだ。

そんなワムレア隊新人の最終訓練に中将の仕事と査察を兼ねて毎年参加していた。

「今年はファウスト行かねぇ？」

「虫が嫌で私が中央を希望したの忘れてませんよね？　苦労してここをもぎ取ったの、知ってますよね？」

ファウストに冷たく断られた。いつもは虫が平気なセカドと行くが、奴はルディに甘い。ファウストのほうが適任だったんだが、コイツ、これだけはほんっと来ねぇからなぁ。残念だが諦めるか。

ルディがうちに来てまだ半年足らず。あの女王の弟だ。それなりに素質はあると思うのに、何をするにも不器用というか要領が悪いというか、もう少しなんとかなるだろうところをどうにも不格好な動きをする。

あまりに使えねぇのを送り込むのはさすがに悪いし、こっちの指導力を疑われるのも不本意だ。

「あっち送るまでにもう少しどうにかしねぇとなぁ」

気の重さにため息を堪《こら》えきれなかった。

3、第二副官セカドのワムレア訓練の記録

「セカドさん！　お久しぶりです！」

十日前にワムレアに一人で置き去りにしたルディが、それは嬉しそうな屈託のない笑顔を見せた。

ワムレアに来る直前、プレートアーマーの刑は一旦終了したそうでずいぶんと身軽になったせいも

あるんだろうなぁ。

久し振りと言ってもたった十日。それなのにこんなにきれいな青年にそんな表情を見せられると困ったような曖昧《あいまい》な顔しか返せない。そもそも甘やかすなと隊長とファウストに言われているからなぁ。

まぁ意外と元気そうで何よりだ。十日前、ここに置いていった時は捨てられた子犬のような顔をしていたのに。

「調子はどう？」

「はい、皆さんにはよくしてもらってます」

にこにこにこにことまぁ。この王子、もの凄《すご》く素直なんだよなー。

行事なんかでご尊顔を拝見する機会では、いつも怜悧《れいり》なすまし顔だった。隊に来た時はオドオドしていた。

それが慣れるのに時間はかかったが、慣れるとそりゃもう素を出す。表情豊かで分かりやすい。

こっちの幹部数名にしかルディの正体を知らせていないが、王弟殿下がやらかしてアサラギ隊長の隊にいることは皆知っているし、顔を見れば陛下の血縁だと分かる。

アサラギ隊長はワムレア隊の上長に「絶対に甘やかすな。上が甘い顔をすると他も倣《なら》う。キツくあたっていい。しごき倒せ」って指示したのになぁ。なんか妙に元気な気がする。

毎年恒例のワムレア訓練への出張は正直言うとキツい。

「ルディ、畑に入って追い立てるほうやれ」

アサラギ隊長がルディに初日の害虫駆除の担当を指示する。

新人を広大な畑の端に一列に並べ一斉に走らせると、人間に驚いたバッタが一斉に飛び立つ。

「ひぃうあぁぁぁぁああああああああああああああああ!!」

それはまるで黒い塊《かたまり》が宙に浮いたような数で、詳細を知らないルディの絶叫が聞こえた。

実にいい悲鳴だ。

虫が悲鳴に反応するかは知らないけど。

他の隊員はほとんどがこの地域の出身でこの大規模駆除の様子を知っているから、慣れたもんだ。

人の気配が近付くやバッタのほうが先に飛ぶ。新兵たちは飛び立った黒い群衆に突っ込むことになる。

「いやぁぁぁぁ！　とば、飛ばないでくださぁぁぁぁぁ」

ルディはバッタに懇願しながら肩を縮こまらせ、上半身をびくびく後方へ引きながら進む。

「ルディ遅れてるぞ！　パンが食いたきゃ派手に追い立てろ！」

隊長が檄《げき》を飛ばす。

うん、小麦大事。

バッタが大事な小麦を食うの、ホント困るんだよな。今年はバッタの大量発生の表年《おもてどし》で、これは重要な任務だ。

農家の人も普段からバッタ追いをしているが、数ヶ所ごとしかできず、飛び立ったバッタが周囲の畑に逃げ込んで鼬《いたち》ごっこにしかならない。

それをこうして軍の協力で一掃する。

飛び立ったバッタが畑に戻らないよう風魔法で岩山のほうへ集め、そのまま火炎術で焼却する。焼却だけは間違えると穀物が被害を受けるから、これはベテランの仕事だ。

ルディは風魔法をそれなりに使える。畑の外で飛び立つバッタをまとめて移動させる役割でもよかったものの、うちの隊長がそんな甘い任務に就けるはずがなかった。

アサラギ隊長は本来は中将という地位で、それは上から数えて二番目にあたる。

魔王討伐での働きを讃《たた》えられ陛下に押しつけられたその肩書きをずっと嫌がり、中将の仕事もしながら元の隊長職をしている。むちゃくちゃだ。隙あらば中将の肩書を返上しようとするが、いつも陛下に笑顔で拒否されていた。いい加減諦めてもっと補佐官増やせばいいのに。

三十五歳の隊長は強面《こわもて》の人情派で人望が厚い。短い黒髪をすべて後ろに撫《な》でつけた話し掛けにくい見た目だが、身長が低く筋肉をつけすぎない体形で、仕事や訓練を離れればフランクな口調になるから慣れれば意外と親しみやすい精悍な男前だ。女王陛下にタメ口なのもカッコイイ。

中央に配属された新兵には『人の尊厳を傷つけるような問題は遠慮なくチクってこい』と早々に公言する。訓練で脱落することもあるのに人間関係が原因で人材を逃がしてたまるかというところらしいが、広く知らしめることで抜群の予防効果があった。そりゃ戦略を練る上では時に陰険な手法も必要になるが仲間内では不要なのだ。

よって、アサラギ隊長は兵たちから絶大な信頼を寄せられていた。

バッタ駆除が終われば昼食を取って次は山。

ノルマは一班につき害虫五十匹。ただし毒蛇《どくへび》は一匹につき害虫十匹分にカウントされる。

いきなり毒蛇《どくへび》に遭遇するルディはもっている。

「蛇《へび》は殺すなよ！　生け捕りにしろ！　隙をついて首根っこつかめ！　一瞬を見極めろ！　ルディィぃぃぃ！　逃げるな！　絶対に蛇《へび》逃がすんじゃねぇぞ！」

ここでもルディは絶叫し、隊長の怒号が飛んだ。

騒ぐと蛇《へび》も警戒するだろうに。

「あぁぁぁぁ！　噛まれたっ、隊長噛まれました！」

「よし、毒蛇《どくへび》に噛まれた時の対処を実践する時だ！　まずどうする⁉」

「習ってません！」

隊長とルディがどこかで大声で会話しているのが聞こえる。

うん、教える時間なんてなかった。他に教えたり鍛えたりすることがありすぎて。

解毒魔術もあるけど、いつも魔術医療班がいるとは限らないし魔力切れの場合もある。今日はみんな自力で頑張ろう、が目標だ。

さすがに救護が必要かなとそちらを見ると、女性兵が手当てをしていた。ルディは見るからに王族関係者だもんな。そりゃ女の子が群がるよな。

「うっさい！　騒ぐ余裕あんなら足の付け根、結ぶか自分でつかんで！　すぐギャアギャア騒ぐ！」

……女の子と言うにふさわしい、まだ幼さの残る女性兵が声を張りながらブーツに仕込んだ小型ナイフを抜いていた。

怒っている。本気で苛立《いらだ》っている。いくらルディの顔がよくても我慢の限界ってやつは来るのか。この訓練に参加する新兵は皆まだ十代だ。二十過ぎなんてルディだけだろう。年下の女の子にめちゃくちゃ怒られている。ルディの姉妹を考えると女の子に怒られるのは慣れているし、弱いのかもなぁ。

「レイナさんレイナさんレイナさん！　そそそれどうするんですか⁉」

ルディが向けられる刃先に挙動不審になる。

「噛まれたとこ十字に切って毒抜くに決まってるでしょうが！　ホラ騒ぐと毒が回るから黙って！　って顔背《そむ》けずにちゃんと見てろって‼　学べ！」

「レレレレ、ややややっややややや」

レイナちゃん、完全にブチ切れているな。この十日間、ルディは周りに迷惑をかけまくったんだろう。

そしてさっくりとルディの足に十字の切れ目を入れたレイナちゃんは、実に見込みのある兵だということがよく分かった。

彼女がした毒蛇《どくへび》に噛まれた際の応急手当は原始的な方法だ。最近は患部を結ばず治癒魔力を使うし、乱切開は傷が治るのが遅くなるだけだからしないが、魔力を使える人間がいない場合や、いたとしても魔力が枯渇して使えないことを想定しての訓練だ。アサラギ隊長も「素早いよい判断だ」と面と向かって褒めていた。

そして翌日は害虫駆除の疲れが取れない状態での模擬戦。ルディのように翌日に影響のある負傷は治癒魔法での治療が許されている。

いつ出軍になるか分からない、激務直後にどこぞから攻め込まれる可能性もある。よって早朝から新兵たちを叩き起こすのだ。

俺も仮眠しかしていなくて、寝足りないんだけどなぁ。あーしんど。朝日が眩《まぶ》しい。目に染みる。

朝から新兵たちにくじを引かせ、城を守る三つの防御班と攻め落とそうとする五つの攻撃班に分けた。これから行われるのは「城を守れるか」対「籠城した相手を落とせるか」の模擬戦だ。

攻撃側は攻撃方法と、相手となる防御側がそれにどう対応するかを予測し策を練る。防御側も同じだ。この手法は防御と攻撃、両者の考えを自然と学べた。

ルディは城に攻め入る攻撃班だ。

防御側が各班、城に見立てた簡素な木造りの三階建て櫓《やぐら》に移動する。

「アサラギ隊長の守る陣地が一番ポイントが高いからな。制限時間は明日の正午まで！　攻守どちらも死ぬ気でやれ！」

ワムレア隊の隊長が鼓舞し、模擬戦が開始された。

この陣取り訓練の目的は実は『城をめぐる攻防』ではない。

求められるのは結果ではなく過程。

リーダー性の育成とチームワーク。知恵と行動に咄嗟《とっさ》の判断力。あらゆる方面を鍛えるのが目的だ。新兵には言わないが、失敗を重ねたほうがいいくらいだった。

各班に教官や上官がつくのも、個々の能力や人間性と素養を見るとともに危険な場合はそれとなく止めるためだ。

ただアサラギ陣だけはこれまで落とされたことはない。

アサラギ隊長の班になった新兵は皆、闘志が違うせいだ。そりゃあの「アサラギ中将」が陣営内にいれば奮い立つ。

もちろん一応のハンデはある。

アサラギ隊長は前日からほとんど寝ていない。

もっともそれはあってないようなハンデだ。俺も付き合って寝てないし。

そして今日、俺はワムレア隊の教官の陣地でお手伝い。

これが終われば男女混合のお楽しみ慰労会だ。頑張ろ。

だが今年の模擬戦は例年と明らかに様相が異なった。

攻撃側のすべての班が組んだのだ。

班同士の戦いでもあるのに異例だった。

なーに考えてるのかねぇ。後でどこが落としたか揉《も》めなきゃいいけど。

「お、やっぱアサラギ隊長の陣が狙いかぁ。んん?」

すべての攻撃班がきっちりと等間隔にアサラギ隊長の陣地を包囲し、こちらでは新兵たちが戸惑い果てている。攻撃班が一切向かってこないのだから何もすることがないのだ。

通常は大物狙いの班はアサラギ陣を、着実な勝利を目指す班がそれ以外を狙う。防御側は陣を取られまいと次々攻め込んでくる攻撃班からの攻撃に耐え、返り討ちにするのだ。

それが今年はアサラギ陣以外は放置され、やれることがない。

「アサラギ陣を大将と考えれば応援に行くべきじゃないか？」

一度はそんな意見が採択されたが、アサラギ陣は完全に包囲されているし、こちらが動くといくつかの攻撃班が牽制してくるので動けない。

その異様な様子にワムレアの教官と笑ってしまった。

「盲点でしたねぇ」

攻撃側から相手にされないまま終了まで動けないとは。

こうなると我ら防御側には「勝つ」方法がない。

特例として、アサラギ陣営の応援にたどりつければ評価することも検討してみたが……

「助けに行きたいですけど、多勢《たぜい》に無勢《ぶぜい》ですしねぇ」

「あとはアサラギ隊長の班がどこまで耐えられるか、か」

他の教官と諦めた笑いを零《こぼ》す。

うちの新兵たちはもう一班の防御班との連携も考えたが、連絡のために陣を出ようとすると攻撃班が走ってきてそれもできなかった。そのまま攻め落とされる可能性を考え、うちの班はこのまま戦況に異変がないか見守ることを選ぶ。

落城されなければひとまず「負け」ではないから。

これは来年はやり方、変えなきゃだなぁ。

「取ったアアア！」

夕刻の暗さに目が慣れ切れないくらいの頃、雄々《おお》しい叫びが夕闇を割くように響いた。

あぁ、ついに。ついに無敗のアサラギ陣が落ちてしまったか。しかも雄叫《おたけ》びを上げたのは女性兵のようだ。

「次！　ルディ!!」

先ほどと同じ声の主の指示が飛ぶ。

は？

唯一高台にあるアサラギ陣営の櫓《やぐら》に目を凝《こ》らした瞬間、建物三階に相当するそこから一つの影が飛んだのが見えた。

刹那《せつな》、こちらへ突風が吹き込む。

まさか一気に飛ぶ気か？

目を凝《こ》らさなければ相手の顔が判別できない程度の距離はあるというのに。

しかも、ルディに補助をさせるとか。

アイツ、そんな器用なことできないから！　ケガするケガする！

危険を感じ補助に動いたその脇を、飛び込んできた影が軽々と越えていった。

「制圧！」

「――制圧！」

櫓《やぐら》の中に転がり込んだその女性兵が声を上げた直後、三つ目の櫓《やぐら》からも同じように制圧宣言が響く。

アサラギ陣営が制圧され動揺した一瞬の隙をつく形だった。

攻撃班はうちを女性兵とルディに任せ、アサラギ陣営を落とした瞬間から残る全員が三つ目の櫓《やぐら》に向かったようだ。

見事なもんだ。

班に分け、競わせるという趣旨を無視し三つの陣営を完全制覇。過程と結果が伴った形だ。

初日の明るいうちに班分け、作戦会議、人員配置をして、夜半から動き出すのがこれまでのケースだった。

まだ模擬戦初日、それも夕飯前の時間帯だぞ。

そして初めての三陣営完全制圧だ。

「どいつがこんなこと考えたんだかな」

思いがけない早い撤収に、楽しそうにアサラギ隊長やワムレアの上官たちは盛り上がっていた。

■　■　■

新兵の最終訓練の仕上げは三日間苦楽——っていうか苦痛だけを共にしてきた仲間と、上官や教官を交えての慰労会だ。

これはもの凄《すご》く盛り上がる。まさに無礼講。

ただ、実は酒を飲んでいるのは新兵だけだ。酒癖の悪い奴をあぶり出すのもこの慰労会の目的で、飲んだ勢いで馬鹿をやらかさないか目を光らせている。

最終試験は終わっていないのだ。

テーブルに並んだ料理を見やると、甘辛く味付けをした肉がどんどん減っていく。

「今年も大人気ですね」

酒を飲むふりをして果実水に口をつけるアサラギ隊長に声を掛けると、隊長は疲れも見せずにっと笑んだ。

「あんなに美味《うま》そうに食べてくれると夜通し準備した甲斐《かい》があるってもんだ」

「まったくです」

心から同意する。

訓練で限界まで腹が減っていることもあって美味《うま》いとしか思えないんだよなー。

皿が空になった頃、教官たちがニヤニヤし出す。

そして新兵に告げるのだ。

『あの肉、アサラギ隊長が徹夜で捌《さば》いて一夜干しにしてくださった蛇《へび》だぞ』と——

蛇捌《へびさば》くのめちゃくちゃ手間なんだよ。

そりゃハンデないとアサラギ隊長の班なんてテンション上がりまくりでレベルが違いすぎる。だけど、アサラギ隊長が徹夜したところでほとんど変わらないんだから、徹夜で蛇捌《へびさば》くくらいなら寝てくれよ、とみんなも言いたいんじゃないか？

そう思うのだが、相手はあの「アサラギ中将」だ。魔王討伐隊でカイル様とミランダ王女の背を守った人物。

みんなアサラギ隊長に傾倒しちまっているし、今は酒も入り気分が最高潮に達している状況下。顔色をなくす奴もいるが、たいてい「普通に美味《うま》くなかったか？」からの「アサラギ中将直々に調理？」とざわつく。

うちの隊長は中将は名義貸しだと言い張っているものの、魔王討伐隊での活躍は有名だ。そんな人物の手料理に文句をつけられるはずもない。

ショックを受けるどころか感激する子までいる。

ルディは目を丸くして自分の皿を見ていた。まだ皿に蛇《へび》が残っているのか。そりゃ気の毒に。

蛇《へび》を見て逃げ回って隊長に顔面をつかまれ、その後どんくさいことに毒蛇《どくへび》に噛まれて「痺《しび》れが痺《しび》れが」と大騒ぎしていたくらいだ。

さすがに王子様にはキツイだろう。

と思ったらパクリとそれを口に運び、それはしっかりと味わっていた。

……読めねぇんだよなぁ、あいつ。


宴もたけなわとなり、ここから一気にクライマックスとなる。

最後にアサラギ隊長が新兵を労《ねぎら》い、なんで蛇《へび》を食べさせたのかとか言うわけだよ。酒に弱い新兵が酔い潰れる前に、だ。

「戦時下の野戦ともなれば時として飢えに苦しむこともある。そんな時すでに蛇《へび》や虫を食べた経験があれば精神的にこれほど心強いことはない。お前たちはその時点で相手に勝《まさ》っている」的なやつを。

この頃になると酒に慣れない若者たちのテンションは完全におかしくなっている。

これまで散々きつい目に遭《あ》っているのに感動しちまうんだよなー。

まぁどれもちゃんと理由があってのことで、確かに理不尽なことはない。

教官たちの教え子たちへの思いやりだと言われれば、そういう気になるのかもしれない。

でも、十代の若造相手にこのタイミングでその演説はちょっと卑怯な気がしないでもないんだよな、毎年。

「己の道義に反するような命令が下り、悩み苦しむこともあるだろう。そうなったら人が一番死なくて済む方法を考えろ。それが一番後悔しない」

アサラギ隊長の立場では当然、命令に背《そむ》けとは言えない。

酔っぱらい相手だからこそ隊長は間接的にそれを言う。アサラギ隊長は、いついかなる時も兵を死なせないための訓練を施す。

それは国を守るための訓練に見えて、実は似て非なるものだ。

宴が終わり各々《おのおの》撤収するなか、新兵たちはアサラギ隊長に群がった。彼らにとっては普段はお目にかかれない憧れの英雄だ。話し掛けることも躊躇《ためら》われるような上官だが、今は酒が入っているし、隊長の雰囲気がそれを許している。

隊長は恐ろしいまでの人たらしなのだ。

レイナちゃんが話し掛けたそうにこちらを見ているのに気付き、アサラギ隊長が声を掛ける。彼女はアサラギ陣営とうちの二ヶ所を落とした今日一番の成績優秀者だ。

だというのに、レイナちゃんの班のポイントはゼロ。

模擬戦を終えるや新兵たちは地面に書いたハシゴくじ《あみだ》でどこが櫓《やぐら》を攻略した実績を取るか決めた。

団結を持ちかけるにあたり、はじめから協定があったという。

結局、後方で他の防御チームを牽制した班や制圧には直接関わっていない班が当たりを引き、レイナちゃんの班はポイントを逃した。

「びっくりするほどクジ運がないな。ルディとも同じ班だったんだろ？」

新兵は百人以上いるのに、と隊長はそれはおかしそうに笑った。

「自分は昔から本当にクジ運がないんです。ずっとなんだかんだ押しつけられていたので、今度こそ離れられると思ったのですが」

みんなの憧れ『アサラギ中将』を相手にここまで言われるとはルディ、本当にどれだけ迷惑を掛けたんだ。隊長もやや難しい表情になっている。

「クジ運がないのはまずいでしょうか」

突然不安になったらしい。レイナちゃんが助けを求めるように隊長の顔色を窺《うかが》う。

「これでお前がポイントを取っていたら恨まれただろうからな。ハズレくらいがちょうどいいだろうよ。妬《ねた》まれるのは面倒だろ。逆に運がいいと思え」

隊長の励ましに、レイナちゃんはほっとしたように表情をゆるませた。

「思いきりのいい襲撃だった」

そしてすかさず褒める。

さすが隊長。

ただ隊長がそう褒めると彼女は困ったように首をかしげた。

「ルディの案です」

さっきルディの班を担当した監視役の教官からそういう話は聞いたけど、マジだったのか。

団結を持ちかけ魅力的な条件を提示する。それをやんわりと提案したらしい。

ルディアス王弟殿下は戦略を学んでいたのか、そういや確認はしていなかった。そんな知識などないと勝手に思い込んでいたが、まずかったか。不公平が生じたかもしれない。

ルディから攻撃班全員で一点集中しアサラギ陣を攻めることが提案され、普段からリーダー格として知られる面々が他の班に声を掛けてまとめた。確かにそのほうが手っ取り早い。新参のルディが声を上げても誰も従わない可能性が高い。

そして「戦」となれば大将を落とすのは定石《じょうせき》だ。

模擬戦ではなく戦として考えるならば、レイナちゃんとルディの班は大きく貢献したが働きは認められず褒美はもらえなかった。ただし国は勝利した、といったところだ。

「そうか。だがルディに命を預けるのは無謀すぎだ。俺ならルディには任せない」

ルディは不器用なのだ。仲間の技量を見極めるのも必要な技術である。アサラギ隊長が真剣に苦言を口にし、レイナちゃんも頷《うなず》く。

「彼では上まで行けないと思いました」

辛辣《しんらつ》だなー。

でもレイナちゃんのその考えは正しい。気の弱いルディが防御班の兵を押しのけて上まで行くのはおそらく不可能だろう。

「私もルディほど強くはありませんが風魔法が使えます。怪我をする気はありませんでしたし、人の命がかかれば彼はできると判断しました」

真っ直ぐアサラギ隊長を見つめてレイナちゃんは断言した。

合格。隊長はきっとそう判定しただろう。

「あいつを捻《ね》じ込《こ》んだのは俺だ。ここの隊員には最終訓練前に要らん苦労をかけることになった。が——」

「はい、いい経験になりました。ルディがいなければ、きっとアサラギ中将とお話なんてできなかったと思います」

レイナちゃんはそばかすの浮いた顔にやっと晴れやかな笑みを浮かべる。確かにそうだ。ルディが毒蛇《どくへび》に噛まれなければ彼女の存在に気付かないまま終わったかもしれない。

「どうやったって功績を妬《ねた》む奴が出る。ただし、女だからという理由でお前の実力が無視されるのは国の損害だ。そういう時は今日の教官に相談しろ。彼らは信頼できる。性別を理由に何か被害損害を受けるような時は言え。こっちまで報告も上がる。向上心は許しても妬《ねた》みで理不尽をはたらく奴に消耗されるな」

「はいっ」

アサラギ隊長は真っ直ぐレイナちゃんの目を見てそれを告げ、彼女はしっかりと答えた。

「ルディを噛んだ蛇《へび》、おいしかったです」

最後にレイナちゃんはそう言ってきれいな敬礼をして下がる。

レイナちゃん、キミ恐ろしくお酒強いでしょ。今日は朝から休めたとはいえ昨晩の疲労の残る状況で酒飲んでヘロヘロで倒れている奴もいるのに、なんでキミは平然としてるんだよ。

そしてもう一人、ケロッとした奴がいた。レイナちゃんとの話が終わるのを脇でうずうずしながらずっと待っていた。王族生活というやつで酒に慣れているのかもしれない。

「隊長！　多勢に無勢の攻防、さすがでした！」

嬉しそうに駆けてきたルディが、キラキラと興奮した瞳で隊長を見る。ルディはいつもそうだ。なおかつ今日の隊長の演説や、さっきのレイナちゃんへの言葉がそれに拍車をかけたらしい。

ひどく胸を打たれたようで、いつもより勢いと熱が凄《すご》い。興奮しきった犬みたいだ。

「パンの原料も蛇《へび》がおいしいということも知りませんでした。蛇肉《へびにく》、とてもおいしかったです。ありがとうございました。ごちそうさまでした」

「……おう」

珍しく隊長の読みが外れたらしい。

なぜか王弟様は蛇《へび》を大層お気に召したようだ。これまで極限まで空腹を感じるなんて経験なかったせいか。

それとたぶん、平民は普段から蛇《へび》を食べているもんだと思っている。根本的に間違っている。本当に残念な王子様だ。

隊長がなんとも言えない表情で応じた。意地悪しようとしたわけじゃないんだろうけど、目論見《もくろみ》が外れたいじめっ子みたいな顔というか。

まぁ、後になって思うよ。

まさか蛇料理《へびりょうり》で胃袋つかんじゃうとか思わないよなって。

だいたい隊長がしたのは下ごしらえだけで、味付けとかの調理は官舎のおばちゃんたちだっつー話だし。

翌日。ルディがワムレアを発つ際には二日酔いを免れた新兵が見送りに集まった。二十人くらいか。そりゃ、あれだけ飲めばなぁ。

ルディは年下の彼らからなぜか「しっかりやれ」「お前はやればできるから」「落ち着いてな」と叱咤《しった》激励されている。

レイナちゃんからは「ここでできたんだから。ちゃんと人の話を聞いたら他でもきっとできるから」と言い聞かされていた。お母さんかな。

「はい！　ありがとうございます！　大変お世話になりました！」

ルディは集まった面々にハキハキと答え、一礼して大きく手を振る。

軍に入ってはじめに叩き込まれるのは礼儀だが、ルディは意外とそれができていた。姉であるミランダ陛下の日頃の指導の賜物《たまもの》らしい。

加えて、罰であることを理解しているのか王族であることを鼻にかけることなく、自分が一番下っ端である自覚も持っていた。

そんなルディに若者たちはやれやれと困ったような、心配するような、なんとも微妙な半笑いを浮かべる。まるで天然の弟の出発を心配するみたいな顔だ。

ルディ……お前どんだけだよ。

4、だいぶ前から決めていた

ワムレアの訓練から戻ったルディは訓練に対する姿勢を少し変えた。

自ら参加しているという意思を感じるようになり、そうなると徐々に技術の進歩が見られる。

もともとルディは魔力が強い。基礎体力は充分備わり、剣術体術もそれなりに見られるようになった。そうなると体力勝負のうちよりも、魔術特化部隊のほうが素質が活《い》かせると結論付けられる。

「アイツ魔術特化部隊のほうが合ってるんじゃねぇか？」

訓練中にルディを眺めながら横にいる女王に進言した。

「そうだな」と返され、話がつく。実にあっさりとしたものだった。

これでやっとお役ご免だ。

「センパイには面倒をかけて悪かったな。弟の教育は本来、家族がすべきなんだが――」

人を先輩と呼びながら偉そうなのはもう諦めたが、珍しく女王が殊勝にもそんなことを言って顔をわずかに曇らせている。思わずふーと大きなため息が出た。

王族の教育なんて周りの臣下がするもんだろう。それに――

「お前、十五歳で入隊してずっと軍にいたろうが。どこにそんな暇があったよ」

「その結果が馬鹿な弟と向こう見ずな妹の犯罪行為だぞ。嫌になる」

女王の父親である前王は微妙だった。可もなく不可もなくというか。

だから彼女が魔王討伐後、父親を退位させて王の座に就きすべてを一手に引き受けたのだ。そして国のため尽力を惜しまない、いい王になった。

それなのに身内からこんな面倒を起こされれば嫌にもなろう。

そりゃ女王が参加する訓練で毎度弟、妹を心行くまで転がし倒すのも仕方ないわな。

「リリアはまだセンパイの隊《こっち》の訓練に参加させたいんだが」

「ああ、嬢ちゃんは肉弾戦のほうが向いてるだろ。それでいい」

「恩に着る」

「そう思うなら隊長一本でやらせろ」

中将とか面倒で責任が重いのホント嫌なんだけど。俺はゆくゆくは現場で教育者をやりたいんだ。

「私を見捨てるのか？」

片方の口角を上げて何やら楽しそうに笑む姿に、再度嘆息した。

数日後。第一副官ファウストに異動を伝えさせた日の晩のことだ。

「隊長、見捨てないでください！」

執務室で先月の収支報告と予算表を見比べていると、ルディが飛び込んでくる。

「ノックぐらいしろ」

マジで。お前は王族だろうが。ノックもなしにドアを開けられたら、お前どう思うよ。姉貴と同じようなこと言いやがって。

上官の執務室の入り方じゃない。本来なら蹴り倒してもいいところだが、もう手が離れると思うと立って殴るのも面倒になった。

「あっちのほうがテメェの特性を活《い》かせる。もう陛下から許可も得て配属先も決まっただろうが」

というか、明日からそっちに異動だ。前日になって上の決定に逆らうな。逆らえると思っているところが甘い。自分はそれが許されると、この期《ご》に及んで思っているのか。

縋《すが》るような必死な目に苛立《いらだ》つ。なんでそんな顔をするのか理解できない。毎日どつき倒してやったのに。

女王がこの弟を今後どうするのか、このまま軍に置くのか王城に呼び戻して仕事でも与えるのか知ったこっちゃなかった。

「なんでもします！　まだ隊長の所で学びたいんです！」

ガキかよ。机の前ではなく椅子の横にまで来て必死に訴えかけるようなそれは、まさに子供がワガママを言っているようだ。

「なんでもなんて、簡単に言うんじゃねぇよ」

腕を伸ばし胸倉をつかみながら立ち上がって吐き捨てる。それだけでは収まりがつかず、執務室の奥の小さな仮眠室にそのまま押し込んだ。

そして「下、脱げ」と言ったのは命令だ。

わりとはじめの頃から好意を寄せられているのは知っていた。

それに気付いた時から最後はこうなるかもしれないとは思っていたし、そうなったら躊躇《ためら》わず実行すると決めていた。

「まずこうやって中を清浄魔法できれいにするんだ」

ルディの薄い腰に手のひらを当て中を清める。

おどおどとズボンを脱いだものの下穿《したばき》を脱ぐのを躊躇《ためら》うから強引に脱がしてやる。ルディのムスコが「元気です！」とわんぱく小僧が力こぶを見せつけるように飛び出した。

いやもう本当に「子供の腕かよ」みたいな。亀頭も幼児の握り拳くらいありそうだ。

顔に似合わねぇもんぶら下げやがって。

ていうか、なんでもう微妙に勃《た》ってんだ。あわあわしながらも元気じゃねぇか。

命令で剥《む》かれて喜んでんじゃねぇよ。

自慰のために常備しているローションを軽く手のひらに落とし、簡易ベッドに四つん這いにさせたルディの後孔に塗《まぶ》す。

隊長職に宿直はないが、なんだかんだ仕事で遅くなることも多い。家族がいるわけでなし、官舎に戻るのが面倒なこともあってそのまま寝ることがままある。

よって官舎とここにはローションを置いていた。どうせこの部屋に入るのは俺だけだ。

「たい、ちょ」

きれいな面《つら》の男はそこまできれいなんだなー、なんてどうでもいいことを考えながら戸惑う声を無視して丁寧《ていねい》に拡げていった。

「しっかり解《ほぐ》さないと痛いし怪我するからな」

「や、たいちょ、まっ！　ひぅっ！」

尻が震えているのは怯《おび》えなんだろうが、ギンギンに勃《た》ったちんこがピクピクと震えているのはどういうことか。期待に震えているようにしか見えないんだが。

腹側の内壁を指の腹で柔らかく撫《な》でながら、兆《きざ》したちんこをローションで濡れた手で握った。その直後、後ろに入れた二本の指が引き絞られる。

「あッ、イっっ！」

……嘘だろ。ちんこ握っただけで達《イ》きやがった。

はっえぇなぁ。

「触られたことねぇのかよ」

「あるわけない、じゃないですかっ」

噛みつくように振り返った目は涙目だ。

マジかよ。お前いくつだよ、二十超えてたよな。女王、アンタんとこの性教育はどうなってんだ。

いや、あの女は人前でしょっちゅうバドルスのおっさんを襲っているからコイツが特殊なのか。

「こういうのは、将来を誓った想い合った人としかぁぁぁぁ！」

「ガキみたいなコト言ってんじゃねーよ」

なんか青いことを言っているので達したばかりのちんこを乱暴に扱《しご》いてやった。

「やめっ、いやむりぃぃっ、イッったトコで、イったトコですぅぅ」

腰を引いて逃げようとするのを肩で押さえ込み、後ろに入れた指でさっきより強めに中を撫《な》でる。

「あぁぁっ！　たいちょ、ムリですっ、おかし、おかしくなるっ、たすけ、また、また、あ、あ、あッ」

「腰振りながら何言ってンだ」

枕を抱え込むようにして顔を隠し「ん、ん、ん」と必死に声を抑える若造のちんこはもう復活していた。さすが若い。

太さも長さも一級品。おきれいで儚《はかな》げな顔には不釣り合いなデカブツ。まぁ色はまだきれいなもんだけど。

亀頭の下のくびれをごしごしと指でなぞる。何をしても反応がよく、やりがいがあった。

「うあ！　そこ！　そこダメっ、ダメでッ」

また勝手に暴発されてなるものかと根元をしっかりと握る。

「イダ！　いたいぃっ」

血管が浮いた陰茎がびくびくと大きく脈動した。本当に腹が立つくらい立派だ。

「ここ覚えろ。この前側の所な」

粘膜の壁の中に他とは少し感触の違うしこりを見つけ、跳ねる体を軽く押さえながらはじめは優しく撫《な》でた。

「なななんです!?　これっ、こわい。たいちょ、こわい、そこ、ヤバいっ」

おーおー、いっちょまえに「ヤバい」とか言うようになったか。お上品なことばっか言っていたら舐められるから、それがいい。

「男はここでも気持ちよくなれるんだよ。こっちにハマったら、ちんこでイくよりいいって奴もいるし、こっちいじんねえとイケねえ奴もいるからな」

「ぃや、こわ、こわい」

ぶるぶると頭を横に振って拒絶しているが——

「想像したか？　すげぇ硬くなってるけど」

剛直というにふさわしいデカブツの先端からとろみのある雫《しずく》が零《こぼ》れた。へこへこと腰を振るもんだから何度も糸を引いてシーツに落ちている。

「たいちょ、たいちょ、もうっ」

「あ？　もう欲しいのかよ。堪《こら》え性《しょう》ねぇな。まだはえぇよ。あせってやると切れて流血沙汰ンなるぞ。しつこいくらい時間かけて拡げてやるんだよ」

物欲しげに揺れるケツを叩く。

「んンっ！」

また後ろが締まった。

「叩かれて締めてんじゃねぇよ」

痛みに体が反応するのは仕方のない自然反射なのだが、詰《なじ》るように言ってもう一度、白く滑らかな尻をはたいた。

「んぁっ！」

少しは筋肉がついて硬いのに、なんでこんなきれいな尻なんだよ。萎《な》えるわ。

「おら、指三本入ったぞ。最低でも三本が入るまでは拡げろ。相手のちんこが大きい時は特に指開いて拡げるんだ。ま、こんなもんか」

すっかり柔らかくなった王弟様の穴から指を抜き手に清浄魔法を施す。四つん這いにしていたルディの体は崩れたが、それをひっくり返した。

「おら、こっからだぞ」

「たい、ちょ……」

愕然《がくぜん》と目をみはっているわりには、陰茎は腹につくほど反りかえったままだ。犯されようとしているのに抵抗を見せないルディに内心舌うちしたくなる。

軍人にしては白く細い体にのしかかった。

「きもちいっ、きもちいっ、あぁッ、すご、だめだめだめ、たいちょ、たい、ちょ」

必死でシーツをつかみ、息を荒くして俺の下でもだえている体を見下ろす。

「もっと奥、奥、ほし」

「テメーで動くんだよ」

懇願を冷たくあしらう。

言われるまま動きはじめた腰の動きは、最初こそたどたどしかったがすぐに要領を得たらしい。激しく腰を突き上げ、貪欲《どんよく》に奥まで攻め込んでくる。快楽に従順な若い体は本能のまま次々とその使い方を習得していく。

こんなおっさん相手に気の毒なことだ。

「奥でぐりぐりする、の、すご、あ、も、イッ……」

達する気配を察し、ぬかるむ接合部の竿を握った。

「勝手にイってんじゃねぇよ。こっちはまだだろうが」

中の雄を後孔で締めつけてやると、ルディがまた派手に喘《あえ》ぐ。

ぶち込まれる気満々のドMの王弟様のちんこは凄《すご》かった。

許可も得ずルディの陰茎を俺の後孔に挿入した瞬間、ルディの目が零《こぼ》れ落《お》ちるのではないかと心配になるほど見開かれた。

掘られると思ってたんだろうが、俺は棒はしないんだよ。

こんなもの強姦だ。

まごうことなき強姦行為なのに、コイツすんげぇ勃《た》ってるし、ずっと期待しまくりの目で見てくるんだよ。

幸か不幸か罪悪感もねぇわ。

生の肉棒はすげぇ久しぶりで、なおかつこんなサイズを受け入れるのはおそらく初めてだ。引きつるような痛みがあったが無視し、ルディの混乱のおさまらないうちに自慢の腰遣いで攻めてやった。

熟練のおっさんの手管《てくだ》と軍人の体力だ。素人《しろうと》にはたまったもんじゃないだろう。

「だめ、イッ」

まさしく瞬殺だった。

乳首をぐりぐりとつねり萎《な》えた陰茎を内壁で握るように締めてやると、すぐに復活する。ちょろいもんだ。中に出されたそれを潤滑油代わりにすれば痛みよりも快感が勝った。

ルディがベッドに手をつき苦労して上体を起こすと、質の悪いベッドはギシギシと耳障《みみざわ》りな悲鳴を上げる。騎乗位から対面座位の姿勢に移れば上半身の距離がぐっと縮まった。

俺のほうが身長が低いとはいえこっちは筋肉質。細い王弟様には重いだろう。

長い腕が背後に回り薄い胸に引き寄せられた。抱きしめられ口元が寄せられる。それを躱《かわ》し、より奥に先端が当たるように腰を振ってやった。

「ンぁ！　すご、おく、すご、当たって、ます！」

ああ、気持ちがいい。

もっと、とこちらも貪欲《どんよく》に奥の壁を丸い先端で抉《えぐ》るように腰を遣う。

「あ、ダメ、たいちょ、すご、またイッっちゃ、これ、イッちゃいますっ」

涼やかな眉は耐えるように硬くひそめられている。ルディはイくと言いながら、こちらの動きに合わせるようにリズミカルに腰を突き上げてきた。

タイミングがぴったりと合い、より奥を打たれるような強烈な快感がたまらない。自分のちんこも扱《しご》きたいが、それをするとこっちがすぐに果てるのが目に見えていて耐えるしかない。

ああ、これはメスイキするかな。

「たいちょっ、たいちょぉっ」

上官に達することを禁じられ絶頂の許しを請うているのか、悲痛なほどの声で縋《すが》りつくように呼ばれる。

ああ、ベッドがきしむ音が酷《ひど》い。うるさい。気になる。

気が逸《そ》れた一瞬をつかれ顔が寄せられる。そのままかぶりつかれそうになるが、ルディの乳首をつねることで免れた。唇を許す気なんてさらさらない。

「もうダメ、イきた、イきたいです、イかせてくださ」

「ああ？　もう限界か？　もっと気張れや。若いんだろーが」

「たいちょ、キス、キスさせてください、キスしたい」

思わずハッと鼻で笑った。

「うっせーよ、テメェは相手をイかせようって気はねぇのか」

受け身のセックスしてんじゃねぇよ。こんな時まで王族かよ。

ギッギッとベッドがきしみ、律動ごとにベッド自体が壁に当たってゴツゴツとけたたましい。苛《いら》つく。雑音に神経がかき乱される。

また気が逸《そ》れた隙をつかれ、ルディの乳首を潰していた手を取られて脇へ遠ざけられた。

こっちの意識が散漫になった隙を見破るのだけは長《た》けてやがる。

腕をルディの背後に引かれ上半身が近くなり、反対の手を首の後ろに回され引き寄せられる。懲《こ》りずに口を寄せられ、すかさず頭突きを見舞った。

「その気はねぇ」

割と本気で食らわせて睨《にら》みつける。

大騒ぎするかと思いきや、ルディは痛みを堪《こら》えるように眉根を寄せた後、少し姿勢を正し、射貫くような強い眼差《まなざ》しで見下ろしてきた。身長でマウント取ろうとしやがって。

「こんなことするのにキスは嫌とか、どっちが子供なんですか」

それまでの翻弄《ほんろう》され乱れた様相は鳴りをひそめ、低くはっきりとした声に変わっている。俺はもう一度鼻で笑ってしまった。

「イかせてもらってばっかの奴が偉そうに言ってんじゃねぇよ」

「分かりました」

きれいな青い目に剣呑《けんのん》な光が走る。来るか？　望むところだ。

後方に倒され正常位で中を穿《うが》たれる。若くて経験のない男特有の力任せで乱暴な突き上げだ。

馬鹿にした気分でいると、体を起こしたルディが突き上げる角度を変えた。

しつこく教え込んだ胎内のしこりをごりごりと堅い先端で削《けず》られる。

「……っ」

ふーふーと荒い息で声を堪《こら》え、腰の横のシーツを力いっぱいつかんで強悦に耐える。つかみすぎて震える拳に手が重ねられるや、つなぐように耳横に縫い止められた。

性懲《しょうこ》りもなく唇を寄せてくるのを顔を背《そむ》けて拒否する。代わりにこっちから腰を押しつけてやった。

ルディは拒絶に傷付いた顔をしたが、それならばとでも言うように肩口に顔を突っ込んでくる。首すじや鎖骨に食《は》むように口付け、舐めるように吸った。

「つは……」

無意識に小さな吐息を漏らしてしまう。首回りは弱いんだ。

「痕《あと》つけんなよ、ブチ殺すぞ」

コイツはこういう行為の最中、相手の肌に痕《あと》をつけることも知らないのかもしれない。そんな軽い吸いつきだったが念のため言う。

「好きです」

真摯《しんし》な声は聞き間違いかと疑うほどに小さかった。

聞こえなかったことにする。

つながれた手が解放され、肩の下に腕を回された。両腕で抱え込まれるように強く拘束される中、一打一打が強く深く叩きつけられるように突かれる。ベッドがガタンガタンとこれまでで一番うるさく鳴く。

「……んっ」

思わず小さな声が漏れた。くそ。

あークる。これは、凄《すご》いのが来る。

前立腺をしつこく捏《こ》ねられ昂《たかぶ》った快感の塊《かたまり》を感じる。さっきの実地の成果か。早速、実践してくるあたりは見込みがあった。

もうすぐにでもイきたい気もするが、これほど高められた状態でこんなにデカいものでイかされるのはヤバいという怖れも感じる。

固く抱きしめられ密着した腹の間で俺のちんこが翻弄《ほんろう》されイけそうだが、異常なほど激しい突き上げに前で達する余裕がない。何より前だけでイくには惜しい気になっている。

ああベッドがうるさい。自由になった手の行き場がない。

反射的に自分に覆い被さる白い体に手を回しかけるが己を戒《いまし》め、体側に腕を下ろしてまたシーツをつかんだ。

そこへ耳元で再度繰り返される、切実で若く青い戯言《ざれごと》。

「好きです」

うるせぇ。ふざけるな。

カイルに岡惚れしてアイツが囲っているオークに危害を加えた奴が何を言うのか。

この国の安全を左右するオークに手を出すほどカイルに惚れていた奴が、簡単に相手を変えてんじゃねぇよ。くそが。

そんな簡単なモンで命張らされる兵のことを考えたことがあるのか。

ガツンとハマるような感覚は胎内なのか脳みそなのか。集約された強悦がその瞬間弾けた。ぐっと奥歯を噛みしめて声を殺しながら、腹の中のこれまでに経験のない強烈な波に耐える。

全身の痙攣《けいれん》が止まらず、腹が勝手に若い雄を締めつける。

ああ、すげぇ。太い。いい。

これが想い合える相手だったらもっと凄《すご》かったのだろうか、と。そんなことを妙に冷静な頭で考えた。

「……っく」

ルディの最後の呻《うめ》きは意外と小さかった。もう一度大きく息を吐いてルディが崩れる。

人の上で完全に脱力すんじゃねぇよ。

互いの汗を間に感じつつ胸元に頬ずりされた。毛の生えたおっさんの胸に何をしているのか。

後を引く絶頂で働かない頭は突如この若い男に憐れみを覚え、俺は奴の肩の後ろをぽんぽんと叩いていた。多少は筋肉もついたがまだ薄く、骨ばった肩だ。

叩いたのは退《ど》けの合図でもあったのに、空気を読まない若造にしがみつくように抱きしめられた。

「お前ずいぶんここにも馴染《なじ》んだよな」

「はい、皆さんにとてもよくしていただきありがたいです」

ここに来て半年以上経つ。ルディはずいぶんと隊に馴染《なじ》んだ。

武骨なルールでの食事にも慣れ、生き生きしている。世間知らずの王弟様は無邪気とも言える様子で笑う。同意もなくあんなことをされた後なのにおめでたいことだ。

「そうか。戦や内乱が起きて、もし敵が城まで迫ればうちの隊が一陣を切る。その頃にはもう多くの部隊が潰れているだろうし、そこまで攻め込まれてるならうちの隊も下手すりゃあっという間に全滅だ」

ズボンを穿きながら極力淡々と述べた。話に脈絡なんかないし、いつの間にか全裸になっているルディに目を向けることもしない。

こうすることは、コイツから好意を寄せられていると気付いた時から決めていた。

「俺らとお前は違う。俺たちは最前線に出て、お前は一番奥だ」

最奥にて守られる存在だ。

「全滅ってのはな、今日一緒に飯を食った連中が全員死ぬってことだ」

分かるか。

そこでやっと簡易の寝台を振り返り、大きくみはられたルディのきれいな青い目を見下ろした。

自分がどれだけのことをしでかしたか、その重大さを理解できればいいんだが。

言葉を失い血の気をなくした顔で動かない間抜けな様《さま》を晒《さら》す若造を放置し、シャツを手に部屋を出た。

「寝た直後に突き放すなんてクズいですね」

部屋を出るなり、第一副官のファウストが書類仕事から顔を上げることなく言う。責める色は見られない。揉《も》めてお互い暴力行為やら破壊行為とかに出るとまずいから防音魔法は展開しなかった。声は筒抜けだったはずだ。

「それも気に食わない相手と寝るとか、趣味まで悪いです」

嫌そうに言われた。本気で趣味を疑われているんだろう。まぁ自覚はある。

「隊長が突っ込んだんですか？」

恐る恐る問うてくる第二副官のセカドに、シャツを着ながら鼻を鳴らす。

「んなワケねぇだろ」

あれは棒であって穴じゃねぇ。

でも確かにあの喘《あえ》ぎ声《ごえ》じゃそう思うわな。ずっとあいつ一人が派手に喘《あえ》いでいた。

「今晩は外泊するわ。悪いが施錠頼んでいいか？」

隊員には有事に備えその所在を明らかにする決まりがある。

通達事項として告げると、セカドが両手で自分の胸元に巨乳を作って片眉を上げ「これですか」みたいな顔をした。察しのいい実に優秀な副官だ。ハンドサインに頷《うなず》いて返す。

「お疲れ様でした」

「おやすみなさーい」

ファウストの施錠を了解したであろう返事とセカドのゆるい労《ねぎら》いを聞きながら詰め所を後にした。

こういう日はおっぱいだ。おっぱいに癒《い》やされたい。白くて柔らかくてふわふわでいい匂いのする希少な癒《い》やし。おっぱいを抱いて寝るんだ。

行きつけの娼館を訪れると、幸運なことに馴染《なじ》みの女のコが空いていた。

二人でベッドに入り横になった瞬間、じくじくと腹の奥が鈍く痛む。若くそびえたつような立派なちんこをつい奥まで受け入れ、煽《あお》りに煽《あお》って激しい突き上げを許してしまったせいだ。

回復魔法で痛みを治めることもできるが——何もかもが億劫《おっくう》でそのまま放置し、柔らかい体をかき抱くようにして寝た。

■　■　■

娼館へ行くという隊長を送り出した後のなんとも言えない沈黙の中、第一副官のファウストと二人で事務作業をしていた。そこへ仮眠室を出てきたルディが動揺したように固まる。

まさかここに俺たちがいるとは思っていなかったんだろうなぁ。

しょうがないじゃん、お前が帰らないとこの部屋の施錠できないんだからさ。

「あの、アサラギ隊長は……」

「薔薇《ばら》の館だ」

ファウストが淡々と言った後、理解できていないルディに言い直す。

「娼館だ。今夜は帰らないそうだが何か用事か？」

ルディは「え、え」と小さく戸惑いの声を上げた。

そりゃ市井《しせい》の娼館なんて馴染《なじ》みがないし、どういうジャンルの店か分かりにくいよな。

混乱しているルディに「女のコがいるお店だよ」と補足してやったが、これはこれで追い打ちか。

言った後で気が付いた。

ルディが隊長に恋愛感情を抱いているのは隊員全員が知っている。

「ドMにもほどがある」そうみんなしてニヤニヤと時に生ぬるく観察する日々だった。

その想《おも》い焦《こ》がれてやっと抱き合った相手が直後、別の人間、それも女性のところに行く。

ルディはそういう生々しいのに免疫ないだろうな。童貞だっただろうし自尊心はズタズタ、精神もぼろぼろなんじゃなかろうか。大丈夫かね。今後の恋愛やら性生活やらにも影響すんじゃねーかな。

「えと、お仕事とかですか」

「まさか。慰《なぐさ》めてもらうんだろう」

現実を受け入れられない様子のルディに、ファウストが小さく鼻で笑ってから冷たく言い放つ。

こっちは戦々恐々なんですけどー。

ルディがブチ切れて魔力全開で暴れたらどうしよう。いつでも対応できるよう神経を張り詰めているっていうのにファウストは煽《あお》り倒《たお》す。

「隊長は女性には紳士だからな、とてつもなくモテるんだ。いつも娼婦同士で取り合いになる」

いやもうホントその通りなんだけど、そこまで言うか？

「……そういうこと、けっこうあるんですか」

震えながらもルディは食い下がった。ホント謎に根性あるな。

「まぁ隊員を相手にするのは問題だからな。もっぱらプロか、俺たちか」

あー、それ言っちゃう？　ファウストの発言に内心、天を仰《あお》いだ。

「隊長の夜を慰《なぐさ》めるのも副官の仕事だからな」

「――っ!!」

あからさまであけすけな言葉に絶句したのはルディだけじゃない。

こっちも緊張マックスだ、馬鹿ヤロウ。

ただ、ここで動揺なんて見せようものなら後でファウストに冷たい目で詰《なじ》られるだろうから、なんとか隠しきった。

「二人で朝まで相手する時もある。なぁ？　セカド」

俺を巻き込むなよ！　とは思うものの、事実だ。

「ああ」

確かに三人でって時もある。それもけっこうな頻度で。誰かさんのおかげで最近は特に多かった。

事実は事実として認め、努めて平静を装《よそお》ってそれだけを答えた。

「明日からは魔術特化部隊に異動だったな。お前にはそっちのほうが合っているだろう。励めよ」

それは一見激励にも感じられるが、ルディのほうを一切見ようともしない、完全に突き放したものだった。ファウストは実は隊長至上主義で信奉者だ。

こえぇよ。相手は王族とか関係ねぇのかよ。

この世の終わりのような顔を見せたのを最後にルディはうちの部隊から異動し、隊舎も演習場も違う彼を見ることはなくなった。

隊長の本来の肩書は中将だ。

その補佐である俺やファウストも業務上ルディの近況はしょっちゅう耳に入った。

アサラギ隊《こ こ》でしごきにしごかれたルディは魔術特化部隊でも精進しているらしい。王都で軍に属しているのであれば、そのうち何かの任務で会うこともあるだろうと思っていたが……

半年くらい経ったところでルディは治安の悪い僻地《へきち》部隊への配属が命じられた。

本人の希望で、当然ミランダ陛下も許可して単身で所属するという。そりゃ僻地《へきち》に異動だからといって護衛がつくなんてありえないから正しいんだろうけど。

カイル様のところのオークのハルさんのおかげで魔族の問題はすっかり減ったものの、そうなると次は性質《たち》の悪い人間が台頭してくる。人間相手っていうのは時に魔族相手より精神的な面でしんどいことがあった。

だからそれを知った時は――

は？　嘘だろ。それはさすがにちょっと。そう思った。

そして隊長はあれから娼館通いが少し増えた。

まあ、疲れた時はにゃんこ触りたいよな。

隊長は無類の猫好きだ。

でも隊舎暮らしで飼えない。というのは建前で、仕事で留守にするのが心配で、そして先立たれるのが怖くて飼えない。

それでも触ったり一緒に寝たりしたいから猫のいる娼館に行く。たまたま居ついた猫らしいけど、運がよかったら部屋に入ってきて一緒に寝てくれるらしい。

そのためだけに宿泊コース頼んじゃうんだぜ！

高額メニューなのに！　猫に会えずに終わる日もあるのに！　値切ることもなく正規の値段をポンと払っちゃうんだぜ！

正直信じらんねぇ。やっぱ高給取りは違うわ。

隊長はおっぱいでも癒《い》やしを感じられるらしいけど、性行為の相手は男だけだから、文字通り娼婦に添い寝してもらうだけ。

それに大枚をはたくという潔《いさぎよ》さ。ある意味カッコよすぎる。

そりゃ娼館のお姉様方から引っ張りだこだわ。隊長争奪戦になるわ。

足繁く通っていたおかげでちょっと猫が懐いてくれたらしい。夜、猫が来ることが多くなったと喜んでいる。

……隊でも猫飼えねぇかなぁ。

5、武闘会優勝のご褒美

この国では年に一度、武闘会と称される技術披露の大会が開催される。

ルディアス王弟殿下がその大会に出場すると発表されるや、国内にどよめきが走った。僻地《へきち》部隊に配属されたことは知られているが、これまで王弟は飾りのように女王の横で立っているばかりの見目がいいだけの人物だと思われていたんだから仕方ない。

「センパイ、どれだけ拒絶したんだ」

大会当日、主催者として盛装で特等席に座る女王は、主語を省きニヤリと実に生き生きと嫌味な笑みを浮かべた。我らが女王様は今日も楽しそうで何より。

遠目で見たらきれいな女なのに、近付くととんでもない性悪顔で笑う筋肉女だ。まぁ実に大雑把《おおざっぱ》で付き合いやすい人間でもあるんだが。

「優勝のお強請《ねだ》りはお前と会話する機会だと」

女王が鼻で笑う。まるで「青いな」とでも言うように。

まったくだ。同意しかない。

居場所は分かっているんだ。その気になればこの機会に勝手に面談に来られるだろうに。それを女王も分かっているのだろう。

「勝手に決めてんじゃねぇよ。で、勝算はどんなカンジで？」

もとは女王が勝手に押しつけてきた案件だ。僻地《へきち》配属と同時に俺はルディに関わることを拒否した。後は女王《そっち》がやってくれと。だから今日どれほど勝ち進むのか今一つ見当がつかない。さほど興味はなかったが、話の流れで砕けた口調で問うた。

「優勝するんじゃないか？」

女王はつまらなそうに答える。

そんなことだろうとは思っていた。

うちの隊から魔力特化部隊へ異動したのち、僻地《へきち》部隊にて一年近く。腹が立つことに王弟のめざましい成長の情報は聞く気がなくとも次々入ってきた。

プレートアーマーが功を奏したのか否か、うちで筋力と持久力をつけた身に魔術併用の戦闘の仕方を一から叩き込まれている。そして他の隊員と同じ扱いでの僻地《へきち》配属。実務経験も多少は積んだだろう。

妹のリリア姫と同じような性質を持つのであれば、それを使いこなせるようになった今、奴はどれほど化けたのだろう。考えるだけで恐ろしい。ただリリア姫は天性の感覚の持ち主だったけどあいつは抜けているからなぁ。

「あ？　そういや嬢ちゃんは出ねぇんだな」

ふと今になって気付いた。

「アレが出たら最有力優勝候補になるぞ。兵の心を折るわけにはいかんだろ」

それもそうか。嬢ちゃんは今ではすっかりカイルの一番弟子みたいなもんだ。

「アレは国《うち》の隠し玉だ」

珍しく紅をひいた女王は、その唇をニッと吊り上げて笑む。

確かに大っぴらにすることもあるまい。大の男に交じって剣を振り回し魔王を倒した英雄にも踊りかかる恐ろしいお姫様などと知れ渡れば、嫁のもらい手がなくなる可能性もある。

そして始まった今大会は例年になく激しく、実に鬼気迫るものとなった。

死刑宣告かともとれる女王の宣言に出場者が目の色を変え、全員が死にものぐるいで戦った結果だ。過去に例を見ない負傷者続出の過酷なものだった。

それを制しての優勝。ルディの実力は本物だと皆、認識したことだろう。

「さすが女王」

思わず皮肉が口に出る。

やり方がうまい。

これなら皆がルディを「王族だから優勝した」と軽んずるのを抑えられる。

満身創痍《まんしんそうい》になりながらも文句のつけようのない見事な優勝だというのに、ルディはその後、カイルによってボロ雑巾《ぞうきん》のようにされた。

バドルスのおっさんに目で促され、俺は闘技場の端に惨《みじ》めに倒れたままのルディの状態確認に向かう。

「頑張ったほうじゃねぇの」

顔の上で組んだ腕で目元を隠したルディの横にしゃがんで告げる。

カイル《アレ》は無理だって。アイツこそバケモンだ。

「次は勝ちます」

「戦だったら次なんてねぇんだよ」

銀髪の頭をはたいた。

これは優勝のご褒美になるんだろうか。中途半端な優勝だ、このくらい微妙なご褒美がお似合いか。

「立てるな」

確認ではなく断定。言外に立てと促す。

見たところ立てるはずだ。

ルディの股間も落ち着いている。一安心だ。憧れのカイルに大衆監視のもとボコボコにされ、もしや勃《た》っているのではないかと不安だったんだ。

これ以上ここにいるのも酷かと腰を上げ、両腕で大きく丸を作って見せてから女王のもとへ踵《きびす》を返す。こうしておけばルディ本人が手助け不要と主張したと受け止められるだろう。

……なんか、「勃《た》ってませんでした」の丸みたいじゃねぇか?

ふと気付いて本当に嫌になる。

そうして大会を台なしにしたと詫《わ》びてくるオークさんと話していると、カイルに剣を向けられた。剣を投擲《とうてき》した奴の手加減のなさに嬉しくなる。口元が笑みに歪《ゆが》み、自分が気持ち悪く笑っているのを自覚した。

英雄たるカイルの剣を弾き、返す刀でさてどうしてくれようと高揚《こうよう》した。日ごろの鬱憤《うっぷん》晴らしにちょうどいい。

だというのにルディが築いた大きな障壁によって邪魔をされた。

空気を読まない若者め。

この国には魔王を倒した英雄と、切りこみ隊長の女王とリリア姫がいる。

それに加えてこんな桁外れの防御壁を張るルディときたもんだ。

まったく、なんて面子《メンツ》だよ。

今夜の酒は美味《うま》そうだ。そんなことを思った。


「――隊長ちょっと今、時間いいですか？」

執務室で今日の大会に出場者した隊員の記録を確認していると、第二副官のセカドがドアをノックして顔を出し妙に改まって言う。

「どうした？」

帰ったんじゃなかったか。

顔を上げると、困り果てた様子のルディがドアの向こうに立っていた。

あ？

「ほら入って」

同じく帰ったはずの第一副官のファウストに促され、おずおずと入室する。

「挨拶に来ていますよ。よく頑張った元隊員に俺たちからのご褒美です」

「あ？」

思った以上に不機嫌に響いた俺の声にルディの肩がびくりと震える。

顔の腫れは多少ひいたか。

大会での怪我は名誉とされ、魔術による治癒は翌日施されることが多く、痛々しい顔で飲みに興じるのが通例だが――さすがに怪我が酷《ひど》すぎて少し治したらしい。あのままだと有事の際に支障が出るだろうし何より王族。きれいなはずの王弟殿下の顔がボコボコなのは周りの連中も気まずいだろう。

「す、すみません、あの」

今日一番の花形功労者が小さくなっている。

ファウストはこれまで頑《かたく》なにルディと一線を引いていたはずだ。どういうことだと奴を睨《にら》む。

「隊長、飲み代ください」

目が合うなり堂々とそんなことを言いやがった。コイツは本当に……

セカドが笑って補足する。

「ファウストと夕飯を食べに官舎の食堂行ったら、僻地《へきち》部隊も来たところで。みんなせっかく王都まで出てるんだからどっか美味《うま》い店でもと思いまして。というわけで隊長おごってください」

普段国境を守っている隊で、今日は優勝者まで出したんだ。やぶさかではない。

「俺も行くわ」

「財布だけでけっこうです」

腰を上げようとすると、ファウストに冷たくあしらわれた。出資は中将たるものの務めと思えるが、参加を拒否するのは酷《ひど》すぎないか。

「僻地《へきち》部隊の隊員たちがルディは国境や味方を守ろうと障壁の訓練をしてたって言うんで、じゃあうちもご褒美の一つもやろうかと思いまして」

そう言ってファウストは肩をすくめ、金を受け取ってセカドと出ていった。強制的に連れてきただろうルディを残して。

コイツが主役だろうが。丸投げかよ。まぁ俺もあいつらに丸投げすることあるしな。信頼しているからこそ丸投げできるんだが。

部屋に残され、困惑顔で途方に暮れ所在なさげにおたついているルディに嘆息する。

放置するわけにもいかず、顎《あご》をしゃくって執務机の前の簡素な応接セットに座らせたものの、ルディは縮こまっていた。

「あの規模、初めてだって？　今日の障壁」

しゃべらないのでこっちが声を掛ける。なんで俺が気を遣わにゃならんのだ。

「……はい。最前線に立つ皆さんを守れないかと」

小さくぼそぼそ答える。

ちったぁ考えたってことだろうか。

どこに行ってもなぜか腹立たしいほど妙にかわいがられる奴だ。そういう相手に少しでも報《むく》いたいと思ったのならいいんだが。

ていうか、そんな答え方教えたか？　あぁ？　腹から声出しやがれ。

「本当はそもそもあなたを戦場に行かせたくないんです。あなただけじゃくて、みんなも、誰も傷付いたり死んだりしなくていいようにしたくて」

「てめぇが言うなよ」

思わず低い声が出た。ルディはつらそうに頷《うなず》く。自業自得だと理解している様子で。目を逸《そ》らさなかったのだけは及第点だが。

……メンドクセェ。

あ～～～面倒くせぇなぁ。

――よし、ヤるか。

前と同じようにルディの胸倉をつかんで立たせる。隣の仮眠室のほうを向くと、ルディは慌てて抵抗した。

「ちょっ、たいちょ、ちょちょちょ、話！　話をしに来たんです！」

「じゃあしゃべれよ」

「何を話したらいいのか分からなくて……」

苛立《いらだ》ちのままベッドに突き倒す。

「ヤるのかヤんねーのか、決めろ。ヤんねーなら飲み行くぞ」

二択なら選べるだろ。

そう思ったんだが。

ルディはベッドに座った状態で恐る恐る見上げてきた。

「あの、口でしてもいいです、か？」

「あ？」

コイツ、何言ってんだ？

イラッと来た。強い不快感。

それはルディの不可解な会話の順序に対する苛立《いらだ》ちではなく。

「んなもんどこで覚えた？」

「先輩方に好きな男性がいるけどどうすればいいか分からないって相談したんです。そうしたら『咥《くわ》えたら一発だ』って」

……そうだ。

こいつなんでも聞く奴だった。

無知で、それを恥じない。

素直に教えを請い、従う。王族らしくないと思う。

だからどいつもこいつも放っとけなくなっちまうんだろうなぁ。

どうしたもんかと逡巡《しゅんじゅん》しているうちに立ち上がったルディに両肩に手を乗せられ、すんなりと位置が入れ替えられる。ベッドに座る俺の足の間に腰を落とし、床に膝をついておずおずとベルトに手を伸ばした。

コイツは王弟様だ。それも極上の面《つら》の。

そんな奴がかぱりと口を開ける。

マジかよ。王族が、そんなこと。

ちらりと見えた口内の赤い肉にぞわりと総毛立つ。

外気に晒《さら》された陰茎が期待に自然と脈打った。

ルディが薄い唇を大きく開け、少しだけ芯を持ちはじめたそれをぱくりと咥《くわ》える。

その瞬間、思わず腹筋がビクリと波打った。

……そういやコイツ、めちゃくちゃ不器用だったな。

思わずルディの向こうの壁を遠い目で見つめてしまう。

本当に咥《くわ》えただけだ。

そりゃ、いかにも「無垢《むく》です」みたいなきれいな王弟様に舌遣いなんぞ教えづらいわな。

どうですか、と言わんばかりにこっちを上目遣いで窺《うかが》うのやめろ。ど下手くそだわ。

「代われ」

本当のフェラってもんを教えてやった。


「――あの、もう私だけにしてもらうわけには……いきませんか。頑張るんで」

「あン？」

人のケツ穴いじりながら何言ってやがる。集中しろ。いつまで四つん這いにさせているつもりだ。

「だって、なんか……柔らかい気が……」

……なんでケツの具合とか、そんな違いが分かるんだ？

僻地《へきち》にいる間に男の味を覚えたか。

男ばかりの軍隊生活だ。しかも顔も地位もやたらいいとくりゃ相手は選《よ》り取《ど》り見取《みど》りだろう。

フェラはど下手くそだったが、される側一辺倒だったとしたら納得できる。

「ファウストさんやセカドさんと三人でとか、私が二人分頑張りますから」

「……あ？　何言ってんだ。隊員とヤるわけねぇだろ、陰口やら修羅場やら面倒事はご免だ」

当然だ。誰に何を言われたのやら。

「え、違うんですか。だってファウストさんが朝まで慰《なぐさ》めるって」

やっぱりアイツか。だと思った。

たまにあの二人と飲んで、隊員には聞かせられない愚痴を延々聞いてもらうだけだ。ファウストは俺の高い酒を目当てに淡々と聞いてくれるし、セカドは酔いが回ると最終的に一緒になって愚痴を吐く。

それを教えると、ルディは怪訝《けげん》な顔つきで聞いてきた。

「じゃ、なんで私と」

「あ？　お前はうちの隊員にはならないのが分かってたし。――なぁ。二人分、つったな？　気張れよ」

挑発するように笑んでやった。

ちなみにファウストは一見よく聞いてくれるようだが、すべてきれいに聞き流して酒の味を楽しんでいるだけだと思う。ああ見えてアイツは酒好きだ。だからこそなんでも愚痴れるのだが。

俺は指を突っ込まれたまま腰を抱かれた。ルディがべったりと背中に貼りついてくる。背に何度も口付けられ、その度に体が小さく反応した。

その反応に気が大きくなったのか、じゅっと痕《あと》をつけられたのを感じる。

「んなことどこで覚えたんだ」

「前に……ハルさんが凄《すご》い痕《あと》だらけだったのが不思議だったんですけど、隊にいた先輩も似たような痕《あと》をつけていらしたんで聞きました」

本当になんでも聞くなコイツ。なんでなんでと小さい子供かよ。

「おい、もう挿《い》れろ」

もう充分だろというところで挿入させたのに、ルディはそのまま耐えるように眉をひそめて動かない。

……くそ、焦《じ》らしてんじゃねぇよ。

と言いたいところだが、動くとイきそうなんだろうなぁ。ずっと跳ねるくらいビンビンだったもんなぁ。

相変わらず顔に似合わない立派なイチモツで、挿《い》れられただけでクる。

「そのデカいちんこはお飾りか。いっつもそんなヤワなセックスしてるのかよ。役立たずちんこって言われたくないなら腰振れ。なんでちんこだけこんなに立派なんだよ」

「ちんこちんこ言わないでくださいよ！　あれ以来してないですよ！　誰とするんですか！　するワケないじゃないですか！」

怒った。珍しい。

「知るかよ」

本当に知ったこっちゃない。

ゆるりと腰を遣って挑発すると、ルディは息を詰めた後ふー、と長く息を吐く。

お、耐えたか？

「遠慮しなくていいんですね？」

「言うじゃねぇか」

って感じで俺、本当に期待したんだよ。

期待したっつーのによぉ。

そりゃ最初は後背位でガンガンに突いてきて、コレコレって感じだったよ？

いい具合に高められて、ぶっちゃけすげぇヨかったよ。

それがよ。俺でイけねぇって、失礼じゃねぇか？

自慰で強く握りすぎるとイきにくくなるとはいうが、軍人の握力で扱《しご》き続《つづ》けでもしたのかよ。

「おいどうした」

なんだこの中途半端な間、遅漏か。

長く楽しめるのは悪くないが、度がすぎると白ける。ましてや中途半端に終わるなんぞ腹が立つんだが。

「てめぇ、これで終わりっつーんじゃねぇだろうな」

振り返り、訓練時と同じ低音で脅さずにはいられなかった。

「たいちょうが……」

「あぁ？」

俯《うつむ》いてぐずぐず言う奴に不機嫌に唸《うな》って促す。

「隊長が後ろいじったりするから時間かかるんですよ！」

顔を上げて目を合わせてきたルディは真っ赤で、ちょっと涙目だ。

「なんだよ、そういうことなら早く言えよ」

まったく。

「あっ」

腰を上げいきり勃《た》ったままの陰茎を抜くと、ルディが切ない声を上げた。

なだめるように汗に濡れた髪を撫《な》でつけてやってから、うきうきと引き出しの奥のディルドを取り出す。普段使っている、まさしく俺の相棒だ。

「しょうがねぇな、俺のお気に入りを貸してやろう」

実に恩着せがましく言ったが、正直こっちはノリノリだ。

ホント早く言えっつーの。性具にとろみを塗《まぶ》し、陰茎をぶらぶらさせながらルディのもとへ戻るとその体を押して四つん這いにし腸内に清浄を施した。

どれどれ。

「ちょっ！　待っ！」

やっと意図に気付いたルディが体を起こす前に、白くきれいな尻たぶの奥をくにくにといじって具合を確かめる。

あん？

「自分でもいじってたのか？」

「――ッ！　……ちょっとだけ」

「ははっ、まじか」

それで穴の具合が分かったのかよ。

「気持ちよかったか？」

「……微妙、でした、って、たいちょ……あの、まさか、それ、どうするつもりですか」

萎《な》えるかとも思ったルディのちんこは四つん這いだというのに腹につきそうなまでに張り、脈打つように揺れている。

さすが。怯《おび》えたふりをしてめちゃくちゃ期待してるだろ、これ。

相変わらず色は白いが、筋肉がついていい体になった。裸身で這う姿からは芸術品のような美を感じる。いたる所に残る痛々しい打撲の痕《あと》がなければもっと凄《すご》かっただろう。

「コレきもちぃーからお前にも貸してやろうと思ってな。これ挿《い》れたらお前、ギンギンだぞ」

「いやもう、充分だと思うのでお気遣いは」

「遠慮するなって」

言いながら順調に挿入の準備を進める。抵抗しないところを見るとコイツもまんざらでもないんだろう。

「ていうか、どうせなら隊長のがいいで、す――ッッ」

割とすんなり先端の太い瘤《こぶ》がぐぬっとルディに後孔に呑み込まれた。

あ、ヤベ。こいつの童貞も処女も奪っちまった。道具だから処女を奪ったとは言えないか？　いやでも突っ込んじまったよな。

「ひ、ひど、ひどく、な……ですか……」

泣き言を漏らしている――

「何言ってんだ。美味《うま》そうに咥《くわ》え込《こ》んでるぞ。こっちだって」

「ひぃん！」

柔らかく握ったルディのご立派なちんこは硬度を増し腹に張りつかんばかりだ。

普段なら酷《ひど》いと言われればこっちも臆して萎《な》えることもあろうが、言うだけで体は素直に喜んでいるのがありありと見えているんだから手を緩める気などない。

――が。

「本当に嫌ならやめてやるよ？」

あーだめだ。口元が緩むのを抑え切れない。

ぱっとこっちを見たルディの目が信じられないとでもいうかのようにみはられている。

しばらく間があった後、ルディは俯《うつむ》くようにして無言で小さく首を横に振った。

そら見たことか。そう意地悪く笑ってやりたかったが、その様《さま》に思わずぞくりと背筋が震える。

可哀想でかわいらしい。可哀想なのが愛らしく感じるとか我ながらどうかしている。己に呆れるも、わくわくとした高揚《こうよう》が抑えられない。

「ドロドロだな」

俺に挿入した時に使ったローションとは別の、追加したかと思うほどの先走りが雫《しずく》となって先端から垂れている。素直な反応に楽しくなって、剛直を扱《しご》きながらディルドをゆっくりと動かした。

「両方なんてムリで、すぁぁ！」

ルディはびくびくと体を跳ねさせながらこちらを涙目で窺《うかが》う。うるんだ赤い目元がひどく煽情《せんじょう》的《てき》で嗜虐心《しぎゃくしん》を煽《あお》られた。

「たいちょ、たいちょ、おねが、たいちょの、がい、たいちょのいれて、くだ」

「あー、わりー。俺そっちはやんねーんだわ。気持ちよさそうなの見ると『俺もそっちがよかったなぁ』って萎《な》えそうでな」

じゅこじゅことほじってやりながら言うと、ルディは唖然《あぜん》とした。

「……んっ、ふっ、あっあっ！」

この国でも一、二を争うだろうモテ男が、眉根を寄せ顎《あご》を引いて快感に耐えている。

コイツ、ほんとどうしようもねぇな。改めて、ちょっとだけかわいいとか思っちまったじゃねぇか。

「だ、だったらなんであの時、私の後ろ、いじったんですか、アアっ！」

「俺を気持ちよくさせるために決まってんだろうが」

素人《しろうと》ちんこなんざ期待できない。挿《い》れて出すだけなどさせるものかと挿入前に自分の性感帯を覚え込ませただけの話だ。

「み、皆さんに聞いた時なんか、も、凄《すご》い顔されたんですからね!?」

……嘘だろ。コイツそんなことまで聞いたのかよ。王族が何やってんだよ。

息も絶え絶えで真っ赤な顔でわぁわぁと騒ぎきれいな顔の男を見てふと思う。

「お前、狙われたりしなかったのかよ？　それとももう誰かに抱いてもらったりしたか？」

抱いてはいないと言っていたが、抱かれるほうはあったんじゃないか？

王族だからさすがに強姦はされないだろうが、お誘いの一つや二つはありそうなもんだ。

そう思って尋ねると、若造はピタリと騒ぐのをやめ、冷たいとも熱いとも言える強い眼差《まなざ》しでこちらを睨《にら》む。

「私が好きなのはあなたです！　愛し合いたいのはあなただけなんです！」

刹那《せつな》、身を鋭く貫くようなものが全身を走った気がしたが、認めるのも癪《しゃく》でルディの前立腺を抉《えぐ》って黙らせた。

「〜〜〜〜ッ!!」

いや、体を派手に跳ねさせ暴れてうるさかった。

「さてさて」

俺はうきうきと枕の位置を調整すると、そこに腰を乗せて仰向《あおむ》けに転がる。

「おら、こっち来い」

後ろに淫具《いんぐ》を突っ込んだままのルディを呼び、ガチガチに硬く育ったそれを再度挿入させた。

あーすげぇ。

「好きです」

腰を振るルディの尻に手を伸ばし道具を手にする。やりにくい。やっぱり攻めながらだとこっちの集中に欠ける。当然だが。

前にキスはしないと拒否したのを覚えているのか、ルディは耳元や首、唇以外の顔のそこかしこに音を立てながら唇を当ててくる。

「好きなんです」

眉をひそめ苦しげに、泣きそうな顔で真摯《しんし》に告げられる。

思わず舌を打つと途端、つらそうに顔を歪《ゆが》めた。

ガタイのいい男をヒンヒン啼《な》かすのは大好きだが、自虐的にさめざめと泣かれるのは実に萎《な》える。

「後ろ、入れたままじゃキツいか？」

苦しそうなのは後ろに入れているからというわけではないだろう。分かっていて話を逸《そ》らしたんだが――

「いえ、後ろは、すごい好《イ》いで、す」

まさかこうも正直に答えられようとは。

コイツ情報とか機密に携《たずさ》わる仕事できねぇだろうなぁ。

あー、くそ。

「セックスってのは気持ちよくて楽しいもんだろうが」

ちょっと苦しいくらいに苛《いじ》めるのは好きだが、絶望を伴うような苦しみを与えるほど俺はガチじゃないんだよクソが。

イラッとして日に焼けてたくましくなった首を手で引き寄せた。

唇を合わせ、間抜けに半開きになったままのそれをねっとりと舐めてやる。

数回繰り返すとやがて怯《おび》えた子猫が恐々顔を出すように、ルディの舌先がじわじわと差し込まれた。

拒否がないことを確かめているんだろう、ゆっくりと舌が侵入してくる。まどろっこしいことこの上ない。痺《しび》れを切らし、磨かれたテクでぐっちゃぐちゃにしてやろうと思った矢先、お行儀よくしていた舌が喉奥まで犯す勢いで差し込まれた。

「――――ッ!」

空気を求めて大きく口を開けると、その隙をつくようにより深くかぶりつかれる。飢えた猛獣が獲物にありつくような荒々しいそれに自然と胎内が震えた。

「ン、ン、んん、も……ィく、んぅ」

めちゃくちゃな口付けの合間に、弱音を吐くルディの根元を指で作った輪で絞める。

「まだだ」

「ひッ――――」

根元を押さえたもんだから動けなくなったルディの代わりに、こっちが腰を遣ってやる。ついでに抜けかかっていたディルドにも手を伸ばし、もう一度押し込んだ。

「ンンンンンンンンンッ‼」

大サービスだ。

「い、あぁぁあああああああああ、おかしくなる、たいちょ、動かないでぇぇ！　手ぇ放して、イきた……あ、あ、あ、あ、なんか来る、来るこわっいいいいいいいぃいいいいい！」

びくんとルディはひときわ大きく体を跳ねさせた。同時に俺の最奥にも力強くルディの切っ先が打ち込まれる。

「う、あ」

思わずこちらも声を上げた。

あー、イイ。

痛いほど固く抱きしめられたまま硬直され、密着した肌から時折、余韻に震えるルディの振動が伝わってくる。

んぁ？

「お前イった？」

まだびくびくと体を大きく痙攣《けいれん》させているルディは弱々しく首を横に振った。

「わかりま、せ……アァア！」

腰を揺すってみる。

まだ硬い。嘘だろ。俺の中で空イきキめたのかよ。

思わず口元が緩んだ。

本当にどうしようもないMだ。

正直めちゃくちゃ興奮した。

「だめぇぇ、いま動かないでくださいぃぃぃ」

ヒンヒン泣き言を吐くルディに、どうしようもなく高まる。踵《かかと》でディルドを抜けないよう押し込むと、その度に大きくびくつき、その衝撃がこちらにもダイレクトに伝わった。ディルドの先が腹の前側に当たるよう、さらに踵《かかと》で押し込む。

「おかしくなりそ、たいちょ、つらい、で、あぁぁ！」

楽しい。

楽しくてどうしようもなく気持ちがいい。そう、これがセックスってもんだ。

「手、放すけどイくなよ。次はちんこでイかせてやる。しっかり腰振れ」

「いまだめ、いまだめですぅぅ、たいちょ、奥ゴリゴリすご、だめ、そんなああッイッッく」

さんざんっぱら啼《な》かせてやった。

イった後、荒い息をつきながら俺の顔の横に上腕をついて自重を支えようとするルディの体は、絶頂後の余韻に何度も震えている。

「ンっ、ん、ん」

余韻を堪《こら》えようとしているのか、顔を見ると目を閉じて苦しそうなエロい顔をしていた。

あー、こりゃまた後ろでもイったか。すげぇなコイツ。

これまで屈強な男を俺の自慢の腰遣いでイかせて搾《しぼ》り取《と》るのがいいと思っていたが、こういうのも案外悪くないかもしれない。

「お前もちんこもケツもイけたな」

やったじゃねぇか、と言ったつもりなのに、ルディはひどく情けない顔で見てくる。

いいじゃねぇか。ちょっとやそっとではできない経験だろ。

「こんな体にした責任取ってくださいよ」

恨めしげにそう言ったルディのそれ。一瞬、胃の辺りがずんと重くなった気がした。閨《ねや》の戯言《ざれごと》なのに。

そのあたりの機微がバレたのだろう。

「嘘ですよ」

ルディは笑って俺の肩に唇を落とした。

童貞あがりの若造に気を遣われるなんて。生意気な。

「俺が音を上げるまで愛してみろよ」

俺は鼻で笑って挑むように言い返した。

6、猫と棒と番犬から成る安泰《あんたい》の未来

確かにあ**あ**は言ったがそれはあの行為に限定されることであって。

あのセックス一回こっきりの、「オラオラ、てめぇもっと気張れるだろ。もっと気持ちよくしやがれ」という話だったのに。

受け入れられたとでも思ったのか、あれから堂々としつこくあからさまに寄ってきやがる王弟野郎。

僻地《へきち》配属とはいえ、この国は小さい。狭い。場所が山の上なだけで王都とも実は割と近い。奴は風魔法を駆使した移動で帰ってきては演習場に顔を出すわ、部屋に来るわ、やりたい放題だ。

演習場ではかつての新人、今では国を守る巨壁を張る男として隊員が皆、ルディに好意的なのも腹が立つ。こっちが仕事でもアイツは休みの度に帰ってくるから、俺が仕事の日は来るなと言ったくらいだ。

こんなはずじゃなかった。

「おたくの弟さんがしつこいんですけど」

俺は早々に音を上げた。

女王はしょっちゅう演習場で暴れているので接触はたやすかった。

女王に助けを求めるのであるから、現状も正確に報告せねばなるまい。

「王弟殿下の童貞をいただいちまったのは悪かったとは思ってるよ？」

並んで隊員たちの一対一の模擬戦を注視したまま一応報告すると、女王は隣で爆笑した。

高貴な身分にあるまじき姿でひーひー笑いながら背中を叩いてくる。もの凄《すご》く痛いが甘んじて受けるよりほかない。コイツがこんなに大口を開けて屈託なく笑う姿を見るのは久し振りな気がする。

王弟様の処女まで奪ったかもしれないという審議案件もあるが、さすがにちょっと言えなかった。最近は俺が童貞と知って俺の童貞を欲しがってうるさい。その気はない。ていうか無理だ。諦めろと言うのにしつこい。

「不肖の弟だが、煮るなり焼くなり好きにしろ。嫌ならこっぴどく振ってやればいいじゃないか」

女王の言葉に今度はこっちが思わず噴き出しかける。

王弟たる者がいい年したおっさんを追い回しているのはもはや公然の秘密だが、それに振られたとかいう醜聞《しゅうぶん》を上乗せしていいのか。

「いいのかよ」

「ああ。暴力やらセンパイの尊厳を傷つけるようなことがあれば当然だろう」

逆に言えばそういうことでもなければこっぴどく振るような事態にはならないと、この女王は踏んでいるのだ。全くもって性質《たち》の悪い女だ。

「逆にセンパイはそういうことはしないだろうから安心だ」

続けて言われたそれは、悔しいことにやはりほぼ正解だった。

「アンタは人生を楽しんでるのか損してるのか分からんな」

なんだかんだで人のことばかりだ。ずっと惚れ込んでいる男が傍《そば》にいるのに添うのは難しいらしい。不敬かとも思ったが、女王は少し目をみはった後でふっと笑った。ホント顔だけは文句なしの女だ。

「私は人生楽しまなければ損だと思っているぞ」

だからいいのだと聞こえた。

「――猫、飼いましょう」

ルディが唐突に言い出した。

「何言ってんだ。無理に決まってんだろ」

「だって隊長、猫飼えないから娼館行ってたんでしょう？」

誰だ。バラしたヤツ。

睨《にら》むと、察したルディはあっさりと答える。

「この間、ファウストさんが教えてくださいました」

うちの第一副官だった。アイツ、何考えてるんだ。

そうだよ、猫目当てで娼館行ってたよ。

娼館に泊まると運がよけりゃ猫が一緒に寝てくれるんだよ。

猫がいなくても薄衣に包まれたまろやかな乳房を愛《め》でて寝たら、それはそれで気が済むんだよ。

以前は細っこく感じた腕はずいぶんとたくましくなっている。さすが筋肉のつきやすい血筋。あきれてものが言えない。

そんなたくましい腕で拘束されるようにしっかりと後ろからかき抱かれ、セックスの度に熱っぽく縋《すが》るように必死で「好きです」だの「愛しています」だの言われている。

とにかく何かと不器用な男だ。だが探求が強くなんでも吸収して学ぶ男でもある。よってはじめはたどたどしかった床《とこ》の技術も、コツをつかむとすげぇ。めちゃくちゃ気持ちがいい。なんなら毎回のように絶頂記録を更新していた。

「あっさり受け入れるなんて意外でした。何考えてるんですか」

執務室で書類から目を上げないファウストにいつものように抑揚《よくよう》のない声で問われる。

受け入れてねぇよ。この裏切りもんが。

「ものすんげぇ精度のいい俺好みの後腐れゼロの棒が手に入ったと思うことにした」

遠い目で言うしかない。

「うわ、ひど」

第二副官のセカドは盛大に顔を引きつらせ、ファウストは「納得しました」とこれまた淡々と頷《うなず》いて続ける。

「これでもう朝まで隊長の愚痴に付き合わされることもなくなりますかね」

それはないな。

俺は信頼できる相手、つまりは副官二人に愚痴って鬱憤《うっぷん》を晴らすタイプだ。

そもそもお前は話を聞かずに俺の酒を飲んでいるだけなんだからいいだろうが。

棒いわく、奴は俺専用らしい。

そして俺のお気に入り《ディルド》は「使いたい時は呼んでください！　すぐに駆けつけますから！　隊長はもう使わないでくださいねっ」と禁止令が出された。

ディルドを振りかざしてそんなことを言うアイツは馬鹿だ。あれが王族とか、この国の国民が気の毒になってくる。

相手は王族。本人が望もうが望むまいが、そのうちふさわしい相手と婚姻関係を結ぶだろう。

それまでは俺の好き勝手使わせてもらう。女王からも好きにしろって了解は得ているし。

これで当面は棒に困ることはない。お互いの勤務形態やら任務やらなんやらでこっちの要求に応じて都度ってわけにはいかないだろうが、それでもいざという時に使える棒があるという安心感。

「俺、まだしばらく現役で仕事できそうだわ」

鼻歌の一つも奏でたいところだ。案外女王もそれを見越していたのかもしれない。そうだとしたら抜け目のないことだ。国を動かすにふさわしい。

実に意欲的に次の野外泊つき遠征訓練の行程を練っていると、ファウストが遠征先の地図を机に広げる。棒にも、気が利く副官にも恵まれた。退役後には猫事業も待っている。幸せを噛みしめずにはいられない。

「隊長、たまに読みが甘いですよね。気を付けないと悔いることになりますよ」

うちの第一副官は最高に空気を読まない奴だった。こっちは機嫌よく仕事をしているというのに。

「言ってろ、ばーか」

鼻で小馬鹿にしてやったが、第一副官に着任する実力者のコイツが俺以上に先見の明があることをすっかり失念していた。

「二年前、お二人には大変なことをしてしまいました。同性同士の婚姻制度確立まであと一歩の所までできています。もう少しだけお待ちください」

武闘会からしばらくしてのことだ。王城の演習場でカイルとオークさんに再会したルディは、二人に深く頭を下げた。

ルディにとってはカイルとオークさんへの罪滅ぼしらしいが、オークさんは「それ何色？」っていうくらい酷《ひど》い顔色で大きな口をぽっかりと開けて愕然《がくぜん》としている。気の毒に、目もガン開きだった。

「私も早めの制定を考えてはいたものの、いまだに『娘を英雄カイルの妻に』と息巻く反対派の連中が多くてな。まだしばらくは先になるだろうと思っていたんだが……」

そう言って彼らの様子を静かな目で眺める女王によると、ルディが「オークに入れあげる人間《カイル》よ り私のほうがよくないですか？　私もいますが」とばかりに匂わせ、王弟の身分をエサに同性婚反対派を片っ端から懐柔《かいじゅう》して了承派に転じさせている最中だという。

「あれは後で『心に決めた人がいる』とか言ってあっさり手のひらを返すぞ」

そう楽しげに笑う。王族がそこまで露骨に臣下を騙《だま》すようなことをしていいのか。

そういや、ルディは案外裏工作のできる奴だったわ、とワムレアの陣取り訓練を思い出す。天然の策略家肌なので本人に騙《だま》す気などないのかもしれないが、きれいな面《つら》してなかなかあくどい。

女王の周りには実に有望な人材が揃《そろ》っている。呆れるほどに。

「多少は使えるようになったか。来い。相手をしてやる」

カイルは偉そうに言い放ち、言われたルディもなぜかいそいそとついていった。

その結果、またボコボコにされたものの、ケロッとしている。なんならちょっと嬉しそうだ。ドMは最強かもしれない。ルディのちんこはやはり勃《た》ってはいなかったが。

ルディがカイルに向ける目には無邪気な憧れと色濃くなった闘争心、強い負けん気が滲《にじ》んでいるだけだ。そこに欲なんてものは存在せず、俺に向ける憧憬《しょうけい》や欲求とは全く違う。

心底嘆息した。

拳で激しくじゃれ合うカイルとルディに対して、オークさんの表情は死んでいる。ついでに俺の表情も死んだ。

女王が「やったじゃないかセンパイ」とか言うからだ。

俺は関係ない、無関係だ。

無関係だがオークさんと二人、「アイツ《ルディ》は本当にろくなことをしない」「最悪だ」と大いに嘆いた。

しょっちゅう王都に帰ってきやがるルディは度重なる往復で風魔法の技術が向上し、移動速度は今や国内トップクラスだ。いざとなれば国境に巨大な障壁を展開できるし、国内に侵入され城間際まで迫られてもアイツの移動速度なら瞬時に対応可能だろう。実によくできている。

そして気が付けば理想の棒は俺専用になっていたし、俺は王弟殿下の唯一無二の穴になっていた。

当然猫は飼っていない。うちの副官あたりに番犬呼ばわりされている棒がいるから、猫なんて飼う余裕がない。

かつて、魔王という存在があった頃。多くの命が理不尽に至極あっさりと失われた。

今の安寧《あんねい》を守るためならばオークにだって縋《すが》るし、そのオークを害する者があれば切り捨てることも厭《いと》わない。

今のこの国の状況を「安泰《あんたい》と言っていいのか」と、困惑気味にオークさんから問われたことがあるが――

王弟が謎の精神で一人、新制度のために好き勝手奔走することができるのも、仲間や好いた相手と馬鹿を言って過ごすことができるのも、平和の証拠だ。

この国は当面安泰《あんたい》だろう。

ハッピーエンドのその先へ ー
ファンタジックなボーイズラブ小説レーベル

&arche《アンダルシュ》 NOVELS《ノベルズ》

悪役令息から
愛され系に……!?

悪役令息を引き継いだら、愛が重めの婚約者が付いてきました

ぽんちゃん ／著

うごんば／イラスト

双子が忌避される国で生まれた双子の兄弟、アダムとアデル。アデルは辺鄙な田舎でひっそりと暮らし、兄アダムは王都で暮らしていた。兄は公爵家との政略結婚を拒絶し、アデルに人生の入れ替わりを持ちかける。両親に一目会いたいという一心でアデルは提案を受け入れ、王都へ向かった。周囲に正体を隠して平穏に暮らすはずのアデルだったが、婚約者であるヴィンセントは最初のデート時から塩対応、アデルを待ち合わせ場所に一人置き去りにして去ってしまい――!?　悪役令息から愛され系のほのぼのラブストーリー！

詳しくは公式サイトにてご確認ください。
https://andarche.alphapolis.co.jp

異世界BLサイト“アンダルシュ”
新刊、既刊情報、投稿漫画、X（旧Twitter）など、BL情報が満載!

ハッピーエンドのその先へ ―
ファンタジックなボーイズラブ小説レーベル

&arche NOVELS
アンダルシュノベルズ

異世界で買ったイケメン奴隷、
実は訳アリ王子様!?

転生先で奴隷を買ったら溺愛された

あやまみりぃ／著

しお／イラスト

突然死を迎え、異世界に転生することになった会社員の綾人《あやと》。お詫びに「貯金を百倍にしたお金」と「チート能力を得る権利」を授かり、一人異世界に放り出されてしまう。途方に暮れた綾人は平穏な暮らしのため奴隷を買うことにする。綾人が買ったのは、片目と声を失ったとんでもない美形の奴隷・アレク。だが彼はとある国の王子様で、本来なら一緒にいられる相手ではなかった。主従契約は一年限り。それを過ぎたら奴隷から解放すると決め、綾人は一線を引こうとする。なのにアレクはどんどん綾人を溺愛してきて……!?

詳しくは公式サイトにてご確認ください。
https://andarche.alphapolis.co.jp

異世界BLサイト“アンダルシュ”
新刊、既刊情報、投稿漫画、X(旧Twitter)など、BL情報が満載!

この作品に対する皆様のご意見・ご感想をお待ちしております。

おハガキ・お手紙は以下の宛先にお送りください。

【宛先】

〒150-6019 東京都渋谷区恵比寿 4-20-3 恵比寿ｶﾞｰﾃﾞﾝﾌﾟﾚｲｽﾀﾜｰ 19F
（株）アルファポリス　書籍感想係

メールフォームでのご意見・ご感想は右のＱＲコードから、
あるいは以下のワードで検索をかけてください。

アルファポリス　書籍の感想　検索

ご感想はこちらから

本書は、「アルファポリス」（https://www.alphapolis.co.jp/）に掲載されていたものを、
改稿、加筆のうえ、書籍化したものです。

苦労性《くろうしょう》の自称《じしょう》「美《び》オーク」は勇者《ゆうしゃ》に乱《みだ》される

志野まつこ（しのまつこ）

2024年 9月 20日初版発行

編集－黒倉あゆ子
編集長－倉持真理
発行者－梶本雄介
発行所－株式会社アルファポリス
〒150-6019 東京都渋谷区恵比寿4-20-3 恵比寿ｶﾞｰﾃﾞﾝﾌﾟﾚｲｽﾀﾜｰ19F
TEL 03-6277-1601（営業） 03-6277-1602（編集）
URL https://www.alphapolis.co.jp/
発売元－株式会社星雲社（共同出版社・流通責任出版社）
〒112-0005 東京都文京区水道1-3-30
TEL 03-3868-3275
装丁・本文イラスト－れの子
装丁デザイン－AFTERGLOW
（レーベルフォーマットデザイン－円と球）
印刷－中央精版印刷株式会社

価格はカバーに表示されてあります。

落丁乱丁の場合はアルファポリスまでご連絡ください。

送料は小社負担でお取り替えします。


ISBN978-4-434-34338-4 C0093